DREAMBOOKS★

전생자

전생자 16

초판 1쇄 인쇄 2019년 10월 17일
초판 1쇄 발행 2019년 10월 31일

지은이 나민채
발행인 오영배
편집 편집부
일러스트 eunae
본문 디자인 오정인
제작 조하늬

펴낸곳 (주)삼양출판사 · 드림북스
주소 서울시 강북구 도봉로 173
대표 전화 02-980-2112 **팩스** 02-983-0660
편집부 전화 02-987-9393 **팩스** 02-980-2115
블로그 blog.naver.com/dreambookss
출판등록 1999년 3월 11일 제9-00046호

ISBN 979-11-283-9706-6 (04810) / 979-11-283-9410-2 (세트)

드림북스는 (주)삼양출판사의 판타지 · 무협 문학 브랜드입니다.

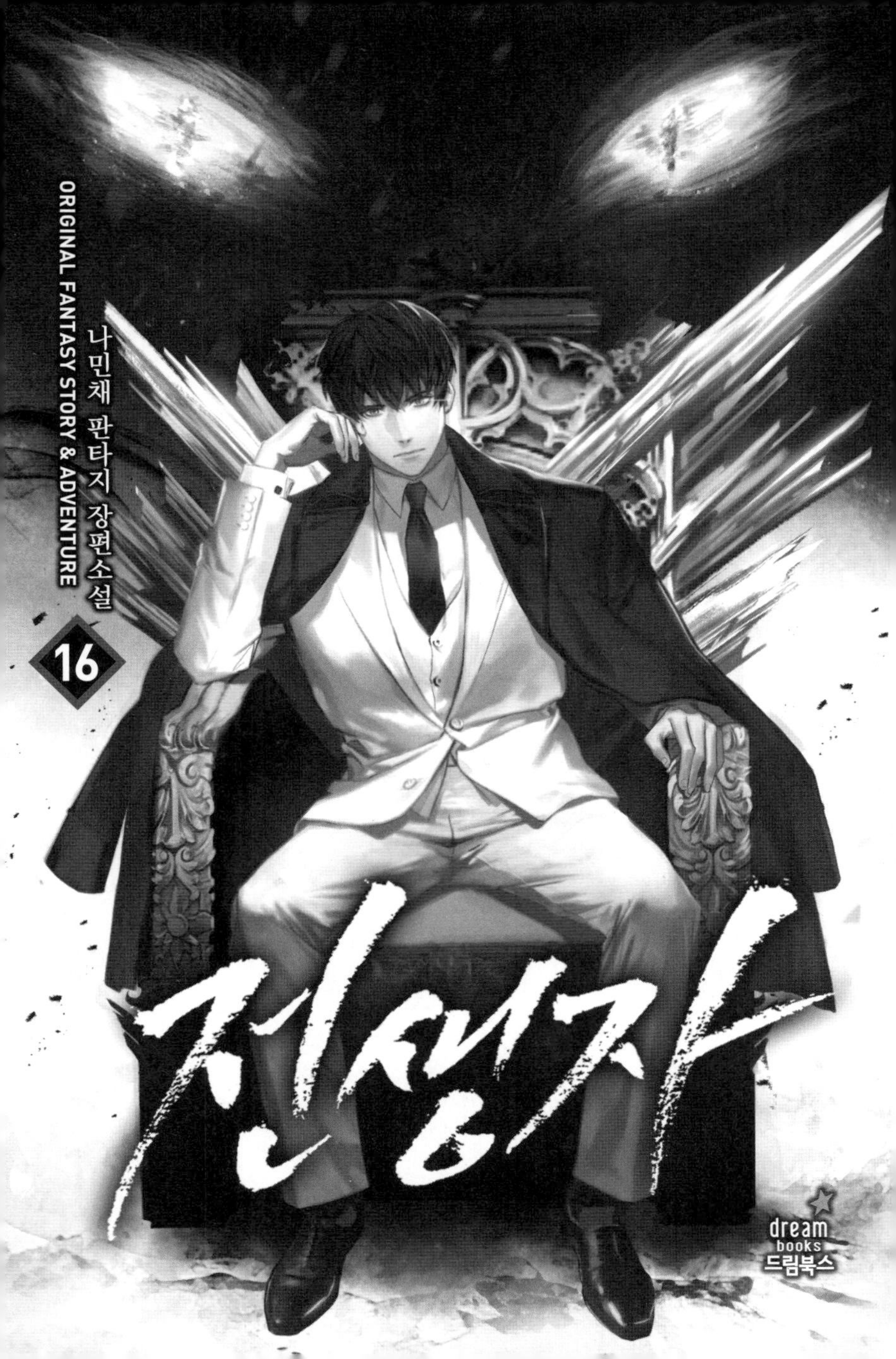

ORIGINAL FANTASY STORY & ADVENTURE
나민채 판타지 장편소설
16
전생자
dream
books
드림북스

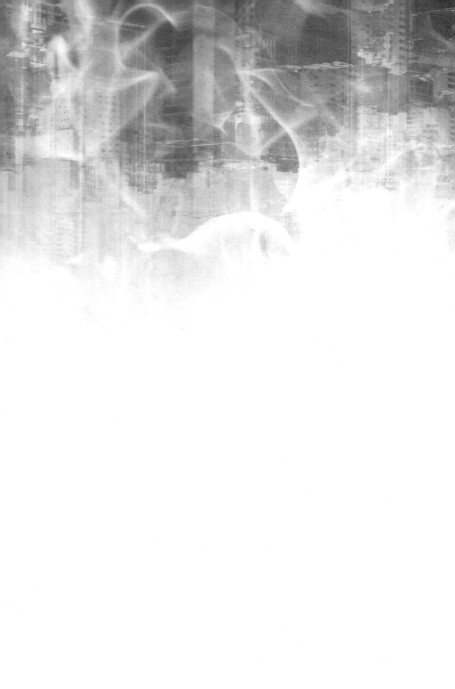

목차

Chapter 1.

미국 우주 항공국, 과학 미션부.

태양과 동일한 항성.

황색왜성(黃色矮星)을 중심으로 공전하는 행성들이 존재했다.

그중 협회와 전쟁을 벌이고 있는 행성에는 협회가 밝힌 그대로인 드라고린이라는 이름이 붙여졌다.

성(星) 드라고린.

그간 NASA의 과학 미션 중 하나는 드라고린이 우주상에서 어디에 위치해 있는지에 대한 것이었다.

미지에 대한 탐구심에서 비롯된 일인 동시에, 실제 그것들의 공격이 게이트가 아닌 다른 방법을 통해 진행될 수 있는 거리에 위치해 있는지 알아내기 위함이었다.

이계의 태양은 지구의 것과 비교해서 20% 밝고 직경도 10% 컸다.

그리고 그것을 어머니 별로 삼고 있는 성 드라고린의 반경은 지구의 1.6배 정도 됐다.

이 둘만 놓고 보면 유력한 후보는 지구에서 1400광년 떨어진 백조자리였다. 이미 NASA에서는 15년도 경에 그와 흡사한 조건의 황색왜성과 슈퍼지구를 먼 우주에서 발견한 바 있었던 것이다.

황색왜성 케플러—452와 슈퍼지구라 명명된 케플러—452b를 말이다.

그러나 드라고린은 지구보다 질량이 크면서도 중력에 차이가 없어, 기존의 물리학 법칙들이 가볍게 무시되는 행성이었다.

이에 과학 미션 팀의 글릭 교수는 성 드라고린의 관측 자료가 들어오기만을 기다리고 있었다.

원래 그러한 시기로 예상한 건 한 달 전인 6월 2일경이었다.

그때 RMC(Rothschild Military Company) 편에 함께 진

입했던 조사진들을 통해 관측 자료가 들어오기로 되어 있었다.

그러나 그들 중 단 한 명도 복귀하지 못하는 비극이 발생했다.

전부 타 버려 시체조차 남지 않았다 했다. 장례식장에서 그들의 시체를 대신한 건 살아생전 쓰던 유품 몇 점과 미망인들의 눈물이었다.

글릭은 커피포트 쪽으로 내밀던 손을 멈칫거렸다.

완성된 커피의 검은 색채가 비극의 현장을 연상케 했기 때문이었다. 사진에 담겨서 들어온 현장은 정말이지 처참했었다.

어떤 공격을 받으면 그렇게 될까?

태양에 직접적으로 노출되면 그렇게 되어 버릴까?

녹아 버린 성곽, 이후에 굳어서 암석 덩어리로 변해 버린 것들은 모두 시꺼멨다. 꼭 이 커피처럼.

이윽고 임무 보조 수행국에서 기다렸던 연락이 들어온 건, 완성된 커피가 다 식어 버린 무렵이었다.

"다 이리로 와 봐. '그것'이 왔네."

글릭은 과학 팀원들을 불러들였다. 희생으로 만들어진 관측 자료는 그가 엔터키를 치면서 모니터로 쏟아져 들어오기 시작했다.

그것은 행성 드라고린, 정확히는 포클리엔 공국이라는 이계의 작은 문명체가 위치해 있는 지점에서 5일간에 천체를 관측한 자료였다.

　그렇게 집약된 자료들이 들어왔다는 것은 2차 조사진들이 안전하게 복귀했다는 뜻이기도 했다. 1차 조사진들이 겪어야만 했던 비극 없이.

　글릭과 그의 팀원들은 일단 거기에 안심하는 얼굴들이었다.

　이윽고 모니터 속으로 데이터화 된 별들이 무수히 띄워졌다.

　다른 모니터에는 자료가 집약되던 순간의 관측 영상이 재생되고 있었는데, 비극을 품고 있던 땅에서는 상상할 수 없는 아름다운 밤하늘이었다.

　달이 보이고 드라고린과 꽤 인접해 있는 푸른 행성도 보였다.

　드라고린과 푸른 행성은 강력한 인력(引力)이 작용하기에 충분한 거리임에도 불구하고 그 인력에 영향받는 자연현상은 아직까지 찾을 수 없다고 들었다.

　글릭과 그의 팀원들이 말없이 모니터를 응시하고 있던 중.

　어느 순간 그들의 눈매가 꿈틀거리고, 흥분과 당혹감이

교차한 시선들이 서로를 확인하기 바빠졌다.

대조군으로 편성한 지구상의 자료와 거기의 관측 자료들에 일치하는 구석이 단 한 곳도 없기 때문이었다.

드라고린에서 올려다본 밤하늘에는 인류가 온갖 이름들을 붙여 주었던 별자리들 중 어느 하나도 존재하지 않았던 것이다.

글릭의 이마에 골이 파여 갔다.

'우리의 기술이 완전한 건 아니지. 그래도 이건…….'

글릭은 자신의 결론을 밝히기까지 심사숙고해야만 했다.

그는 다중 우주론을 비판적으로 대하는 천문학자 중 하나였다.

하지만 팩트는 새로운 별들이 각기 다른 위치에서 존재하고 있다는 것이었다. 그 데이터가 다중 우주론을 증명해 주는 격이다.

1차 조사진들이 육안으로 식별했을 때 냈던 결과와 같았다.

글릭이 모니터를 턱짓하며 결론을 뱉었다.

"이쯤이면…… 저기가 우리 우주와 다른 우주라는 것만큼은 확실하지 않겠나?"

세계 각성자 협회 본부, 안전국 관계자 외 금지 구역.

약 70여 일 전, 4월의 마지막 주 일요일.

언어학자 링웨이와 인공 신경망 프로그래머들이 팀을 이끌고 협회 본부로 들어왔었다.

정신 계통의 능력을 다룬다던 각성자의 지원도 있었다.

그들이 한 그룹이 되어 금지 구역에서 시작한 작업은 드라고린어를 해독하는 일이었다.

어순뿐만 아니라, 과거형을 나타낼 때 모음 전환 대신 치음 접미사를 쓰고, 동사 활용이 약변화와 강변화로 나뉘며, 강세가 어근으로 옮겨져 있는 등.

드라고린어는 전통적인 게르만어파의 특성을 나타내고 있었다.

베르너의 법칙에서도 이탈되지 않았기에 영화 [컨택트]와 같은 난관은 없었다. 그 영화에서 다뤄졌던 가상의 외계 종족은 시공을 초월하는 존재였다. 그것들은 인류와는 완전히 다른 개념의 언어를 보유하고 있는 종족들이었다.

하지만 진짜 외계인들인 드라고린인들은 그렇지 않았다.

인류와 같은 외모에 비슷한 습성의 언어를 사용하고 있

던 것이다.

그래서 링웨이가 처음에 했던 작업은 기본 명사 어휘들을 확보하는 것이었다.

드라고린의 문명에도 존재할 수밖에 없는 것들.

예컨대, 나, 엄마, 아빠, 음식, 물 같은 것들부터 시작했다.

첫날에는 엄격한 환경이었다.

극악무도한 사형수를 심문하듯 진행됐었다.

드라고린 수감자 둘은 각기 격리된 채로 결박되어 있었고 현장에는 자동 소총의 안전장치를 푼 사수들뿐만 아니라 각성자도 참관했었다.

하지만 링웨이는 두 드라고린인의 자발적인 협조가 필요하다고 판단해서 환경을 바꾸도록 노력해 왔었다.

수감 공간을 확장시켜 주고 침대와 영양이 갖춰진 식단을 제공해 주었다.

협조하는 정도에 따라 차츰차츰 그들의 결박 단계를 낮춰 주었다.

그래서 초기에 사지 전체가 결박되어 있던 것과는 달리 이제는 마이크로칩만 체내에 박고 있을 뿐, 강화 유리 벽 너머의 공간에서만큼은 자유가 보장된 것이었다.

기본 명사 어휘들을 확보하고 난 이후부터는 동사 어휘를 확보했다.

그다음부터는 간단한 문장.

드라고린어를 습득하는 데 목적이 있었던 것이지 이쪽의 언어를 가르쳐 주는 데 있지 않았다.

때문에 일방적이었다.

대개 유아들의 언어 학습 영상들이나 카드들을 자료로 삼았는데, 이쪽에서 어떤 행위를 보여 주면 거기에서는 문장으로 답하는 과정이었다.

두 드라고린 수감자.

엘란드와 말루스는 명석한 자들이었고 연구는 수월했다.

기본 문장 이후로 심화 문장을 거쳐 갔다.

그리고 현재 7월 3일.

링웨이는 강화 유리 벽을 사이에 두고 두 수감자를 마주하고 있었다.

"내일 두 분은 다른 곳으로 이감될 확률이 높아요. 그렇게 알아 두세요."

그녀가 마이크에 대고 사용한 언어는 드라고린어였다.

"우리 고향일 리는 없을 거요. 그렇지 않소? 링웨이."

"이감이라뇨. 우리 뜻을 전해 주긴 한 것입니까? 풀어 주기만 한다면 당신네들의 편에 완전히 협조하겠다는 겁니다! 부디!"

스피커 밖으로 두 사내의 목소리가 번갈아 나왔다.

링웨이가 둘에게 동정심이 아주 없던 건 아니었다.

그러나 연구를 지원했던 정신계 각성자의 존재는 섬뜩했다. 실제로 마음을 들켜 연구에서 쫓겨날 뻔했던 적도 있었다.

물론 지금은 아니다.

두 수감자가 인류의 적이라는 사실을 다시금 깨닫게 된건, 6월 2일경에 한 전장의 패전이 알려지면서였다.

많은 이들이 불타 죽었던 사건, 포클리엔 공국성의 비극.

그 이후로는 둘을 연구 대상으로 바라보는 게 그렇게 어려운 일이 아니었다.

'전시(戰時)다. 저들은 포로고.'

링웨이는 소리를 차단한 후 등을 돌렸다. 정신계 각성자를 향해서였다.

"저들이 진심인 것 같나요?"

"저자는 진심, 저자는 거짓."

"상부에는 그렇게 보고해 주시고…… 그동안 감사했어요."

상부에서 어떤 결정을 내릴지는 모르겠지만 제 손을 떠난 일이었다. 더는 두 수감자와 교류할 일이 없을 것이다.

링웨이가 일어나던 시점에 유리 벽의 시야를 막는 가림막이 모터 소리를 내며 내려왔다.

바로 옆 공간에는 인공 신경망 프로그래머들이 있었다. 구골에서 따로 비밀 계약서에 서명을 하고 들어온 자들로 인공 신경망 프로그래머들 중에서도 번역 기술에 능한 자들이었다.

"오늘이 마지막 날이네요."

링웨이는 그들에게 합류했다.

초기 단계지만 번역 프로그램은 그들의 손끝에서 완성되어 있었다.

아직 이름이 붙여지지 않은 어플을 업그레이드하는 동안 링웨이의 머릿속에선 그간 잠도 제대로 자지 못했던 수십 일이 주마등처럼 스쳐 지나갔다.

프로그래머들에게 지급한 게 무려 300만 문장이다. 단기간 안에 스무 명이 조금 넘는 언어학 박사들과 함께 그만큼이나 확보했던 것이다.

링웨이는 어플을 시험해 본 후 최종적으로 OK 사인을 냈다.

그러고 나서 팀원들에게 돌아왔던 때였다.

협회에 프로젝트 완료가 통보되었기 때문인지, 박사진에 구애의 손짓을 보내고 있는 광경이 펼쳐져 있었다.

어떤 박사는 남기로 결정을 마쳐서 홀가분한 표정이고.

또 어떤 박사는 모 대학 연구소로 돌아갈지를 두고 고민에 빠져 있었다.

번역 프로그램을 빌리지 않아도 외계의 언어와 문자를 사용할 수 있는 학자들이다. 링웨이 본인은 그들을 총괄했던 대표로서 협회에 남기로 결정을 마친 상태였다.

협회인이 되면 몸 안에 마이크로칩을 무조건 박아야 한다는 게 마음에 걸리지만, 왜 그래야 하는지 이해 못 할 일도 아니었다.

협회에서 다뤄지는 일들은 인류의 운명과 직결되기 마련이고 그 일을 진행시키는 게 사람인 이상, 불가피한 통제법이 필요하다는 데에 그녀도 동의하고 있었다.

그렇게 서명을 마치고 마이크로칩 주사를 맞으러 가는 길에서였다.

그녀는 협회의 전반적인 분위기가 평소와 다른 걸 느꼈다.

"외부인들이 많이 유입된 것 같은데. 오늘 무슨 일 있나요?"

드라고린어 번역 프로젝트는 대외비로 진행되고 있었기 때문에 그 일과는 관계가 없는 분위기였다.

협회 고위직 인사는 숨길 일이 아니라는 듯 대답했다.

"거래 시스템 때문입니다. 그렇지 않아도 시기가 딱 맞아떨어지는군요. 많이 피곤하지 않으시면 이번에 함께 발표하심이 어떠십니까?"

"아…… 거래 시스템도 열리는군요? 각성자들에게 희소식이겠어요."

"예. 그 발표 다음으로 박사님 차례를 준비해 놓을까 합니다만."

"저야 좋습니다."

마다할 이유가 없었다. 역사적 현장에 자신의 이름을 올리는 첫 무대가 될 테니까.

*   *   *

그날 일어난 사건은 고작 포클리엔이나 크실리버 따위의 작은 나라에서 승승장구하고 있던 각성자와 자본 세력들에게 경각심을 주기에 충분한 것이었다.

정령왕들의 네 숙주를 모조리 제거해 두었지만.

그 일이 있기 전에 불의 정령왕을 품고 있던 숙주가 이미 포클리엔 공국성을 습격해 버렸던 것이었다. 처참했다.

RMC(Rothschild Military Company) 그룹의 많은 공격대들은 그때 희생되었다. 용병들도 적지 않게 죽어서 그 보상 문제로만 로트실트 가문은 홍역을 앓는 중이다.

실제로 정령왕은 성을 자체로 녹여 버리는 극열의 화염을 부렸다지 않았던가. 그것이 이동했던 경로를 보자면 폼

페이 최후의 날을 연상케 한다.

만일 사대 정령왕이 모두 현신을 갖춰서 나를 공격했다면?

그렇게 준비할 시간을 줘 버렸다면? 포클리엔 공국성에 들이닥쳤던 참극은 이 땅에 진입해 온 모든 각성자들에게로 번져 버렸을 테지.

어쨌거나 내 앞에선 현신도 못 하고 쫓겨나 버렸지만 정령왕들은 천재지변임이 틀림없었다.

그간 포클리엔 공국에 남아 있던 건 바로 그래서였다.

포클리엔 공국과 더불어 맞닿은 크실리버 왕국까지.

총 50만㎢에 달하는 영역이 우리 인류의 차지로 확실히 깃발이 꽂히는 걸 보고 난 이후에 다음 행보를 이어 갈 계획이다.

내가 없는 사이 정령왕 같은 것이 도래해도, 무작정 당하고만 있지 않을 시스템이 갖춰지는 것까지.

그것까지 본 이후에 말이다.

이제 내일이면.

우리네 신의 이름을 달고 있는 아이템들과 일회성이지만 그렇기 때문에 더욱 위력적인 A급 이상의 인장들이 시장에 풀리기 시작한다.

각성자들은 여기서 번 돈을 장비에 아낌없이 투입해야 할 것이며 각 공대끼리도 위기 상황을 가정한 연대 작전을 준비해 둬야 할 것이다.

그러려면 자본 세력들은 번역 어플에 힘입어 각성자들에게 더 많은 돈을 안겨 줘야 한다.

도시를 발전시키고 금광을 개발하고.

이계인들을 통치하는 동시에 그들로 구성된 군대를 양성하는 등.

바르바 군단이 지배층의 파충류들과 피지배층의 쥐새끼들로 나뉘어 있듯이 우리 인류도 이 영역을 기반으로 확장과 지배를 수행해 나가야 하는 것이다.

장담할 수 있다.

우리 인류의 자본 세력들은 여기의 귀족들보다 훨씬 생산적으로 이곳을 이끌어 나갈 것이다.

그들은 수익을 창출하러 들어왔다. 그리고 애초부터 그 방면으로 타고난 자들이다.

그래서 이미 말도 통하지 않는 자들을 붙잡고, 이쪽의 실정에 맞게 생산력을 증대하려는 작업들이 한창이지 않은가.

그렇게 여기의 민생들은 차라리 마왕군의 통치를 받는 게 더 낫다는 걸 깨달아 갈 것이며 적어도 마왕군의 치하에서는 굶지 않는다는 소리를 달고 살게 될 것이다.

또 그렇게 우리가 선사하는 신(新)문물에 매료되겠지.

점령은 이렇게 해 나가는 것이다. 드라고린 전역에 던전을 열어 각성자들을 독립된 전장에서 소모시키는 게 아니라, 안전한 영역을 구축한 다음 거기를 중심으로.

전염병을 확산시키듯 그린우드 대륙부터 파먹어 들어가는 거다.

그런데 그날 저녁이었다.

칠마제 중 하나인 둠 카소가 심부름꾼을 보내 접촉을 해왔다.

*   *   *

내가 머물고 있는 숙소에서도 거기의 불빛이 환히 보였다.

이 야심한 밤에도 빛을 밝히고 있는 건물이었다. 어떤 고위 귀족의 저택이었는데, 이제는 협회 점령국의 제 1지부로 사용되고 있는 곳이다.

거기서 정리된 정보는 다음과 같았다.

「 포클리엔 공국

크기: 20만㎢

인구: 1000만 ~ 1100만 명 」

점령국 조사진들은 공국의 인구수가 낮은 주원인으로 귀족들만 문명의 특혜를 입고 있을 뿐 민간에게까지는 미치지 못한 점을 꼽았다.

이쪽 세계의 위생 시설과 의학 수준들이 마법이란 초자연적인 기술 덕분에 우리와는 다른 방향으로 발전을 지속해 왔으나 그것들은 모두 귀족들만 누리고 있다는 것이다.

「포클리엔 공국의 지역 집단 구성

* 20명 이상 1000명 미만의 거주지를 작은 마을로 정의한다.

* 1000명 이상 8000명 미만의 거주지를 마을로 정의한다.

* 8000명 이상 12000명 미만, 성곽 등의 방어 체계와 기본 인프라 그리고 사회 및 경제 활동이 왕성한 장소를 도시로 정의한다.

* 12000명 이상 100000명 미만, 도시의 체계를 갖추되 사회 및 경제 활동의 중심지가 되는 장소를 대도시라 정의한다.

* 도시 혹은 대도시의 체계를 갖추되 문화적, 정치적 중심지가 되는 장소를 수도라 정의한다.

작은 마을 : 약 15,000여 개

마을: 123개

도시: 20개

대도시: 없음

수도: 1개 」

포클리엔 공국과 크실리버 왕국의 3D 입체 지도와 함께 각 지역별로 점령 상태에 대한 현황 자료가 띄워져 있는 노트북을 바라보며, 다음엔 각성자들을 어디로 진출시킬지를 두고 계산하고 있던 때.

식사가 들어왔다.

"더 필요한 게 있으십니까?"

그렇게 물어오는 여자는 점령국에서 내 숙소로 보내진 협회 직원이었다.

미군에서 복무했었던 전직 군인이며 본토에 남편과 두 딸 아이가 있다는 것까지가 내가 아는 그녀의 전부였다.

어떤 사연으로 점령국 임무에 지원했는지는 모르겠다.

하지만 바로 한 달 전에 초자연적인 존재에 의해 여기 일부가 불지옥으로 변했다는 걸 알고도 지원한 걸 보면 단순히 모험심 때문만은 아니었을 것이다.

여자가 준비해 온 건 쌀밥이었다. 김치에 된장찌개까지.

포기째로 한 덩어리 큼지막하게 올려진 김치에서는 전문가의 솜씨가 엿보였다.

나 때문에 특별히 공수해 온 게 틀림없었다.

전장에서는 병사가 먹을 식량보다도 지휘관의 발 씻을 물이 우선이라지만 이건 나가도 너무 나갔다.

그 점을 꼬집은 후 되돌려 보낸 다음이었다.

기운 하나가 끼어들었다.

정령왕의 숙주들이 품고 있는 것처럼 그렇게 위협적이지는 않았다.

도시 성벽 바깥에서 나를 특정해 오는 기운이되, 자신의 존재를 드러내는 성향이 강한 기운이었다. 그게 전부였다.

그쪽으로 감각을 집중시키자 데클란 특유의 호흡 소리가 들렸다.

송곳니 사이를 새어 나오는 숨소리.

그러며 빨리 뛰는 심장 소리에서는 어쩐지 녀석의 긴장감이 묻어 나왔다. 녀석은 내게 제 존재를 알리는 동시에 바들바들 떨고 있는 중이었다.

직접 가서 확인해 보았다. 녀석은 정말로 겁에 질려 있었다.

개 대가리 족속들.

데클란을 마지막으로 본 게 최종장에서였다.

당시의 놈들은 죽을 걸 알면서도 내게 죽자 살자 달려들었었다. 죽음을 두려워하지 않는 투지. 그게 데클란 종족의 특성이다.

하지만 이 녀석은 무릎을 꿇고 있는 채 고개를 땅에 처박고 있었다.

물에 젖어 있지 않을 뿐이다.

귀며 갈기며 온통 처져 있었다. 데클란의 이런 모습은 처음 보았다.

둠의 앞이라서 그런 것이겠지?

몬스터를 앞에 두고도 목을 내리쳐 버릴까 말까 고민하던 중 문득, 그 고민만으로도 내가 칠마제 군단의 일원 중 하나가 됐다는 게 실감이 들었다. 이전이었다면 보자마자 목을 날리고도 남았을 일 아닌가.

어쨌거나 녀석은 마루카 일족의 원종들처럼 의념을 사용하지 못했다.

그렇다고 데클란 군단에는 바르바 군단의 쥐새끼들처럼 제 언어를 번역하는 아이템이 존재하지도 않았다.

그래서 녀석이 표현할 수 있는 건 겁먹어서 내는 으르렁거림뿐이었다.

그건 언어라기보다는 너무 단순한 감정의 표출 같았다.

죽이지 말아 달라, 제발.

그런 식으로.

그때 나는 녀석이 포클리엔 전역에 퍼져 있는 각성자들의 감각망을 뚫고 여기까지 도달할 수 있었던 원인을 발견했다.

파고 나온 게 확실한 구멍이 땅에 뚫려 있었다. 지하로 연결된 깊은 통로는 지지대가 없이도 견고해 보였다. 이런 건 데클란 군단에서 본 적이 없었다.

그라프 일족의 지네 새끼들은 지하를 헤엄치고 다니는 데 능숙하지만 어디까지나 녀석은 개 대가리를 단 데클란이었다.

그쯤에서 녀석이 떠는 손으로 땅굴을 가리켜 보였다. 녀석은 아주 조심스럽게 몸을 일으켰는데, 허리와 목을 굽히고 있었어도 나보다 훨씬 컸다.

녀석은 찰나에 마주친 내 시선을 피했다. 그래도 녀석의 두 눈에서 이글거리는 힘을 읽어 낼 수 있었다. 개안일 리는 없었다. 뻘겋게 이글거리는 색채의 두 눈이 뚜렷했다.

거기에 보태서 눈 밑에는 눈물 모양으로 세로 줄기의 붉은 털이 존재했다.

얼핏 보면 구분하기 힘든 게 데클란 종이다.

그러나 그런 붉은 털을 가진 종은 몇 되지 않는다. 본 시대에서는 공포의 또 다른 상징이기도 했다.

B 등급 던전의 보스 몬스터로 출몰했던 종.

본 시대의 네임드들도 혼자서는 절대 처치 못 하는 종.

최종장에서는 내게 죽어 나갔던 종이다.

최고의 광폭화 능력을 보여 주는 종이었기에, 올드 원은 이것들에게 '피의 갈기'라는 이름을 붙여 준 바 있었다.

녀석이 차고 있는 뼈 목걸이가 눈에 들어올 무렵. 녀석이 흠칫거리더니 이족 보행을 포기했다. 날 의식하며 네발로 기기 시작한 것이다.

그렇게 녀석이 땅굴 입구에서 멈춰 머뭇거리는 모습에서 본인을 따라오라는 신호임을 직감했다.

나를 유도하고 있다?

흥미가 동했다.

역경자는 일찍이 충전된 때였다. 설사 둠 카소 같은 것이 나를 기다리고 있다 하더라도 문제 될 게 없었다.

지난 지령을 떠올려 봤을 때에도, 둠 간의 싸움은 둠 카오스의 용인 아래 진행되는 식이었다. '도전권'이란 게 있었지 않았던가.

만일 둠 카소가 그 도전권을 확보해서 내게 도전하고 있는 것이라면 피할 이유가 더욱더 없었다.

비록 본 시대에서는 선사해 주지 못했지만, 이번에는 놈에게 제대로 된 교훈을 심어 줄 수 있을 것이다. 어떤 이유로든지 간에.

*　　　*　　　*

땅굴의 내부는 겉에서 잠깐 확인했을 때 파악한 것과 동일했다.

구태여 허리를 숙일 필요 없이 높았다.

지하 깊숙이 비탈져 있다가 일자로 뻗은 부분이 시작됐다.

그 무렵 녀석은 비굴함이 담긴 시선으로 나를 돌아보았다.

얼마나 길지 모르는 통로 내내 녀석의 뒤를 따라 느릿한 발걸음을 유지하고 싶지 않았다. 손을 한 번 저어 준 시점에서 녀석이 달리기 시작했다.

B 등급 던전의 보스 몹답게 준수한 속도를 낼 수 있는 녀석이었다.

지하 통로는 오랜 세월에 걸쳐 만들어진 게 틀림없었다. 중간에 다른 통로로 연결되는 교차 지점이 많은 것만 봐도 그랬다.

데클란의 던전에서나 봤던 널찍한 거주 지역들이 발견되던 때는 보다 확신할 수 있었다.

데클란은 포클리엔 공국의 북부 지역부터 제 종족의 영역을 구축해 놓았던 것이다.

바로 우리 점령 지역 밑에.

혹 내 말을 알아들은 것일까?

"내 군단의 발밑에서는 꺼지는 게 좋을 것이다. 어디로든."

아니면 그저 위협을 느낀 것에 불과한 것일까?

우뚝 멈춰서 나를 돌아본 녀석의 눈길에는 굴종의 뜻이 강하게 담겨 있었다. 주인 잃은 애처로운 강아지처럼 눈물까지 글썽거렸다.

오르까도 저런 표정은 짓지 못한다.

*   *   *

포클리엔 국경을 훨씬 지나쳤을 것이다.

빠른 속도.

한참을 달려 빠져나온 곳은 어떤 널찍한 공간으로 이어졌다.

여전히 지하였지만 데클란의 손을 거친 곳이 아니었다. 마나의 흐름이 잔뜩 끼어서 지하 속에서도 큼지막한 홀을 유지시키고 있었다.

그쯤에서 데클란 녀석이 나를 왜 여기로 데리고 왔는지 깨달았다.

토벽으로 구성된 한 부분에서였다. 본체의 얼굴은 그 너머로 잠겨 있었으나 거대한 눈 하나가 돌출되어 있었다.

저걸 어떻게 잊겠는가!

한때는 나를 공포로 떨게 만들었던 눈알.

전 인류에게는 종말을 실감하게 만들었던 눈알이다.

지금도 나는 둠 카소를 생생히 그려 낼 자신이 있었다. 당장 토벽 바깥으로 보이는 건 눈 하나뿐이라지만 저 너머 어떤 모습으로, 어떤 크기로 담겨 있는지 그 전부를 말이다.

둠 카소는 괴수 중에서도 거대 괴수였다. 높이만 30미터가 넘는다.

실제로 눈알이 돌출되어 있는 인근의 토벽들을 유심히 살펴보면, 고르지 못한 그 면들이 전부 놈의 거대한 얼굴 굴곡을 얼핏 드러내고 있다는 걸 확인할 수 있다.

그렇다.

여기는 신마대전에서 한 홀리 나이트에게 봉인됐다던 마왕, 둠 카소가 잠들어 있는 장소였다.

본 시대에서는 팔악팔선들의 반격에 쫓겨났었다. 이번에는 성(聖) 제이둔이라는 것에 의해 쫓겨났다고 알고 있었는데, 여기서 쉬고 있었던 것인가. 그 오랜 세월 동안 동면하듯이?

가소로운 눈알 하나가 거기서 깜빡거렸다. 느릿하게 한 번.

그리고 동공은 날 쫓아 움직였다. 토벽에서 부스러기가 떨어지기 시작한 것도 그때였다.

"둠 카소."

놈의 눈알에 대고 말을 내뱉었다. 스스로 느끼기에도 적의가 다분한 목소리였다.

나는 주먹을 움켜쥐고 있었다. 저 눈알뿐만 아니라, 당장 놈을 끄집어내 사지를 갈라 버리고 싶은 충동을 억누르기 위해서였다.

하지만 아직은 놈을 죽여 버릴 때가 아니었다. 놈의 이야기를 들어 줘야 한다.

왜 나를 불러냈는지, 내게 무엇을 원하며 또 무엇을 제공할 수 있는지. 둠 카오스와 세계의 진실에 대해서 어디까지 알고 있는지. 어떤 꼬투리를 잡아서라도 다 뽑아내야 한다.

스르르—

녀석이 보내오려는 의념(意念)이 느껴졌다.

거역할 수 없는 둠 카오스의 것과는 달리 내 선에서 얼마든지 차단이 가능한 영역에 속한다.

그보다 나는 놈 또한 의념을 사용할 수 있다는 데에서 살짝 빈정이 상했다.

사실 의념은 그렇게 독보적인 능력이 아니긴 하다. 연희도 하고자 한다면 가능한 영역이다. 정신 계통의 일종으로, 둠 카소에게도 정신계 스킬이 있다는 것쯤은 본 시대에서 이미 파악된 일.

나는 녀석에게 내 뜻이 전달되는 것을 확인하고 나서 이렇게 말했다.

"하급 주제에 여기까지 불러내다니. 대가를 준비해 놓았어야 할 거다. 네놈의 심부름꾼은 맨손이었다."

내 시선을 받은 데클란은 그때 꽁무니를 뺐다.

"전리품을 넘기마."

의념에서 목소리로 화한 둠 카소의 음성이 묵직하게 들어왔다. 주변을 울리며 토굴 천장에서도 흙 부스러기들을 떨어트렸다.

"전리품?"

"전쟁이 재개되었다. 둠 카오스께서 네게도 지령을 내리셨을 터, 우리는 공조해야만 한다. 그분께서도 그걸 바라실 터이니. 거기서 얻는 모든 전리품은 바로 네 것이 되는 것이다. 둠 맨이여."

그런데 이놈은 방향을 잘못 잡아도 한참을 잘못 잡았다.

이렇게 나와 주면 수월하지.

"큭."

포클리엔 공국에서 한참 떨어진 거리에 있었지만 혹시나 싶었다. 또 각성자들이 진출할 지역이 황폐화되는 것을 막기 위한 목적도 있었다.

[* 보관함]

[오딘의 황금 갑옷 (전쟁의 신)이 제거 되었습니다.]

[오딘의 황금 갑옷을 사용하였습니다.]

"뭘 하는 것이냐!"

"공조? 우습지도 않군. 네놈은 내 명령에 따라야 하는 거다. 칠마제 군단의 룰은 그렇지 않으냐? 응당 내 밑에서 임무를 같이 수행한다면 전리품은 당연히 내 것이다. 그게 당연한 룰인 것을, 이런 모지리 같은 놈."

"나는 그대에게 도전하는 것이 아니라 ……."

그렇지 않아도 다른 둠과의 만남을 기다리고 있었다. 둠 카소라면 얼마든지 환영이다.

"잠, 잠깐!"

"내가 왜 네놈보다 상위 군주인지 손수 가르쳐 주마. 대화는 그 이후에 다시 시작하는 걸로 하지."

[오딘의 절대 전장이 개방 되었습니다.]

*　　　*　　　*

놈이 토벽 속에 잠겨 있던 전신을 일으키는 속도보다.

[오딘의 분노를 시전하였습니다.]
[대상: 제우스의 뇌신 창]

뇌신 창 끝에서 토해져 나간 벼락들의 움직임이 더욱 빨랐다.
애초에 그런 거대한 체구로 내 움직임에 필적한 속도를 낼 수 있었다면 칠마제의 제일 끄트머리에 존재하고 있지도 않았을 것이다.

비산(飛散)하는 뇌력의 파편들에 의해서 그리고 놈이 꿈틀거리는 움직임에 의해서.

흙더미들이 일제히 무너져 내리기 시작했다. 천장을 구성하고 있던 쪽에서였다.

그라프 일족이 아닌 이상. 지하 흙더미를 헤집고 다니며 놈과 공방을 주고받을 생각은 추호도 없었다. 위로 치솟아 올랐다.

지상까지는 꽤 거리가 있었다. 눅눅한 흙냄새가 어김없이 따라붙었다. 함께 쏠려 온 흙들이 분수처럼 터지는 그 순간이, 비로소 지상으로 올라온 순간이었다.

화악!

지상으로 이계인들의 거주 지역이 존재하지 않을 거라는 것쯤은 결계를 펼친 순간에 알고 있었다. 대낮의 숲이었다.

인근의 거목들은 지반에서 일어났던 운동 때문에 쓰러져 있었다.

그래서 머리 위는 천공을 가리는 것 없이 뻥 뚫려 있었으나, 태양은 절대 전장의 결계에 가려져 있었다. 일대는 희끄무레한 빛에 잠식되어 있었다.

한편 뚫고 나온 지면 쪽이 움푹 꺼진 채로 조용해졌다.

둠 카소는 나와 겨루고 싶지 않아 한다. 그러나 그것은 놈의 착각이다.

지금은 훈육 시간인 것이지, 사투를 벌이는 시간이 아니란 말이다.

뇌신 창을 거꾸로 말아 쥔 즉시였다.

쏴—!

지면을 향해 내리찍었다.

빠지지직!

묵중한 떨림이 동반됐다.

지면에 튀어 대는 파편들은 육안으로 확인할 수 있는 극히 작은 일부분에 불과할 뿐이다. 본체인 뇌력 줄기는 뇌룡(雷龍)처럼 지하를 헤집으며 들어가고 있는 중으로, 사실 오딘의 벼락 폭풍으로 강화된 것보다는 약한 스킬이 맞다.

그럼에도 그 힘을 주체 못 해서 지상 바깥까지 뚫고 나오는 파편들이 많아졌다.

그것들은 곳곳에 새싹을 돋우더니 갑자기 만개해 버리는 꽃처럼 굴었다. 대지는 뇌전으로 뒤덮였다. 그것들은 한참이나 일렁거렸다.

그 땅의 초목들이 견디지 못하고 잿가루로 나부끼기 시작한 시각.

둠 카소 또한 견디지 못하고 밖으로 튀어나왔다.

시작은 땅을 뚫고 나온 거대한 손아귀였다. 반대편 손까지 지상을 뚫고 나와 접촉면을 지지대로 삼는다. 전신을 끌어올리고 있었다.

지면이 놈의 무게를 버티지 못하고 와르르 다시 무너졌을 때는 그렇지 않아도 커다랗던 구덩이가 운석구의 크기만큼 더 크게 꺼져 버렸다.

거기에서 놈의 대가리가 뒤늦게 모습을 드러냈다.

많은 양의 토양이 거대한 얼굴의 굴곡을 따라 흘러내리고 있었다.

그 모습만 보자면 전설의 고대 괴수가 깊은 지하에서 몸을 일으키는 광경이라 할 수 있었다. 내 벼락이 그것의 깊은 잠을 깨웠고.

놈이 흉부까지 끄집어 올렸다. 놈의 얼굴을 확인하기 위해선 고개를 완전히 치켜들어야 할 정도로 높이 솟은 모습이다.

뿌연 흙먼지와 함께 우르르 쏟아지는 흙더미.

거기에서 붉게 변한 두 개의 동공이 나를 내려다보고 있는데, 뇌신 창의 일격을 맞고도 건재한 자신의 맷집을 과신하는 눈빛이기도 했다.

그래. 네놈의 맷집만큼은 일품이다. 그래서 팔악팔선들이 참 고전했었지.

"네 본토에서 있었던 일 때문이냐? 그 일은 지령에 의한……!"

놈은 내 마음을 되돌릴 수 없다는 걸 알아차렸던 것 같다.

싸움을 회피하고만 있던 놈이 말을 갑자기 끊었다. 그러더니 지면에 늘어트리고 있던 주먹을 휘둘러 왔다.

놈의 주먹은 실로 거대하지만 느리다.

거기에만 국한됐다면 다이아 구간이라도 피할 수 있었을 것이다.

하지만 주먹보다 앞서 부딪쳐 오는 풍압(風壓)이 있다. S급의 최종점을 찍었던 팔악팔선 외에는 휘하 네임드들이 놈에게 접근조차 할 수 없었던 까닭이 거기에 있는 것이다.

압력은 방어막을 깎아 들어오면서도 동공이며 가슴을 짓눌러 왔다.

거대 주먹이 가까워지면 가까워질수록 풍압은 배가 되었다.

놈으로선 나름대로 회심의 일격을 가한 셈이었다.

본 시대의 팔악팔선들이 낙엽처럼 떨어져 나갔던 광경이 뇌리를 스치는 동시에 놈의 주먹이 지척에 이르렀다.

주먹도 거대하고 거기에서 어깨까지 이어져 있는 팔도 거대하다. 그래서 검은 밤, 폭풍 해일이 밀려오는 것과 동일하게 느껴진다. 놈의 털이 거무튀튀한 색깔이었기에 더 그렇게 보였다.

그렇게 검은 색채로 거대하게 뭉쳐 있는 부분, 바로 주먹.

그것이 시야를 빈틈없이 채우는 순간을 기다리고 있었다.

콰앙!

뇌력을 발산하지 않고 창끝에 응집해 뒀기 때문이었다. 창끝은 일점(一點)에 불과하고 놈의 주먹은 거대한 면적을 과시하던 시점이다. 그러나 막상 그것들이 부딪쳤을 때의 결과는 놈조차도 예상 밖이었을 것이다.

충돌 순간에 창끝을 살짝 틀었을 뿐.

"크어억"

놈의 주먹도 확 비틀렸다.

원체 시야가 놈의 주먹으로만 꽉 차 있었기 때문에, 그런 움직임이 내게는 검은 공간이 일그러지는 것처럼 보였다.

벼락 줄기들이 놈의 방어막을 꿰뚫었다.

여러 가지 줄기들로 갈라지고 파편들을 흩날릴 때는, 푸른 빛으로 번뜩이는 형형한 움직임이 더욱 강조되었다.

그래도 아직 멀쩡한 것을 보면 정말 맷집 하나만은 인정해 줄 부분이다.

우리 식으로 환산하면 엔더 구간의 절정에 달하는 체력
이지 않을까.

그때쯤 자신을 발동시켜 달라던 특성 하나의 바람을 들
어주었다.

[질풍자가 발동 하였습니다.]

타원형의 형체를 가진 마나의 영역. 그 속에 담겨 있는
질풍자가 빠른 진자의 움직임으로 소용돌이를 일으키기 시
작했다.

＊　　　＊　　　＊

놈의 상체가 지면에 충돌하는 속도도 느릿했다.

놈의 흉부 아래는 지면 속에 잠겨 있어 다 빠져나오지 못
한 상태라, 상체만 큼지막하게 엎어져 버린 것이었다.

잿가루에 엉켜 붙은 흙들이 우박처럼 떨어져 내리고 있
던 때였다.

나는 놈의 손가락 하나를 양팔로 껴안았다. 그리고 나서
들어 올렸다.

두꺼운 털, 단단한 피부 그리고 그 속의 단단한 뼈.

손가락 하나의 뼈마디가 강제로 곤두세워지던 순간에 나는 소리는 우레와 같았다. 뭔가가 크게 부서지는 것 같은 소리이기도 했다.

놈의 전신은 그렇게 지상 바깥으로 끄집어내졌다. 뒤쪽으로 내던져 버리자, 놈은 결계와 충돌하고 나서 머리를 흔들어 댔다.

중심이 잡히지 않은 대로, 몸이 구겨진 대로 일단 머리부터 흔들어 보는 것이다.

아마도 놈에게는 내가 거꾸로 서 있는 것처럼 보일 것이다.

나는 바로 서 있지만, 놈은 거꾸로 허리가 접힌 채였으니까.

"이제 공평해졌나?"

"둠 카오스께서 용인하지 않을 것이다."

놈의 뒤를 가리켜 보였다. 바깥은 결계 면에 가려 보이지 않는다. 바깥을 보라는 게 아니라, 결계 면 그 자체를 보라는 뜻에서였다.

"우리는 시비가 붙은 거다. 네놈이 상급 군주에게 무례를 범했으니까. 그래서 혼찌검을 내 주려 했는데, 네놈의 저항이

워낙 강해…… 어쩌면 널 죽일 수밖에 없던 거였다. 어쩌면."

"어, 어쩌면? 둠 카오스가 두렵지 않으냐? 다른 계단의 군주들께서도 오늘 일을……."

"두렵지. 하지만 둠 카오스라고 여기까지 들여다볼 수 있을까?"

올드 원의 옛 힘에 의해 만들어진 결계 안이다. 그리 대단한 둠 카오스라 할지라도 결계를 깨고 들어오지 않는 이상 간섭할 수 없다.

"그리고 내 생각엔 둠 카오스께서도 용인해 주실 것 같군. 고작해야 드라고린보다 조금 강한 놈 대신, 새로운 둠을 위해 공석을 만들어 두는 게 낫다고 생각한다."

"뭐, 뭘 안다고 지껄이느냐. 너는 전장에 있지도 않았다!"

"네놈이 성(聖) 제이둔이란 것에게 처맞았다는 건 알고 있지. 보아하니 다 나은 것 같은데 지금까지도 숨죽이고 있는 건, 그놈의 혈맥이 두려워서가 아니냐? 둠 카소. 네 놈은 모든 둠의 수치다."

"뒤늦게 합류해서는 무슨 망발이냐! 당시의 격렬함을 네가 어찌 알까. 더 높은 계단에 계신 분들께서도 힘들어하셨었다. 그때 없었던 것이, 함부로 속단할 수 있는 전장이 아니었단 말이다."

"'둠의 본체'를 본 적 있나?"

"……뭣?"

"난 둠 데지르의 것을 본 적이 있다. 둠 카오스에게 이지를 잠식당하게 되더군. 네놈도 둠의 지위에 오르며 느낀 바가 있었을 테지. 해서 말해 두는 것이다. 둠 데지르는 '본체' 상태에서도 내게 죽임을 당했다. 그때 난 둠도 아니었는데 말이지."

"……."

"꺼내고 싶으면 얼마든지 꺼내 보거라. 할 수 있는 데까지 다 해 보거라. 그렇게 네놈이 얼마나 무력한지 실감하거라."

"다시 말하지만 그대에게 도전할 생각이 없……!"

"어디까지 저항할 수 있는지 보자!"

"기어이……."

[오딘의 신수(神獸)를 시전 하였습니다.]

불씨들이 화르륵 타오르며 나타났다.

질풍자로 도약해 버린 속도에 몸을 맡기며 날개로는 허공을 때렸다.

초열(焦熱)의 열기를 동반하고 있었다. 공기가 뜨겁게 달궈지는 속도나, 겁화가 치솟아 오르는 속도는 나를 따라붙지 못했다.

그것들은 놈의 안면에 뇌신 창을 꽂아 넣어 버린 다음에서야 따라붙었다.

일차적으로 뇌력이, 이차적으로 겁화의 화염들이 놈의 얼굴을 쓸고 지나갔다. 불에 타오르고 뇌력들이 튀면서 거기는 난장판이 되었다.

세 번째 연격으로 시바의 칼이 놈의 얼굴에서 폭발했을 때.

놈은 일으키고 있던 자세 그대로 중심을 잃었다. 뒤에는 결계가 반원의 형태로 천공을 향해 이어져 있다. 놈의 자세도 결계의 형태대로 자연스럽게 굽어졌다.

세 개의 꼬리. 알파, 베타, 감마.

그것들은 어느 것이든 놈의 사지를 감싸기에는 길이가 충족되지 못했다.

그래서 나는 녀석의 정수리에 착지한 채로 꼬리를 또 다른 병기처럼 사용하고 있었다. 마침내 방어막이 증발된 곳들이었다.

거칠고 두꺼운 털을 뚫고 그 피부 속으로 꼬리들이 박혔다.

"크라아아악—"

놈이 고개를 흔들어 대도 풍압이 부딪쳐 오는 감각만이 있을 뿐.

놈이 나를 모기 취급하듯 손바닥으로 쳐 내려올 때에도, 뇌신 창의 끝에선 뇌룡(雷龍)들이 끊임없이 솟아 나오고 있었다.

뇌룡들은 놈의 손가락 하나하나 그리고 손목을 통째로 다 감쌌다. 졸라매서 절단시켜 버릴 기세였다.

때는 놈이 발을 굴러 대고 있던 때였다. 유성이 쏟아지는 게 아니라 쪼개진 지각들이 아래에서 솟구쳐 띄워지는 것이었다.

하지만 그것들마저도 놈의 발광에서 인 풍압에 의해 가루로 흩날리기 일쑤고.

그것들을 불태워 버린 게 나의 불씨와 벼락 파편들이었다.

놈이 거대했기 때문에라도.

놈은 화산이고 흩날리는 것들은 화산재로 보이기에 충분했다.

꼬리를 박은 그대로 벌려 버린 피부 속에는 피가 끓고 있었는데, 실제로 그것이 와락 솟구치며 화산이 폭발하는 것 같은 풍경을 자아냈다.

어찌나 거친 압력으로 솟구쳐 버렸는지 그것은 결계 천장까지 부딪쳤다.

그때 놈에게서 느낀 것은 마나의 움직임이 아니었다. 마나보다 더 깊은 영역.

그저 존재만을 느낄 수 있는 정도에 불과하나, 놈이나 내게는 권능의 기운이 담겨 있었다. 놈은 그것을 끄집어내고 있었다.

마나처럼 어떤 흐름으로 움직이는 것인지 파악할 수 있

었다면 놈이 사용하려는 권능을 복사해 낼 수도 있었을 것이다.

그러나 거기까지는 아직 요원한 영역이었다.

놈이 권능을 사용했다.

붉은빛이 감도는 기운. 압도적인 색채 외에도, 보는 것만으로 섬뜩함을 자아내는 것이 화(火) 속성을 품고 나온 마나와는 구별된다.

본 시대에서는 그것의 정체에 대해 자세히 몰랐다. 하지만 이제는 안다.

원래 이쯤에서 팔악팔선들은 전멸에 가까운 처지였다.

일악이 역경자를 발동시키던 시점이자, 며칠간에 걸쳤던 교전이 종지부로 향하던 시점이었다. 하지만 지금 놈은 불과 몇 번 처맞는 것만으로, 고유 권능을 꺼내고 있었다.

놈도 슬슬 본격적으로 하려 하고 있던 것이다. 자신의 절기를 꺼내지 않고서는 나를 대적할 수 없다는 것을 실감했기 때문이리라.

선택지는 두 가지였다.

일단 피하고 볼 일인지, 놈의 전력에 맞서 받아쳐 주든지.

선택은 후자였다. 놈을 복속시키는 것에 목적이 있으니까.

놈이 전력을 다한 것보다 더 압도적인 힘을 보여 주어야 한다!

날개를 접었다. 꼬리 알파부터 감마까지, 거기에서 확 피어오른 염화가 나를 감싸 올랐다. 데비의 칼이 회전하는 궤적 또한 나를 중심으로 삼았다.

화염이 타오르며 데비의 칼이 회전하는 소리.

그 모든 소리가 겹쳐서 자글거렸다. 그것들을 찰나에 개방시켜 버렸던 것처럼 놈의 고유 권능도 찰나에 부딪혀 왔다.

수북하게 자라난 털들은 모두 붉은 빛으로 돌변해 있었다. 공격 대상이라곤 나밖에 없으니, 그 털 전부가 권능의 기운을 품고서 내게 날아들고 있었다.

그러니까 지금부터 할 일은 저것들 하나하나를 뇌신 창으로 꿰뚫어 버리는 거다.

궁극(窮極)의 속도.

오버로드의 빠르기로!

그 어떤 것 하나도 접근을 허락하지 않는 것이다.

*　　　*　　　*

쓰러진 놈의 이마를 밟고 서 있었다.

뇌신 창에서 일고 있는 벼락들은 세 개의 검날처럼 움직이는 중이었다.

놈의 이마에 삼자(三字)로 긴 획을 긋고 있었고, 놈이 팔이며 다리를 움직이려 할 때마다 날개에서 불씨들을 쏘아 보냈다.

날려 보낸 건 불씨지만 충돌할 때만큼은 겁화로 일었다. 사방 군데에서 치솟고 있는 불길은 거기서 파생된 것이다.

"그······ 그만······!"

"이게 끝이냐? 둠의 수치답군. 처맞고 다닐 만한 솜씨다."

놈에게만큼은 좋은 말이 나올 수가 없었다. 이것도 많이 다듬어진 말들이다.

"고유 권능 또한 심각하게 모자라군. 둠 카오스가 네놈을 어떻게 생각하고 있는지 알 만하구나. 아니, 네놈의 덜 떨어진 한계 때문인가."

"왜······ 이렇게까지······ 그대의 본토 때문이라면 알다시피······."

"그대?"

뇌신 창을 뽑아낸 즉시, 놈의 눈알 하나를 향해 던졌다.

놈은 육성으로 비명을 토했다. 동시에 팔다리를 휘저어 대려 했지만, 그것이 고통을 가중시킨다는 것을 금방 깨달았던 모양이다.

견디고 또 견디고 있는 놈에게서 뇌신 창을 다시 뽑아 들었을 때.

뇌력 줄기들이 갈고리가 되었다. 놈의 눈알까지도 그대로 딸려 올라왔다. 형체를 구성하고 있는 시간은 짧았다. 터져 버렸으니까.

더러운 핏물과 안구의 구성물들이 사방으로 쏟아졌다.

"크어어억!— 제가! 제가! 다 잘못했습니다. 둠…… 둠맨 님."

비로소 제대로 된 정답이 솟구쳐 나왔다. 아직은 남아있는 온전한 눈알을 감아 버리면서였다. 그것까지는 차마 잃을 수 없다는 듯 보였다.

"하나 묻지. 내가 어디까지 올라갈 것 같으냐?"

"그…… 그건……."

"서열 4위, 둠 인섹툼. 그놈의 자리까지는 머지않았다."

"······지당하십니다."

"둠 카오스부터 둠 엔테과스토까지는 제외하지. 그들은 우리와는 다른 영역에 속한 존재들이니. 하면 네놈은 어디에 줄을 서야 하는 게 맞을까? 뭘 어떻게 하면 내 손아귀에서 살아날 수 있을까?"

"······."

"지금 누가 널 구원해 줄 수 있겠나, 그걸 묻고 있는 거다."

"둠······ 둠 맨 님뿐이십니다."

"그럼 남은 건 하나뿐이군."

"그게 뭡니까?"

"다신 나와 눈도 마주칠 수 없는 공포를 심어 주마."

"높은 계단의 군주들께서 이를 절대 용인하지 않⋯⋯!"

"그래. 바로 그 소리를 못 하게 만들어 주지."
바로 지금부터.

Chapter 2.

계속 분노가 실렸다.

놈에게는 없는 기억이겠지만, 놈은 가뜩이나 힘든 상태였던 인류에 절망을 선사했었다. 그때 인류는 절망할 거리가 아직도 남아 있다는 사실을 깨달았었다.

팔악팔선의 합동 공격 그리고 역경자를 터트린 일악이 놈을 쫓아냈어도 최대의 생존 도시 두 곳 중 하나가 파괴된 일은 여파가 심각했다.

본시 거기는 팔선 세력의 본거지나 다름없었다.

때문에 팔선 세력이 팔악 세력의 생존 도시를 차지하기 위해 멈췄던 전쟁을 다시 벌이기 시작한 것이었고, 인류에게 남은 시간은 그렇게 줄어들어 갔다.

그때부터가 본 시대 말기다.

즉, 놈은 본 시대의 중기와 말기를 결정지었던 분계선이었다.

어머니를 케어하는 일은 더 힘들어졌었다. 어머니의 유일한 벗이었던 이모를 그때부터는 포기했어야 했다. 이후로 어머니가 웃는 모습을 본 적이 없었다.

더럽기 짝이 없는 생존 시설들을 전전하시며 똑같이 감정을 잃은 생존자들 속에서 하루하루를 견뎌 내야 하셨다.

그래서다.

같잖은 말로 놈을 도발해 왔던 데에는 그마저도 하지 않는다면 도무지 참지 못할 것 같았기 때문이었다. 당장 죽여 버리고 싶다. 일악의 목을 날려 버렸듯이 놈의 목 또한!

가까스로 뇌신 창을 멈춰 세웠다.

어떤 금단 현상처럼 심장이 빠르게 뛰고 있던 때이기도 했다.

죽이지 말아야 한다는 생각에 힘을 조절하고 있던 게 원인이었다. 채찍질은 늘어났고 분노는 계속 더해지고 있었다.

깔끔하게 죽여 버렸다면 격정에 휩쓸릴 일은 없었을 터.

그런데 놈이 이상하리만큼 조용했다.

숱한 채찍질에도 놈의 비명이 어느덧 그쳐 있다는 걸, 그때 깨달았다.

죽어 버렸나?

그럴 리는 없다.

움직임을 느끼고 뒤를 돌아보았다. 하나 남아 있던 놈의 눈이 떠지고 있었다.

"……그 원한은 무엇이냐."

음성은 동일했다. 그러나 그뿐이다. 놈의 음성이 자아내는 분위기는 돌변해 있었다.

무자비한 폭력에 잔뜩 겁을 먹었던 직전의 그놈 것이 아니었다.

"크어어억!— 제가! 제가! 다 잘못했습니다. 둠…… 둠맨 님."

그렇게 빌빌 기었던 놈은 온데간데없이 사라져 있었다.

나는 뜨겁게 달아오른 분부터 삭였다. 그리고 날개를 펴서 놈을 한눈에 내려다볼 수 있는 높이까지 상승하였다.

다시 보아도 놈의 육신에는 변화가 없었다. 채찍질의 흔적들. 그러니까 벼락 줄기에 난자된 상처들에서 피를 흘리고 있는 그대로였다.

"넌 누구지?"

"둠 카소."

"그걸 묻고 있는 게 아니라는 것쯤은 알 텐데?"

**"나를 굴종시킨다고 도움이 될 것 같은가⋯⋯ 허튼짓이
다."**

체념한 목소리였다. 놈의 동공은 날 쫓고 있지 않았다.
무력감에 빠진 채로 망연자실하게. 그렇게 천공의 결계만
바라보고 있었다.

살을 떨리게 만들었던 분노가 순간 사그라들었다. 놈은
아무래도 이상했다.

"다시 묻는다. 너는 누구냐?"

"카락투(Ca—lak—too)."

그제야 놈의 동공이 날 쫓아 움직였다. 놈도 힘없는 눈으
로 물음을 던져오고 있었다.

"오딘."

"오딘."

"나를 불러냈던 놈은 누구였나?"

"오랫동안 나를 대신하고 있던 인격이다. 그대를 불러내서 공조를 말할 만큼 혈기가 넘치는 인격이지. 생각이 짧으나 그로써 이로운 점도 많은 인격이다. 덕분에 이렇게 그대를 만날 수 있게 된 것 아닌가. 나로서는 감행할 수 없는 일이다."

"새로운 인격? 구태여 왜?"

"우리의 그릇은 작다. 둠 아루쿠다나 둠 엔테과스토처럼 둠 카오스의 영생(永生)을 쫓아갈 수 없는 법. 우리 같은 존재들은 사고가 단순해져야 하는 것이다. 오딘이여. 세월에 묻히지 말아야 하는 것이다…… 그대는 아직 이해 못 할 이야기일 것이다."

둠 카소가 어느 정도 정신계 능력을 다룰 수 있다는 것쯤은 알고 있었다. 연희나 둠 데지르의 수준까지는 아니라서 직전의 전투에서는 그 능력을 활용하지 않았다.

하지만 자신에게만큼은 아주 오랜 세월 전부터 활용해 온 것 같았다.

"하나 이해 못 할 것은, 내게 왜 그런 분노를 품고 있냐는 것이다. 나를 굴종시키려는 행위인 것과 동시에 사사로운 감정이 다분하였다. 네 본토를 침공했던 연합 군단의 사령관으로 내가 임명된 것은 맞다. 허나 그 일은 시작 단계에서 끝나지 않았던가. 그대는 과도했다."

"……."

"그대는 내 병사들을 죽여 왔고, 마지막 전투에서는 더 많은 장수와 병사들을 죽였다. 그에 비하면 그대의 본토는 소량의 피해만 입었을 뿐이다. 까닭이 무엇인가. 나를 왜 그렇게나 죽이고 싶어 하는가. 그러며 죽이지 않는 건 무엇 때문인가. 나를 굴종시켜 얻으려는 것이, 가능하리라 생각하는가. 누구도 둠 카오스의 권좌에는 도전할 수 없다."

놈의 거대한 눈에선 정말 오랜 세월이 묻어 나왔다. 길고 긴 전쟁에 지친 노병(老兵)의 한숨이 들려오는 것만 같았다.

괴수의 몸체로 삶에 통관한 목소리라니.

인정한다.

놈을 과소평가했었다.

"둠 데지르를 죽인 힘은 어떻게 얻게 되었나. 짧은 시간 속에서 어떻게 나를 능가할 수 있었던 것인가. 납득할 수 없다. 오딘이여."

놈이 진짜 묻고 싶은 바는 바로 그것일 것이다.

＊　　＊　　＊

무엇도 고통에 익숙해질 수는 없다.

견딜 수만 있을 뿐이다.

고통에 꾸준히 노출되다 보면 자아가 박살 나기 마련이다. 강철 같은 의지도 한 기점으로 산산조각 나고 만다.

실제 물리적 폭력에 의해서든, 정신적 폭력에 의해서든 말이다.

그렇게 무너지는 자들을 많이 보았다. 칠마제라고 해도 육신과 정신을 가진 이상 별다를 것 없을 거라고 생각했던 게 패착이었다.

고통을 초월한 존재는 있을 수 없다는 생각엔 지금도 변함이 없다. 다만 놈이 살아왔을 장구한 세월만큼, 공을 들여야 하는 것이다.

놈을 단시간 안에 굴종시키는 것을 포기할 수밖에 없었다.

놈을 죽이기로 결심한 것도 그때였다.

'나는 전생자(轉生子)다' 라는 말로 포문을 열려고 했다.

어차피 죽일 놈이니 이야기를 다 풀어 준 후에 놈의 진실된 이야기를 끌어내려 했다. 그런데 그 순간, 놈이 눈을 감으며 말을 이었다.

"그쳐 달라. 푸념이었다. 내 처지를 이해해 달란 것이었다. 날 죽이면 둠 카오스의 징벌이 떨어지는 건 정해진 수순이다. 그의 진노를 사지 마라, 조언하겠다. 그대에게 이로울 것이 없음이다. 오딘이여."

이놈 봐라? 미약한 정신 능력으로는 내 생각을 읽어낼 수 없다.

놈은 그만큼이나 눈치가 빠른 것이었다.

"계단의 군주들 모두 둠 카오스의 권좌를 열망할 수밖에

없다. 그것은 당연한 마음이라, 둠 카오스가 용납할 수 있는 선이다. 하지만 그가 용납하지 않는 것이 있으니 바로 용인 없이 벌어진 싸움이다."

"둠 카오스에 대해서 잘 안다는 식으로 말하는구나."

"아니다. 오랜 세월을 살아온 나지만 그대가 아는 정도에 그칠 것이다."

"그건 아무것도 모른다는 소리다. 그리 오랜 세월을 함께했으면서 아무것도 모른단 말이냐?"

"어쩔 수 없는 일. 세 번째 계단부터는 장막에 가려져 있어 나는 그들의 시선밖에 느낄 수 없었다. 이번 전장에서도 그들의 전투는 내가 인지할 수 없는 영역에 펼쳐져 있었다. 그러니 그대도 회의에 참석하고 나면 자연히 알게 될 것이다. 전쟁이 재개되었다. 회의가 곧 열릴 것이며 그들을 대할 수 있게 될 것이다. 기다리면 될 일이다."

이것들 사이에서도 '회의'라고 부를 수 있는 게 존재했었다.

"더 듣고 싶군. 다른 둠들은 어떤 것들인가?"

"세 번째 계단의 군주, 둠 엔테과스토까지는 언급할 수 없다. 그러나 네 번째 계단까지라면 나와 같다 할 수 있다. 둠 인섹툼, 둠 마운. 상위의 군주들."

"너와 같다는 게 무슨 의미지?"

"그들도 새로운 인격으로 세월을 견디고 있다는 것이다. 그대도 그래야 하는 순간이 찾아온다. 그렇지 않고서는 지금의 혈기도 욕망도 모두 사그라지고 거죽만 남게 될 터이니…… 우리는 연약한 존재임을 잊지 말아라, 오딘이여. 이는 둠 카오스가 용납하지 못하는 두 번째 점이다. 우리는 그의 지령을 받들 수 있는 상태로 있어야 한다. 버림받지 않으려면."

놈이 내뱉는 말에는 말끝마다 회한이 느껴졌다.

어쩌면 진짜 놈에게 남은 것은 생존 본능과 진짜 이름 하나뿐일지도 모른다.

둠들의 전리품들.

그러니까 차원의 생명력, 영혼, 대지 같은 것들은 모두

윗선에서 차지하고 놈은 성장이 정체된 채 숱한 전장을 끌려다니기만 했던 것이다.

그렇다고 불쌍할까? 천만에.

올드 원이나 둠 카오스나 놈이나 다 같은 족속들이다.

그쯤에서 놈의 거대 육신을 내려다보며 물었다.

"너는 데클란인가?"

"데클란은 나를 숭배하는 병사들일 뿐이다."

"하지만 네놈은 데클란의 모습을 띠고 있지. 그건 어떻게 된 것이냐?"

둠들의 능력에 대해서 하나 생각해 볼 점이 있었다.

둠 카소와 둠 데지르는 공통점이 있는데, 그건 그것들의 모습에 있었다.

둘의 화신 모두 그것들을 숭상하고 있는 종의 모습을 띠고 나타났다는 점이다.

그래서 둠 데지르는 루네아 일족처럼 작디작은 모습이었고 둠 카소는 데클란 군단의 신체적 특징을 타고난 거대 괴수의 모습이었다.

그렇게 둠들에게 제 숭배자들 중 어딘가로 몸을 옮길 수 있는 능력이 있을 거라는 건, 꾸준히 생각해 왔던 사안이다.

권능을 다루는 비밀을 파헤치기 위해서는 둠들의 능력을 하나하나 쫓아야 한다.

그 점에 대해 묻자 놈은 이렇게 대답해 왔다.

"영혼 전이(轉移). 우리에게 허락된 공통의 권능이다. 우리는 둠 인섹툼의 조언대로 숭배자들과 같은 모습을 가졌다. 하지만 오딘이여. 권능은 스스로 얻는 것이 아니라 허락되는 것이다."

"정말 그렇게 생각하나?"

놈의 의중이 뭔지 알 것 같았다.

삶에 지쳐 버린 와중에도 내게 조언을 하고 묻는 말에 곧잘 대답하는 이유가 뭐겠는가. 놈도 나와 크게 다르지 않다.

서로 목적은 달라도 놈은 더 높은 지위로 상승하길 바라고 있다.

최소 둠 엔테과스토까지. 둠들의 전리품을 확보할 수 있을뿐더러 새로운 인격체를 구성하지 않아도 되는 신격(神格)을 갖추는 단계까지.

영원 같은 세월을 살아도 그 세월에 정신이 묻혀 버리지 않는 강인함을 갖추는 단계를 소망하고 있다. 놈의 푸념에는 그런 느낌이 진했다.

내가 말했다.

"여기. 너희들의 옛 전장에는 수거되지 못한 힘들이 많다. 올드 원의 것도. 그것들을 다 거둬들일 수 있다면 둠 카오스의 권좌에 도전하는 것이 요원한 일만도 아니다."

놈의 진짜 이름으로 불러 주었다.

"카락투. 장담컨대 너는 영원히 노예 신세를 면치 못한다. 하지만 나는 강력하다. 여기에 남겨진 자원을 활용하여 더욱 강력해질 것이며, 권좌에 도전할 수 있는 힘을 갖춰 나갈 것이다. 네놈은 내게서 그런 가능성을 본 게 아니냐? 네놈이 이룰 수 없는."

"……"

"둠 카오스의 휘하에서는 고통뿐이라는 걸 네놈이 제일 잘 알겠지. 너는 누군가가 끌어 주지 않고서는 영원히 그대로다."

둠 카소뿐일까. 둠 인섹툼과 둠 마운의 처지도 다르지 않을 것이다.

그러니 빌더버그 클럽을 좀먹어 들어가 전일 클럽을 완성시켰던 당시처럼.

칠마제 군단을 장악하기 전까진!

놈은 카락투가 아닌 둠 카소여야 한다.

"새로운 인격체든, 네놈 그대로든. 어떤 상태로든 좋다. 복종을 맹세하고 기다려라."

"둠 인섹툼은 우리 중 가장 높게 도달해 있다. 그는 나와 다르다."

"그럼 죽여 버리고 '나의 둠'으로 채워 버리면 될 일. 새로운 둠이라고 해 봐야 네 밑에 위치할 놈 아닌가."

"오딘이여⋯⋯."

"불사(不死)를 획득한 존재, 올드 원의 옛 힘을 동반하고 있는 균형(均衡)의 존재. 그 존재가 지고의 권좌에 올라 네놈을 가까이 부를 날은 그리 멀지 않을 것이다."

화르륵!

초열의 날개가 확 펴졌다.

빠지지직—

사방으로 내리치는 벼락에는 내 음성이 실렸다.

"복종해라. 카락투."

질서는 다시 짜여질 것이니.

*　　　*　　　*

가영은 준비해 온 서류를 내밀었다.

회사의 중요 자산 중에 하나가 담긴 서류였다.

「구분: 판교 일주 그란데 시티, 오피스 빌딩

부동산 위치 : 판교 성남시 분당구 백현동 1032

대지면적/연면적 : 7,447 ㎡ / 110,596 ㎡

건물 규모 : 지하 7층 ― 지상 16층

준공일 : 2017년 12월」

「감정 평가 금액 :549,410,000,000 원

연 임차금: 24,491,293,000 원」

"이게 뭐? 어쨌다고?"

그녀의 아버지는 딸이 달라붙고 있는 까닭을 알면서도 모른 체했다.

"여기 자본만 가지고 시작해 볼게. 그러니까 아빠, 눈 딱 감고 딸 한번 믿어 봐. 몇 배로 불려 준다는 약속은 못 해도 절대 잃지 않아. 내가 언제 틀린 소리 한 적 있어?"

"니 뭘 안다고 그러나?"

가영은 오늘만큼은 물러설 생각이 없었다.

협회 한국 지부의 팀장급 중에서도 제일 끗발이 센 인사와 얼굴을 튼 게 지난주였다.

그를 통해 업계의 많은 정보를 얻을 수 있었을 뿐만 아니라, 한 사람을 더 소개받을 수 있었으니 대현 CA의 조 부장이라는 사람이었다.

그 외에도 몇 사람을 더 만나 보고 자료를 취합해 본 결과.

가영은 이계로 진출하는 사업에 사운을 걸어 볼 만하다는 결론을 내렸다.

가영의 설득은 끈질겼다. 대현 CA에서 대외비로 취급하고 있는 수익 부분까지 언급하고 나서야, 그녀의 아버지는 말을 아끼기 시작했다.

"뒤 구린 얘기일 리는 없고?"

"협력 업체를 구하기 힘들어. 일성 쪽으로 쏠리고 있거든. 천하의 전일도 못 쫓아가는 거면 말 다했지. 그래서 우리만 참여하면 본인들이 서포트를 맡겠다는 거야. 봐 봐. 우리한테만 풀었겠어? 여기저기 흘려 뒀을걸, 늦으면 말 바뀐다?"

"딸."

"최대 주주 때문에 그래? 아빠의 솔직한 생각은 어떤데."

"일 잘못되믄 문제 안 크나."

"아니, 아빠 생각 말이야."

"아빠 생각이 중요한 게 아니라카네. 입장 한번 바꿔 보그라. 사업 잘 키워 나가고 있어서 내버려 뒀더니, 갑자기 에이전시에 뛰어든다니? 좋게 보긋나?"

"난 말이지. 정말 그 사람들 얼굴이나 한번 보고 싶어."

"하믄 그 사람들 얼굴 한번 보자고 일 키우자는 거냐?"

"반반."

"와?"

"언젠가는 한번 정리해야 돼. 우리 아빠 근심 털어 내야지."

"아빠 핑계 대지 말그라. 그 사람들 맴코로 고마운 사람들도 없데이. 그 사람들 없었으믄 니가 이렇게까지 잘 클 수 있었겠나. 그리고 은혜 꼭 갚아야 하는 분 알재? 어떤데 손맬 생각 있으믄 그분 찾는 데 주력하란 말인기다."

"찾고는 있는데…… 워낙에 유령 같은 사람이어야 말이지. 아무도 몰라."

"어쨌든 니 뭘 하든지 간에 야무지게 해야 한데이. 가족 경영이라고 구린 말 안 들리게. 니는 능력으로 보여 줘야 하는 기다."

"그럼…… 한다?"

그날이 한 달 전이었다.

＊　　　＊　　　＊

일주 건설은 20대 건설사에 이름을 올릴 정도로 성장한 회사였다.

어렸을 적에는 아버지가 땀으로 일궈 낸 회사인 줄로만 알았다. 하지만 다 커서 보니 다른 재벌계 건설사들과 크게 다르지 않았다.

전일 그룹과 조나단 혹은 질리언 투자 금융 그룹이란 이름을 달고 있지 않을 뿐, 아버지의 일주 건설에도 외국계 자본이 자리를 잡고 앉아 있었다.

그런데 그들 외국계 자본이 다른 회사들과 사정이 다른 점은 대주주가 얼굴을 한 번도 내비치지 않는다는 점에 있었다.

그들은 의결권을 행사할 수 있는 1.1%의 지분을 위임해 준 이후로, 한 번씩 외국계 세무 법인을 통해 감사를 해 오는 것 외에는 어떤 행적도 보이지 않았다. 그렇게 장장 이십 년이다.

그런 행태의 투자 자본이 존재한다는 건 금시초문(今始初聞)이었다.

가영은 아버지의 메일함을 확인하고는 미간을 긁적거렸다. 국토 복원 사업에 관한 회신뿐이지, 정작 기다리고 있던 곳은 여전히 깜깜무소식이다.

그때 내선 전화가 들어왔다.

〈 전무님. 손님…… 오셨습니다. 〉

그런데 로비 직원의 목소리가 평소답지 않았다. 수화기 너머로도 어떤 흥분을 느낄 수 있었다.

〈 누구시죠? 〉
〈 그게…… 권성일 씨입니다. 〉
〈 칼, 칼리버라고요? 왜요? 〉

가영은 자신도 모르게 그 소리부터 터트렸다.

〈 연락받고 오셨답니다. 〉

한국계 각성자뿐만 아니라, 일본계와 중국계 멀리는 동남아시아계까지 일괄적으로 메시지를 보내긴 했었다. 그런데 칼리버라니!

가영은 순간 머릿속이 새하얘져서 수화기 너머의 소리가 잘 들리지 않았다.

〈 ……까요? 〉

〈 예? 〉

〈 올려 보낼까요? 〉

〈 제, 제가 내려갈게요. 〉

승강기를 기다리다가 비상계단으로 뛰어 내려갔다. 로비에 우두커니 서 있는 우람한 중년인은 정말로 칼리버였다.

그는 정체불명의 외국계 대주주와 같은 존재였다.

분명히 존재하고 있다는 것은 부정할 수 없는 일이지만 어쩐지 가상의 존재처럼 느껴지는 부분에서 말이다.

사실 요즘 돌아가는 세상이 그랬다.

시작의 날에 나타났다가 박멸된 외계 괴물들.

그것들이 게이트라는 우주적 현상을 뚫고 나타나 군포, 안양, 과천 일대를 파괴했던 일은 실제 있었던 사건이다.

불과 세 달밖에 안 된 사건이었거니와 그때 파괴된 도시들은 서울에서 그리 먼 곳도 아니었다. 당시에 부모님과 함께 방공호로 피신도 했었다.

그런데 거기까지다. 외계 괴물들은 그때도 그랬지만 지

금에도 미디어 매체에서나 접할 수 있는 존재들로, 현실과는 거리감이 컸다.

그것들을 격살한 200여 명의 한국 각성자들. 그리고 이 나라에 위치해 있다는 세계 각성자 협회 총본부.

그것들 모두 현실과는 접점이 없던 것이다.

있다면 하나.

국토 복원 사업에 참여하고 있다는 것인데, 실무를 담당하는 부서가 따로 있었다.

가영은 에이전시를 설립한 당사자로서 많은 감상이 들었다. 이번에야말로 그녀의 눈앞에 진짜가 나타났기 때문이었다.

그때 퍼뜩 떠오른 건 대현 그룹에서 은밀히 보여 주었던 사진들이었다. 황금 광맥을 다루고 있던 사진들이었다.

하지만 거기에는 잔혹한 전장의 사진도 끼어 있었다. 각성자들은 사체를 밟고서 피를 뒤집어쓰고 있었다.

그렇게 무시무시한 각성자들이건만, 눈앞의 진짜는 그중에서도 강력하기로 손에 꼽히는 자였다.

'칼리버 권성일……'

가영은 정신을 바짝 차리기로 했다. 그의 앞에 섰을 때였다.

"최 사장님 찾아왔는디, 웬 아가씨여?"

"딸입니다."

"최 사장님 따님?"

"예."

"흐흐. 뭐 대단한 사람 왔다고 여까지 내려오고 그랬수. 올라갑시다."

가영의 두 눈이 빠르게 깜박거렸다. 예상치 못한 상황이었다.

'아버지하고 안면이 있어? 그럼 아버지께서 말씀하지 않으셨을 리가 없는데.'

"아버지께서는 지금 자리에 계시지 않습니다. 무슨 일이신가요?"

"에이전시 차렸다고 하길래 와 봤지."

가영이 바로 답했다.

"……그 건이라면 저와 얘기하시면 됩니다. 일단 저와 얘기 나누시고, 아버지께는 칼리버 님 오셨다고 지금 연락 보내겠습니다. 찾아 주셔서 감사합니다. 이쪽입니다. 칼리버 님."

사무실로 안내해 준 다음이었다. 가영은 화장실을 핑계로 자리에서 나와 아버지에게 전화를 걸었다.

〈 모른다. 몰라. 뭐 잘못 알고 온 거 아이겠나? 그 사람

같은 사람이 날 우째 알고. 〉

〈 기철공사라고, 우리 회사 사업에 많이 참여했었대. 아빠가 직접 꽂아 넣어 줬고. 〉

〈 참말로 기억에 없데이. 꽁지 하청인갑다. 딸. 니도 모르고 내도 모르면 그것밖에 더 있나? 허…… 세상 참, 이래서 오래 살고 볼 일이라는 기다. 〉

〈 일단 알겠어. 일단 알아볼 수 있는 데까지 알아봐 줘. 〉

〈 쌔가 빠지게 알아볼게. 〉

〈 빨리 와. 아빠. 〉

〈 것도 쌔가 빠지게. 〉

학창 시절에는 IMF가 무엇인지 몰랐다. 같은 맥락으로 그 시절에 아버지가 얼마나 힘들었는지 알았다고 하면 거짓말일 것이다.

아버지는 그 시절을 잊는 법이 없었다.

근검절약을 회사의 모토로 삼으시고, 그 시절을 떠올리게 하는 인부들을 발견하면 못 본 체 넘어가는 법이 없으셨다.

봐서 도와줘도 되겠다 싶으면 팀을 꾸리라 조언하는 데 그친 게 아니라 실제로 회사 법무팀의 조력을 받게끔 조치하는 일이 많았다.

그렇게 탄생된 공사 업체들이 많았는데, 기철공사는 그 중에 하나였던 것 같았다.

가영은 외모를 빠르게 단장하고선 사무실로 돌아왔다. 창밖을 내려다보고 있는 성일의 뒷모습부터 시선에 들어왔다.

석양에 도드라져 있는 큼지막한 등짝이었다.

"최 사장님께서 발걸음하실 필요는 없을 것 같수. 얼굴 뵙고 옛일 감사하다 할라했는디, 내 마음만 앞선 것 같단 말이요."

"저……."

"엿들으라고 한 건 아니고. 각성자들은 원래가 귀가 밝수. 에이전시 하신다니께 어디 가서 실수하지 마시라는 거요. 나야 별 신경 안 쓰는디, 성깔 유별난 것들이 꼭 있으니."

그걸 왜 모를까. 방음 장치를 설치하고 통화도 속삭이듯 했었다.

가영은 빨갛게 달아오른 얼굴을 느끼며 성일을 주시했다. 그렇게 훌쩍 떠날 것 같았던 성일이었으나, 소파를 찾아가 앉는 것이었다.

"근디 각성자 냄새가 하나도 안 나는걸 보믄…… 파리 날리는 거요?"

"아. 예. 보다시피."

"이제 일성 그룹하고 태한 동상하고는 관계가 없는디, 사람들이 뭘 몰라. 속상해하지 마슈. 정성이 닿으믄 결실을 맺는 거 아니겠수."

가영은 감사하다며 눈웃음을 지었다.

"그런데 에이전시 업무차 들르셨다고요? 외람된 말씀이지만…… 저희가 칼리버 님께 도와드릴 일이 있을까 싶습니다."

"받은 게 있으면 돌려줘야지 않겠소. 최 사장님이 워낙에 여기저기 베푸신 게 많아서 다 기억 못 하실 텐디, 받은 사람은 안 그런 법이요."

가영은 생각했다. 아버지에게도 비슷한 사정이 둘 있었다.

현재까지도 대주주인 외국계 자본.

그리고 그 외국계 자본과 이어 주는 동시에, 초창기 많은 수주를 따내 준 청년. 그 둘이 있었기에 지금의 일주 건설이 있었던 게 사실이다.

"하지만 저희는 칼리버 님 같으신 분을 조력하기엔 작은 규모……."

"끝까지 들어 보쇼."

"예."

"지금 당장 그짝들하고 땅따먹기하자는 건 아니고, 그냥 물건 몇 개 맡겨 볼라는 거요."

"아이템 거래 대행 말씀이십니까?"

"해서 평타라도 치믄 그땐 같이 땅 먹으러 들어갈 수도 있는 거고. 뭐, 일주 건설에서 내가 원하는 급으로 준비를 마칠 수 있는 경우에 말이오. 그건 결과를 보고 나서 하는 거니께 지금 생각할 필욘 없고, 혹시 버겁수?"

"세상 어떤 업체가 칼리버 님께 부담을 느끼지 않을까요. 그런 업체가 있다면 거짓말입니다. 특히 저희같이 브랜드 밸류가 떨어지는 업체에서는 살 떨릴 만큼 큰 부담입니다."

가영은 소매를 걷어 닭살이 돋은 피부를 보여 주었다.

"엄살이라고 얼굴에 다 쓰였수다. 그래도 한번 해 보고 싶은 거 아뇨? 내 이름에 쫄지 마소. 아가씨."

"……."

"거보쇼. 그리고 이건 아가씨에게만 말하는 것인디. 왜 일주 건설이냐믄, 나는 말이요. 시국이 어느 땐데 아직까지 한국말 안 배우는 것들하고는 같이 일하기 싫소. 그러믄 크게 전일, 일성, 대현 및, 이하 업체들이 남는 거 아뇨? 내 눈에는 다 거기서 거기라, 이왕이믄 최 사장님께 신세 한번 갚으려는 거요. 그러니께 부담 가질 것 없소."

"한데 어떤 물건인가요?"

"아티펙트라고 우리 것들 정통 아이템은 아니요. 들어는 봤어야 하는디?"

"알고 있습니다."

"신의 이름이 붙어 있지는 않지만, 능력은 이 칼리버가 보장하니, 가치에는 이상 없을 거요. 가진 거 진짜 많수. 그라고 아가씨가 잘해 주믄 계속 대 줄 생각이고. 해 볼라요?"

"······해 보겠습니다. 손수 이런 기회까지 주시고, 감사합니다. 칼리버 님."

"생각 잘하셨수. 계약서는 에이전시들이 쓰는 걸로 만들어 뒀으니께. 내 쫄짜 편에 보내겠수. 보고 수정할 데 체크해서 보내슈."

"예."

"잘되믄 나랑 같이 크는 거요. 땅따먹기까지 같이 가고 싶수. 진심으로다."

가영은 성일이 돌아간 후에야 무슨 일이 일어났었는지 깨달았다.

'미쳤다. 미쳤어. 칼리버라니······.'

이러고 있을 때가 아니었다. 확보해 둔 번호들로 연락을 돌리는 게 시급했다.

소더비에서 경매 브로커로 활동했던 자들과 월가의 헤지
펀드에서 나온 자들이 이날을 기다리며 뭉쳐 만든 업체가
몇 있는데.

　가영이 할 일은 그들 중 가장 신뢰할 수 있는 업체를 고
르는 일이었다.

＊　　　＊　　　＊

　"거기에 맡겼어? 기어이?"

　"잘하는지 못하는지 쪼까 던져 봤으요. 곧 알겄죠."

　"너도 참…… 그건 네가 알아서 하는데, 하나만 명심해.
우리도 돈 많이 모아야 된다는 거. 아이템 때문만이 아니
야."

　"알어요."

　"'전장의 활동'에서라고 단서가 붙어 있어. 것도 알지?"

　"허벌나게 뛰어서 긁어모았다 칩시다. 누님은 빌고 싶
소?"

　"빈다는 표현은 좀 그렇지 않니? 그럼 그 새끼를 숭배하
는 게 되잖아. 우리끼리만이라도 거래라고 하자. 따지고 보
면 틀린 말도 아니지."

　"오딘 님만 아니믄 다른 놈들 쥐어짜는 건디, 아쉽게 됐

소. 천상 우리 제사장들 돈으로다 쇼부 봐야 하는 거 아니요? 십시일반이라고 여기저기서 쥐어짜 버리믄 금방 큰돈이 될 텐디…… 쩝."

"그건 상황 봐야지. 오딘도 융통성이 없는 게 아니니까."

"에이. 오딘께서 어디 한 입으로 두말하는 거 봤수? 어쨌든 돈 겁나게 모았다 치고, 그럼 뭘 얻어 내야 하는 거요?"

"그것도 아직은 보류. 무엇이 오딘에게 도움이 될지는 두고 볼 일이니까. 주머니부터 채우고 기다려 보자."

"흠흠. 알겠수다. 근디 말이요. '황금만능주의'라니 이름하고는…… 이거 그 새끼가 우리를 너무 잘 안다는 거 아니요? 인류 체면 확 구기게."

"기분 나쁘지."

"예. 누님. 엿 같수다. 둠 카오스는."

＊　　　＊　　　＊

「 세계 각성자 협회 "각성자들이여. 리빌딩을 준비하라"…… 」 거래소 오늘 공식 출범!

세계 각성자 협회(WAA)가 각성자들 사이에서 속칭 아이템과 인장이라 명명된 초자연적인 상품들에 대한 전자상거래 플랫폼인 'I—트레이드'를, 사무국 산하의 'I 거래소'를 통해 오늘 (7월 4일 10시 — 한국 시간) 공식 출범한다.

사무국장 스티븐 요한센은 "가상의 전자 지갑을 연동시켜 지갑 안의 자본을 통해 매입과 매도가 실시간으로 자유롭다. 이는 각성자들과 협력 파트너들이 왕성한 거래를 통해 '리빌딩'을 어렵게 여기지 않길 바라는 협회의 부양 정책 중 하나."라고 밝혔다.

또한 "일부 세력들에 의한 과도한 매집 행위는 협회 차원에서 최고 수준의 징계를 준비해 두었다."라고 엄중히 경고하였다.

가상의 전자 지갑은 세계적인 금융 그룹인 조나단 투자 금융 그룹 산하의 SOB와 협력 은행들에서 입출금할 수 있으며, 거래는 협회인과 파트너쉽을 맺고 있는 협력 업체들로 한정되고 있다.

I 거래소는 거래 시스템을 성공리에 안착시키기 위해 ▲ 거래소가 획득한 정보를 모든 관계자들에게 평등하게 공시하는 시스템을 통해 정보 접근에 대한 비대칭성을 없애고 ▲ '인도 거부'와 같은 방해 행위에 대

한 징계 체계를 갖춰 두었으며 ▲ 상품 인도에 관한 모
든 사안들을 협회에서 주관하고 보증하기로 하였다. 」

*　　　　*　　　　*

총본부를 방문하는 손님과 각성자들을 위해 구(舊)리조
트의 한 동이 비어 있었다.

내가 도착했던 때, 그곳은 이미 방문객 ID 카드를 목에
건 이들로 바글거렸다.

에이전트나 민간 군사 업체에서 파견 나온 이들로 거래
정보를 현장에서 실시간으로 체크하는 인사들인 것 같았다.

그렇다면 그들 대부분이 세계 재계에서 한 자리씩 차지
하고 있는 그룹들의 엘리트들이다.

때문에 그들이 서로 명함을 주고받는 것만으로 식당과
카페는 그들의 회합장으로 변한 지 오래인 것 같았다. 그들
의 테이블에는 거래 목록들이 쌓여 있고 정작 음식은 식어
가는 중이었다.

하기야 음식이 눈에 들어올까?

거래 한 번에 수백만, 수천만 달러가 움직이는데. 큰손들
의 입에선 수십억 달러 규모의 금액들이 언급되고 있었다.

정상의 객실로 올라갔을 때.

연희는 침대에 배를 깔고 누워 얼굴 앞에는 노트북을 마주하고 있는 모습으로 나를 맞이했다. 크시포스의 털이 침대에 잔뜩 묻어 있었다.

둠 카소와 있었던 일을 얘기하려고 했지만, 그녀는 눈앞에서 핑핑 돌고 있는 숫자들로 인해 기가 차 버린 얼굴이었다.

이미 이태한에게 개장 이후부터 일주일간의 사정을 전해 듣고 오는 길이기 때문에 무슨 상황인지는 대충 알 만했다.

땄어, 잃었어?

그렇게 묻지 않아도 그녀가 손해를 봤다는 게 한눈에 읽히는 표정이었다.

그녀가 민망쩍은 미소를 씩 지어 보이더니 몸을 뒤집어 버렸다. 천장을 바라보는 두 눈을 비비적거리는 걸 보면 두 눈이 피곤해질 만큼 꽤나 몰입해 있었던 모양이다.

「 종합 잔고 : 92,000,000 $ 」

「 보유 상품 : 휘몰아치는 어둠 투구B (거래 중), 론시우스 마탑의 수련 법봉E (거래 중), 강화B (인수 대기 중), 강화B (인수 대기 중), 강화B (인수 대기 중), 강화B (인수 대기 중), 강화B (인수 대기 중), 강화B (인수 대기 중)」

그녀의 모니터를 확인하며 물었다.

"그래도 1억 불 가까이 있잖아?"

"가만히 놔뒀으면 못해도 지금 5억 불이었어. 더 안 오를 줄 알았는데 그제 갑자기 또 폭등하지 뭐야. 그 돈들은 다 어디서 나오는 거야."

"시장 가격이 형성될 때까지 기다렸어야지. 아니면 날 기다리던가."

웃음이 나오는 이야기였다. 사람을 얼마든지 홀릴 수 있는 그녀가 정작 온라인에서는 두들겨 맞았다는 것이 그랬다.

사실 연희는 손해를 본 게 아니지만 사람 마음이란 게 그렇지 않다.

말했던바 지난 일주일간은 시장 가격이 형성되는 과정에 있었다. 지금 시장을 이끌고 있는 건 각성자들이 아니다.

그들을 고용하고 있는 자본 세력들이 시장 규모를 꾸준히 부풀려 왔던 것이지, 아직 각성자들에게는 그만한 부가 축적된 상태가 아니란 것이다.

그래서 오늘 날짜로 형성된 시세는 다음으로 정리될 수 있었다.

F급, 2만 달러

E급, 6만 달러

D급, 20만 달러

C급, 150만 달러

B급, 1200만 달러

A급, 1억 5천만 달러

가장 많은 각성자가 밀집해 있는 플래티넘 구간으로 보자면 동 수준으로 완전 무장하기 위해서 드는 비용이 1200만 달러다. 한화로 약 120억 원.

마찬가지로 A급 장비로 무장한 마스터 구간의 각성자는 한화로 1조 2천억 원을 지고 다니는 격이다. 다목적 스텔스 폭격기 한 대가 3조 원에 육박하는 것을 고려하면 이게 과연 높은 가격일까.

당분간은 지금 시세에서 소폭의 변동만 오고 갈 가능성이 높다.

하지만 이계의 수익 모델이 완성되는 순간이 가까워질수록 아이템들의 가치 또한 보다 높아질 수밖에 없을 것이다.

「 거래가 체결되었습니다. (판매) 」

「 론시우스 마탑의 수련 법봉 (아이템 E) : 64,300 $ 」

「 종합 잔고 : 92,064,300 $ 」

연희의 노트북에서 알림음이 한 번 더 울렸다.

「 지정해 둔 상품이 등록 되었습니다. 」

「 이름: 강화

종류: 인장

등급: A

판매가격: 60,000,000 $

판매자: 알렉스 브라운

* 거래 시 주의 사항

1. 해당 상품은 인장으로 인수가 확인된 이후에만 다음 거래를 진행할 수 있습니다.

2. 인수가 완료되기 전까진, 잔고 내 지출 비용만큼의 금액을 사용할 수 없습니다.

3. 인장 거래는 아이템 거래와 판이한 점에 유의하여 각별히 신경 쓰시기 바랍니다. 」

인장 거래의 불편함은 어쩔 수 없다.

다만 아이템 같은 경우엔 첫 거래가 성사되면 인수자가 나오기 전까지는 각 나라의 협회 지부가 인수받아, 최종적으로 인도를 요구하는 대상에게 넘겨주는 방식이다.

이와 같이 선물(先物)형 방식을 차용해 거래 시스템을 구축한 까닭은 거래 규모를 부풀리기 위해서였다.

투기를 조장한다기보다는 각성자들의 가치를 높이기 위해서였다. 앞으로 그들의 수익을 보장해 주기 위해서라도 가격이 높아야 한다.

이계에도 주요 거점마다 아티펙트 즉, 그 세계의 아이템이 존재하는 이상 거기를 공략하는 데 성공한 각성자 그룹이라면 응당 큰 부를 누려야 하는 것이다.

자본 세력의 개입이 없었다면.

그렇게 각성자들 사이에서만 거래를 한정시켰다면 아이템은 지금 같은 가격이 형성될 수 없었다.

어차피 초창기 거래 물량 대부분은 캣 푸드 웨어 하우스나 이계 진입에 큰 미련을 두고 있지 않은 자들로부터 나온 것들이다.

그리고 지금.

시세가 대략적이나 가닥이 잡히면서 시장 상황을 주시만 하고 있던 자들이 끼어들기 시작했다. 물량이 폭발적으로 늘어나고 있었다.

본인이 보유하고 있던 아이템을 처분하고 본인에게 더욱 적합한 아이템을 찾아가는 과정, 리빌딩.

이계의 거점에서 획득한 전리품들을 처분하는 과정, 수익 실현.

상품 간의 시세 변동을 이용하여 수익을 내는 과정, 트레이딩.

그러한 과정들이 복합적으로 맞물려서 거래 시스템은 성공리에 안착하는 중이었다. 물론 시장을 장악하려는 움직임이 포착되면 일벌백계(一罰百戒)로 징치해야 함이다.

클럽의 회원 중 누군가가 그런 욕심을 낸다면 그자의 가문은 멸문이다.

그 외에 적당한 매집과 매도는 시장의 활성화를 위해 용인하겠다는 거다.

＊　　　＊　　　＊

본토로 들어온 까닭은 거래 시스템을 내 눈으로 확인하기 위해서이기도 했지만 나 또한 거래에 참여하기 위해서였다.

하지만 S급 아이템은 거래 시작일부터 지금까지 단 한 번도 올라온 적이 없었다.

아이템 같은 경우엔 캣 푸드 웨어 하우스에 산재되어 있다. 그래서 내가 눈여겨보고 있는 종목은 인장들이었다.

애초에 인장은 물량이 귀했다. 특히 등급이 높아질수록 더.

그건 당연한 일이다. 일회성에 불과한 인장을 뽑을 바에는 아이템이나 스킬을 띄우는 게 정석이었고, 인장을 뽑은 자들도 목숨이 경각에 달했던 때마다 그것들을 소진해 왔기 때문이었다.

그럼에도 불구하고 현 시장에서는 인장의 희귀성을 높게 쳐 주지 않는다.

더불어 아이템들은 거래가 쉼 없이 진행되고 있으나 인장은 외면받고 있는 중이다.

인장은 실제 사용하려는 자들이 구입하는 특성이 강하다. 그리고 그런 것들은 대부분 낮은 등급의 인장들일 뿐이다.

예컨대 이런 A급 인장은.

「 이름: 성스러운 치유의 대지

종류: 인장

등급: A

판매가격: 45,000,000 $

판매자: 루시 」

보통의 각성자들 입장에선 사용될 일이 없는 것이다.

하지만 공국성에 불의 정령왕이 출몰했던 당시, 누군가 이런 인장을 보유하고 있었다면 희생은 최소화될 수 있었을 것이다.

「 거래가 체결 되었습니다. 」

마스터 박스에서 나왔음에도 일회성인 까닭에는 그만한 이유가 있다. 저기에 미쳐 있는 공능은 고작 4천 5백만 달러로 계산될 수준이 아니라는 말씀.

쇼핑은 계속되었다. 인장 10개의 공백을 모조리 채울 생각이었다.

그리고 가능하다면 인장에 깃든 마나의 움직임을 연구해 볼 생각도 가지고 있었다.

"아직은 가정에 불과하지만 말이다."

문득 내뱉은 말에 연희는 제 모니터에서 내게로 관심을 돌려 왔다.

그녀도 나처럼 살 수 있는 게 한정되어 있는 상황임에도, 듣도 보도 못했던 아이템들이 쏟아져 나오는 상황 자체를 즐기고 있었다.

"인장도 마나로 구성되어 있을 거다. 그럼 마나를 수급할 수 있다는 소리지."

연희도 그게 무엇을 뜻하는지 모르지 않았다. 그녀는 내가 마나를 어떻게 어디까지 다룰 수 있는지 직접 본 적이 있었다.

스킬을 해체해서 얻은 마나들을 하누만의 꼬리에 집약시켰었다. 그렇게 오딘의 신수(神獸)를 얻었다.

같은 메커니즘으로 인장에 깃든 마나를 운용한다면?

문제는 인장 하나하나에 얼마만큼의 마나가 깃들어 있냐는 거다. 또 아이템처럼 대량으로 수거할 수도 없는 데다, 그걸 감행하기 위해선 상당한 인력과 시간을 요하는 것도 문제다.

「 거래가 체결 되었습니다. (매입) 」
「 순간이동 (인장B) : 6,000,000 $ 」

마나 수급도 수급이지만 나는 그 안의 설계도가 보고 싶었다.

쇼핑이 끝나 가던 무렵이었다. 나를 대신해 인장을 인수해 올 협회 직원으로 누가 괜찮을지 생각하던 무렵이기도 했다.

그때 옆에서 아, 하는 연희의 짧은 소리가 터져 나왔다. 나도 그녀와 똑같은 걸 보고 있었다.

「 공지: '서왕모의 만년지주(萬年蜘蛛) 알'의 경매가 시작되었습니다. 」

「 이름: 서왕모의 만년지주(萬年蜘蛛) 알

종류: 아이템

등급: S

시작가: 1,000,000,000 $

판매자: ㈜ SOW

입찰 기간: 7월 11일 16:00 까지 」

「 7.11 / 12:01 ― 1,100,000,000 $ 」

「 7.11 / 12:01 ― 1,150,000,000 $ 」

「 7.11 / 12:01 ― 1,155,000,000 $ 」

「 7.11 / 12:01 ― 1,300,000,000 $ 」

올라오자마자 가격이 빠르게 갱신되고 있었다.

"팔악의 주력 아이템이지 않아?"

정찰제를 두고 있는 거래 시스템이지만 예외를 두고 있는 게 있다. 바로 S급 아이템에 한해서였다. 그런데 처음으로 경매 시스템을 발동시킨 물건이 서왕모의 만년지주라니……

누가 가지고 있던 거지?

거래 시스템을 열게 되면 기상천외한 물건들이 속출할 거라고 기대는 하고 있었다. 하지만 이건 기대 이상이다.

「 7.11 / 12:01 — 1,500,000,000 $ 」

무조건 잡아야 한다.

감히 어떤 녀석들이 내 앞에서 돈 자랑을 하든지 간에.

이건 내 거다.

Chapter 3.

　인적이 없는 2차선 아스팔트 도로가 쭉 뻗어 있었다. 소나무 숲을 관통하는 그 도로 끝은 과거에 어느 사냥꾼이 썼던 별장으로 이어져 있었다.

　중개업자는 뒷산으로 야생 동물들의 군락이 펼쳐져 있기 때문에 사냥을 즐기는 데에는 안성맞춤이라고 떠들어 댔었지만, 케이든은 단지 도시에서 떨어진 곳을 원할 뿐이었다.

　도시는 적응하기가 영 어려웠다. 자신의 급이 낮기 때문이었을까?

　에이전시에서 나온 자들이 꼴같잖게도 거드름을 피우는 모습을 볼 때면 정말로 울화가 치밀 때가 한두 번이 아니었다.

시작의 장에 대해 알면 얼마나 안다고 아는 체를 해 댄단 말이냐.

이계에서도 피를 보는 건 각성자들과 용병들인데, 그것들은 서류에 숫자 몇 번 끄적거리는 걸로 본인들도 각성자들과 동등한 위치에 섰다고 믿는 자들이었다.

병신 같은 것들. 뭘 믿고 그것들에게 자신의 진로를 맡기나.

뭘 믿고 그것들에게 아이템 거래를 맡기나. 최소한 기존 진입에서 큰 성과를 보였던 업체였다면 그렇게 화가 나지도 않았을 것이다.

하지만 그것들에게 진짜 피를 보여 주고 싶다가도, 협회 안전국을 떠올리면 그대로 손아귀의 힘을 풀어야만 하는 순간이 많았다.

오늘도 그런 흔한 날이었다. 케이든은 계속 속이 부글거렸다.

또 허탕을 치고 만족할 만한 에이전시나 군사 업체를 찾지 못했다.

별장으로 돌아가는 밤길은 어둠에 잠겨 있었다. 각성자라면 어둠을 훤히 꿰뚫어 보는 능력이 있기 마련이라 구태여 상향등을 킬 필요가 없었다.

그런데 그때 케이든이 상향등을 켠 까닭은 별장 앞에서

서성거리는 사내 때문이었다. 그자는 척 봐도 각성자의 냄새가 다분했기에 경고의 의미가 강했다.

아니나 다를까, 그자가 지면을 세게 구르는 순간 차체가 다 흔들리는 진동이 전해져 왔다. 케이든은 사내의 얼굴을 확인하고 차에서 내렸다.

케이든이 그에게 제일 먼저 보인 것은 제 왼팔이었다. 정확히는 마이크로칩이 이식된 부위로 그가 전하고자 하는 뜻은 명백했다.

여긴 시작의 장이 아니다. 협회의 룰에 의해 지배받는 세상이다. 아무리 당신이라도 이제는 내 생사를 주관할 수 없다.

그러자 상대방은 재미있다는 듯이 웃으며 똑같이 왼손을 들어 보이는 것이었다. 그는 최종장에서 케이든이 속해 있던 공대의 부공대장, 이미르였다.

케이든은 자신을 어떻게 찾았냐고 물으려다가 그만두었다.

민간인 시절에는 사회적 신분이 높은 인사였다 했으니, 협회에 연을 만드는 것 또한 그리 어려운 일이 아니었을 것이다.

"여기까진 웬 일이십니까."

"인사가 썩 달갑지 않군."

이미르는 어둠에 잠긴 별장 주위를 둘러보고는 말을 툭 내뱉었다.

"이런 구닥다리에 지원금을 다 털어 넣었나?"

"그것 말고는 어디서 났겠습니까. 그보다 전…… 왜 찾으신 겁니까?"

"그렇게 방어적으로 굴 것 없어. 건설적인 얘기를 하러 왔거든."

케이든의 감각이 자연히 집중됐다. 이미르가 갑자기 그의 반지를 빼내서 던졌기 때문이었다.

케이든이 던져진 반지를 받아 움켜쥔 때였다.

"선수금이다."

이제는 개안으로도 아이템 창이 뜨지 않는다. 그래도 정확한 레벨은 아닐지라도, 아이템 등급을 확인하기엔 무리가 없었다.

케이든이 육감을 일으키자 반지에서 영롱한 빛이 일렁거렸다. 반지에 실제 다이아몬드가 박혀 강력한 빛을 투과하는 것은 아니었지만 그러한 광경을 연상시키는 아름다운 빛이었다.

'B 등급 장신구?'

감각 쪽으로 보다 예민해지는 걸 보면 감각을 상승시키는 능력이 깃들어 있었다.

"케이든. 리빌딩을 마치는 즉시 우리 쪽으로 합류해라."

"어디 쪽이십니까?"

"흡족할 거다. 오딘이 시작의 장을 지배했다면 우리 본토를 오래전부터 지배하고 있던 자가 있지. 여기는 자본주의 세계 아니더냐. 여기에서만큼은 그분의 힘도 오딘과 필적하다."

"염마왕…… 입니까?"

"그렇다. 우리는 초거대 자본과 함께한다. 조나단 투자 금융 그룹으로."

*　　*　　*

워싱턴 DC의 이스트 포토맥 공원(East potomac Park).

그곳은 본시 벚꽃의 명소였다. 제국주의 시절, 일본이 기증한 수천 그루의 벚꽃들 때문이었다. 그것들이 미국과 일본의 우호 관계를 상징했었다.

미국은 일본의 한국 지배를 인정했고 일본은 미국의 필리핀 지배를 인정했다.

만일 일본이 진주만을 침공하는 우를 범하지 않았었다면 공원은 미국과 일본의 우호 관계를 상징하는 조형물들로 가득 찼을 것이다.

같은 의미로 시작의 날이 펼쳐지지 않았다면?

세계 각성자 협회의 힘이 지금보다 훨씬 약했다면?

그런 가정을 해 보자면 백악관을 지척에 두고 있는 워싱턴의 중심부, 여기 공원 전체가 협회의 땅으로 넘어갈 순 없었다.

장벽과 함께 이런 팻말이 붙어 버릴 일은 없었을 것이다.

「**경고문 (Warning)**
(민간인 출입통제구역: Civilian Restricted Area)
이 지역은 **세계 각성자 협회원 지위 협정**을 적용
받는 지역으로 인가자 외 출입을 **절대 금지**합니다.
세계 각성자 협회 — 미국 지부」

케이든은 출입 수속을 밟으며 염마왕에 대해서 계속 생각했다.

시작의 날을 방어한 초거대 그룹의 총수. 그 부를 추정할 수 없으며 세계에 미치는 영향력을 꼽자면 항상 정상에 있던 인물.

세계 각성자 협회가 각성자들의 본토 활동을 억제하고, 민간의 자본들을 각성자들의 세계로 편입시킨 까닭이 어디에서 나왔겠는가.

협회는 오딘이 아니라 의외로 염마왕의 손아귀 안에서 움직이는 것일 수도 있었다. 오딘이었다면 본토를 이대로 놔두지 않았을 테니까.

중요한 건 그거다. 시작의 장에서도 그랬지만 여기서도 룰은 같다. 저 높은 지도층에서 벌어지는 일은 알 수 없는 것이다.

그렇다면 꼬리일지언정 흐름이 굳건한 쪽을 잡고 있어야 하는 거다.

비로소 케이든은 성급하게 다른 업체들과 계약을 맺지 않은 것에 보람을 느꼈다. 염마왕 쪽이라면 비전이 보장되어 있다!

그가 미국 지부 편에 아이템 감정 및 등록까지 마친 건 늦은 저녁이었다. 그나마 미국 지부, 그러니까 옛 공원 땅을 돌아다니는 자들은 각성자거나 제대로 교육받은 미 군인들뿐이다.

그래서 병신 같은 것들이 운집해 있는 도시보다는 훨씬 나았다.

약한 족속들, 우리 각성자들이 아니었다면 누구도 살아남지 못했을 종(種). 공원은 그런 것들이 보내오는 시선이 없는 곳이었다.

"지금 리빌딩을 시작하셔도 괜찮을 겁니다. 같은 시간대에 같은 수준의 아이템으로 교환하듯이 한다면, 시세 변동은 크게 신경 쓸 일이 아니지요."

케이든은 지부 직원이 했던 말을 떠올리며 벤치에 앉았다. 다만 그는 최종장의 부공대장이 직접 와서 스카웃을 했던 까닭을 모르지 않았다.

구간은 플래티넘, 지금은 없어진 상태 창에서 마지막으로 봤던 레벨은 281. 빌어먹을 폭로 사이트에 공개되어 버린 순위는 182329명의 등록 각성자들 중에서 83626위였다.

1만 번대 순위의 부공대장 이미르가 8만 번대 순위를 직접 찾아온 까닭은 특성 '추격꾼' 때문이다.

때문에 리빌딩은 추격꾼 특성에 도움이 되는 아이템들로 구성함이 마땅했다.

거래 플랫폼은 다루기 어렵지 않았다. 그게 문제라면 문제였다.

욕심 나는 아이템들이 눈에 밟힌다. 돈만 많다면 A급 아이템들로 8개를 꽉 채워 풀 세팅하고 싶은데, 풀 세팅은커녕 A급 한 개도 맞출 수 없다. 시작의 장은 끝났지만 달라진 게 없다.

신의 이름이 박힌 것들은 여전히 지도층의 전유물이었다. 자본주의의 명목 아래 숫자가 붙어 있는 것만 다를 뿐, 결국엔 그들만이 다룰 수 있는 물건인 것이다. 또 그들 사이에서만 오고 갈 것이다. 한 개에 억 달러 규모를 넘다니.

그래도 시작의 장에서와 다른 점이 있다면, 적어도 신의 아이템에 어떤 가공할 능력들이 깃들어 있는지 알 수 있었다는 것이다.

「 이름: 풍사(風師)의 반지

종류: 아이템

등급: A

판매가격: 210,000,000 $

판매자: ㈜ 일주OA 」

「 상품 정보 : 물리 방어력 5000과 마법 방어력 10000을 품고 있던 상품. 기본 능력치 향상이 붙어 있지는 않으나 축복 '풍사의 가호'가 이를 상회함. '풍사의 가호'는 부상과 부정 효과가 중폭 회복되며, 적용된 부정 효과에 대해서 저항력이 대폭 상승함. 또한 적용자의 체력 수치에 비례하여 재생 속도가 대폭 상승함. 」

부정 효과에 대해서 저항력이 대폭 상승한다는 것은 독성과 역병을 비롯해 각성자들의 공격에 의한 속성 피해까지 모두 포함되는 이야기다.

아이템 정보를 확인하고 있는 것만으로도 그 위력이 어떨지 실감이 되는지라, 머릿속에선 상상의 나래가 펼쳐졌다.

몬스터면 몬스터. 각성자면 각성자. 풍사의 가호를 띄워 놓고 싸우면 무엇이 두려울까?

실로 놀랍게도, 지도층들은 이런 가공할 아이템들을 달고 있었던 것이다.

「 특이 사항: 칼리버 권성일의 아이템 」

1억 5천만 달러 대에서 형성되어 있는 시세가 2억 달러 넘게 올라온 까닭은 칼리버의 이름값이 들어 있는 모양이었다.

칼리버는 지도층 중에서도 최고 지도층의 한 사람 아니던가.

'이건 사야 돼…… 쩝.'

수중에 돈만 있었다면 바로 질러 버렸다. 케이든은 한동안 A급 위주의 아이템들을 살펴보면서 시간이 가는 줄 몰랐다.

그러다 보니 어느덧 시간은 오후 여덟 시가 넘어가고 있었다.

Pie in the sky.

하늘에 있는 파이를 바라보며 침을 흘리는 건 그만 중단하고, 등록한 아이템 중 가장 낮은 등급의 아이템부터 처분하기 시작했다.

선수금이라고 받은 B 등급 장신구까지 처분한 후에는 감각 위주의 아이템들로 세팅했다.

꼭 시작의 장에서 나온 아이템에만 국한될 필요가 없는 것이, 이계에 먼저 진입했던 자들이 내놓은 전리품들도 효능이 비슷했다.

예컨대 어떤 크실리버 왕국산(産) 반지만 보더라도 감각을 올려 주는 효과가 보증되어 있었다. 보호막이 첨부되어 있지 않은 것만 감안하면 가성비를 따지기엔 나쁘지 않던 것이다.

쇼핑이 계속되던 그때는 오후 열 시에 근접할 무렵이었다.

'음?'

「 공지: '서왕모의 만년지주(萬年蜘蛛) 알'의 경매가
시작되었습니다. 」

「 이름: 서왕모의 만년지주(萬年蜘蛛) 알

종류: 아이템

등급: S

시작가: 1,000,000,000 $

판매자: ㈜ SOW

입찰 기간: 7월 11일 16:00 까지 (협회 시간) 」

「 특이 사항: 보유자가 개봉하지 않은 아이템으로 '개봉'을 해야만 내용물의 실체를 확인할 수 있음. 」

"……S급?"

「 7.11 / 12:01 − 1,100,000,000 $ 」

「 7.11 / 12:01 − 1,150,000,000 $ 」

「 7.11 / 12:01 − 1,155,000,000 $ 」

"이런 걸 살 수 있는 자들은 대체 누구냐……."

「 7.11 / 12:01 − 1,500,000,000 $ 」

부러움은 잠깐이었다. 케이든은 자신 따위는 결코 접근할 수 영역이라는 걸 인정해 버리는 순간부터 즐길 수 있었다.

막대한 돈과 돈이 부딪치는 싸움이 바로 눈앞에 펼쳐져 있었다.

*   *   *

기억난다.

때는 14년 가을.

연희와 함께 던전을 돌다가 나왔을 때 말이 안 되는 소식 하나를 접했었다.

대현차 그룹이 삼성동에 위치한 한전의 작은 부지 하나를 두고 일성 그룹과 경쟁 입찰한 일이었는데, 그때 대현차 그룹은 그 땅 하나에만 10조 5500억 원을 들이부었다.

한전의 지분 구조를 종합해 보면 결국엔 내 오른쪽 주머니에서 왼쪽 주머니로 자본이 이동되는 것에 불과한 일이라 할 수 있었다.

그럼에도 당시에 기가 막혔던 건 그 땅 하나에 어떻게 그만한 돈을 들이도록 내버려 뒀냐는 것이었다.

제이미는 항변했었다. 한전의 적자를 해결하기 위해선 대현차 그룹이 창고에 쟁여 둔 돈을 그쪽으로 옮길 필요가 있었다고.

한전은 적자를 해결해서 좋고, 대현차 그룹은 오너 일가의 소유욕을 해결해서 윈윈이 되는 사안이라는 대답이었다.

제이미는 우리나라 재벌들의 오너 일가를 뼛속까지 이해하고 있었던 것이다. 물론 재통령 박충식의 도움이 있기에.

당시, 그들의 입장을 이해 못 하는 건 아니었다. 우리나라 재계의 실질적인 주인으로 휘하 재벌 그룹들을 통제하기 위해선 칼을 휘두르는 일뿐만 아니라 어르고 달래야 하는 일도 많았을 테니까.

오너 일가의 영향력을 어느 정도 보장해 줬어야 했을 것이다.

재벌 그룹들에서 오너 일가를 내쫓고, 고용 사장들로 그 자리를 채워 버리기에는 전일 그룹의 실체가 대중들에게 그대로 드러나는 일이기도 했다.

그렇게 전일 그룹과 기존의 오너 일가들과는 이해관계가 맞아떨어졌다.

전일 그룹의 간섭이 크지 않으니, 오너 일가들은 그들이 사실 그렇게 얕잡아 보던 야도이 따위들과 별반 다를 바 없는 신세라는 걸 점점 잊어 갔던 것이다.

당시 대현차 그룹이 한전의 조그마한 땅을 10조 원이나 되는 금액으로 낙찰받아 버린 데에는 그런 내막이 깔려 있었다.

10조.

오너 일가의 돈이 아니다. '대현차 그룹'이라는 새로운 인격의 돈이지.

또 거기에 식자(識者)들은 기업에 이해관계를 그 안에 몸담고 있는 모든 이들의 공동 자산이라고도 말한다. 진짜 현실과는 다르게 말이다.

내 마음대로 운용하는 데 어려움이 느껴지지 않을 만큼, 바로 내 돈인 것이다.

그때가 왜 생각나냐면 경쟁 붙은 녀석이 누구인지 애매해서였다.

혹 내 다른 주머니와 붙고 있는 게 아닐까? 둘 다 내 수중에 있었던 대현차 그룹과 일성 그룹이 한전 땅을 두고 경쟁을 높였을 때처럼?

물론 반드시 그런 경우만 있는 건 아니다. 어느 독재자의 비자금. 어느 부호가 시작의 날에 쌓아 둔 달러. 범죄 조직의 검은돈.

그 외에도 시장 경색을 막기 위해 풀어낸 지분의 여파로, 어느 정도 방어권을 확보한 또 어떤 그룹의 자금일 공산도 높다.

그렇기 때문이었다.

치트키지만 입찰에 가담한 놈들을 확인할 필요가 있었다.

「7.11 / 12:02 ─ 1,550,000,000 $」

녀석들 중 또 누군가가 한 번에 5천만 달러를 올렸다.

「7.11 / 12:03 ─ 1,560,000,000 $」
「7.11 / 12:03 ─ 1,600,000,000 $」
「7.11 / 12:03 ─ 1,610,000,000 $」
「7.11 / 12:03 ─ 1,640,000,000 $」
「7.11 / 12:03 ─ 1,650,000,000 $」

이태한의 답신이 들어온 건 잠시 후였다.

「7.11 / 12:06 ─ 1,830,000,000 $」

그의 입에서 열세 개의 이름들이 흘러나왔다. 업체 이름
도 있었고, 각성 전의 시절에도 부를 누리고 있었을 몇몇
각성자의 이름도 나왔다.

그런데 열네 번째 업체의 이름이 언급되기 전에 약간의
공백이 있었다.

이태한은 새삼 놀랐다는 듯이 목소리를 흘려보냈다.

〈 JMC(Jonathan Military Company), 염마왕인 것 같습니다. 어떻게 할까요?〉

조나단? 그가 군사 업체를 설립했다는 건 금시초문이다. 그래도 고민은 길지 않았다.

〈 입찰하지 말라 전해라. 〉

드디어 돌아온 전우에게 보낼 선물로 서왕모의 만년지주라면 나쁘지 않다. 내 새로운 탈것은 경매판을 더 뒤져 볼 수밖에.

그쯤에 키보드에서 손을 놓았다.

「 7.11 / 12:06 － 1,850,000,000 $ 」

「 7.11 / 12:06 － 1,850,500,000 $ 」

「 7.11 / 12:06 － 1,852,000,000 $ 」

「 7.11 / 12:07 － 1,860,000,000 $ 」

잔챙이들끼리 겨루다가 마지막 한 놈만 남았을 때.

그때가 내가 다시 등장할 순간인 것이다.

＊　　　＊　　　＊

「 7.11 / 14:41 － 2,600,000,000 $ 」

틱.

「 7.11 / 14:48 － 2,900,000,000 $ 」

잠잠했던 것도 잠시 3억 달러가 치솟아 올라가면서, 기어이 30억 달러가 목전에 있었다.

쿠베라는 입꼬리를 말아 감았다.

이계 진입을 고집했다면 경매에 참여할 기회도 없었을 것이다. 한 달 전에 가문의 다른 각성자들과 함께 공국 성에서 불타 죽었을 공산이 컸기 때문이었다.

그동안 그는 한국에 있었다. 피하에 위치 추적기를 박고 있는 이상, 오딘의 가족들에게 직접적인 접촉은 할 수 없었다.

대신 오딘의 아버지 '나전일'과 친분이 깊은 자들에게 접근하는 건 어렵지 않았다. 그를 통해 가족력을 파악하는 것 또한 마찬가지.

나전일은 워낙에 아들 사랑이 깊은 인사였다. 주변인들

에게 아들을 자랑하는 걸 아끼지 않았는데, 재밌게도 거기서 오딘은 조나단 투자 금융 그룹에서 두각을 보인 애널리스트가 되어 있었다.

세계 전체를 지배하는 오딘이 고작 애널리스트 따위라니.

몇 달간 그들의 주위를 맴돈 결과, 정말로 나전일 부부는 오딘의 크립토나이트가 확실해졌다.

시작의 장에서 나온 이후로도 오딘은 나전일 부부를 끔찍이 챙기고 있었으니까.

본인의 충격적인 신분을 드러내지 않는 데 노력하는가 하면, 부부 곁에 고위 구간의 각성자들을 붙여 놓고, 연락도 틈이 날 때마다 해 오고 있었다.

적어도 오딘은 나전일 부부의 앞에서는 한 명의 아들에 불과했던 것이다. 믿기지 않는 결과지만 정황 증거들이 너무도 뚜렷했다.

악마적 제왕이었던 그 오딘이 말이다!

틱.

「 7.11 / 14:48 − 3,000,000,000 $ 」

쿠베라는 상위 입찰을 던져 놓고선 프로필 파일들로 시선을 돌렸다.

만일 오딘의 부모를 볼모로 삼아야 할 경우, 오딘의 부모를 목표 지점까지 유인해 올 인물들이 담겨 있는 파일이었다.

누구는 나전일의 직속 부하였고 또 누구는 오랜 지기 친구였다. 그들에게 쿠베라 자신은 외국계 투자인으로 알려져 있었다. 전일 출신 중에서 아직도 입김이 센 은퇴자를 찾고 있는 것으로 알려져 있는 것이다.

쿠베라는 몇몇을 추린 다음 부하들에게 눈짓해 보였다.

특정해 둔 인물들과 관계를 조금 더 증진시키라는 지시였다. 봐서 돈으로 포섭할 수 있는 자와 아닌 자들을 구분하고. 또 그들의 약점을 더 확보하라는 뜻도 담겨 있었다.

가문의 칼로 고용한 각성자들은 시작의 장에서도 함께했던 자들로 구성되었기 때문에 많은 말이 필요 없었다.

다만 한 가지, 나전일 부부의 정체에 대해선 부하들도 몰라야 한다. 그것이 알려졌다가는 모든 게 물거품이 되기 십상이니까.

그때 가문에서 연락이 들어왔다. 암호화된 채널을 통해서였다.

〈 D: 경매에 참여하고 있다면 그만두시게. 〉

〈 C: 무엇이 문제지? 가치를 매길 수 없는 물건이다. 돈

이나 더 집어넣어. 거사가 성공하면 그건 티끌만도 못한 수준 아닌가. 〉

　〈 D: 오딘이 거래 시스템을 왜 열어 뒀는지 생각해 보게나. 그와는 경쟁이 성립될 수 없네. 〉

　〈 C: 오딘이 참여했다? 〉

　〈 D: 가정해 보자는 것일세. 그럼 괜히 가격을 높여서 그를 자극해선 안 되는 일이네. 숨죽이고 있게나. 자네 말대로 거사가 성공하면 이런 건 티끌보다도 못한 일이지. 〉

　"⋯⋯젠장."

　「 7.11 / 14:48 ─ 3,000,000,000 $ 」

　쿠베라는 상단부로 올려진 자신의 주문을 노려보며 쓴 입맛을 다셨다.

＊　　　＊　　　＊

　정확히 30억 달러를 기록하는 순간, 릴은 고민에 휩싸였다.

　주주 총회에서 이계 진입 부분의 사업체에 대한 사안이 통과되었으니 그건 문제가 될 게 아니었다.

요는 30억 달러가 넘는 회삿돈을 아이템 하나에 밀어 넣는다면 과연 주주들이 이를 긍정적으로 바라볼까, 하는 데에 있었다.

개인 투자자들이 부정적으로 판단하는 건 감수할 만했다. 회사 재정을 염려하며 실망 물량이 빗발치는 건 감안하겠다는 거였다.

하지만 조나단 투자 금융 그룹과 질리언 투자 금융 그룹 그리고 조세 회피처에 기반을 둔 다국적 투자 회사들 같은 강성 주주들이 부정적으로 판단한다면 다음 임기를 보장할 수 없었다.

릴은 임원들 사이에 섞여 있는 한 사람을 쳐다보았다.

각성자 순위 430위.

인도 신화에서 전쟁의 신인 스칸다(Skanda)를 코드명으로 쓰는 각성자였다.

다른 임원들처럼 정장 차림이지만 그가 눈에 띄는 이유는 앉은키보다 높게 솟아 있는 대검에 있었다. 회의실의 조명을 받아 무거운 빛을 토해 내는 중이었다.

그런데 그의 대검 또한 S급. 회삿돈이 아닌 개인 명의로 30억 달러라는 천문학적인 액수를 짊어지고 다니는 자가 얼마나 될까.

서왕모의 만년지주 알은 정체가 확인되지 않은 중에도 단지 S급이라는 이유만으로 30억 달러 선에 도달해 버렸다.

그러니 그의 대검은 그 이상의 가치를 품고 있다 봐도 무방했다.

하지만 그는 여전히 포커페이스였다. 순간에 억만장자가 되었음에도 대형 스크린에 띄워진 경매 창만 바라고 있을 뿐이었다.

릴은 거품이 너무 많이 꼈다고 생각했다. 아이템의 전반적인 가격이 그랬다.

각성자들의 손에서는 초자연적인 능력을 발생시키지만, 일반인들의 손에서는 그저 고철에 불과한 게 아이템들 아닌가.

그러나 아이러니하게도 그 점이 이계 진입을 서둘러야 하는 점이다.

가격 상승을 주도하고 있는 세력들이 존재하고, 그들이 이계의 큰 수익원 중 하나로 아이템 시장을 만들어 나가고 있는 것이었다.

'아무리 그래도 30억 달러라니. 정도가 지나치지 않은가……'

회사 지분 구조를 살펴보면 다음과 같았다.

조나단 투자 금융 그룹에 21%.

질리언 투자 금융 그룹에 14%.

지주 회사에 13%, 사모 펀드에 12%, 개인 투자자들에게 7%, 창업 파트너들에게 2%. 나머지 31% 지분은 조세 회피처에 기반을 둔 다국적 투자 회사들에게 갈가리 쪼개져 있다.

대부분이 강성 주주들로 경영진들에게 입김이 강력하다.

"40억 달러까지를 한계선으로 잡겠습니다."

이미 충분한 모험을 감행했었고, 스칸다에게도 회사의 노력을 보여 주었다.

릴은 선포하며 스칸다의 반응을 살폈다. 다행히 회사의 입장을 이해해 주는 듯 별말 없이 자리를 지키고 있었다.

임원들도 그 이상이라면 포기하는 게 맞다는 반응이었다. 만일 최종 낙찰에 성공하지 못해도 중국 투자 쪽으로 노선을 틀 만한 자금이 확보됐기 때문이었다.

＊　　　＊　　　＊

중화의 시장이 전면 개방되며 기업가들에게 더 좋은 세상이 펼쳐진 것은 맞았다.

그러나 조나단, 질리언 투자 금융 그룹 같은 무자비한 약탈자들은 투자를 빌미로 지분을 싼값에 쓸어 담는 데 혈안이 되어 있었고.

당국에서도 외국계 자본의 투자를 대거 받아들이라는 압력을 밥 먹듯이 해 왔다.

중화 전체는 그들 외국인들의 돈놀이 잔치가 되고 말았다.

혹자는 당국에서 저급 각성자들을 억류했던 일이 나비효과가 되어 지금의 파국을 만들었다고 한다. 하지만 그건 서구의 자본 세력들이 만들어 낸 명분에 불과한 일이다.

이지항(李志恒)은 그렇게 확신하고 있었다. 증거는 명백했다.

기다렸다는 듯이 IMF를 보내 점차적으로 약탈 수준을 끌어올리는 것만 봐도, 그들은 중화 전체를 도마 위에 올릴 계획이 끝나 있었던 것이다.

현 시국은 도마 위에서 많은 게 난도질되는 때였다.

홍콩에 우회 상장했던 민간 기업들은 칼질하여 쪼개고.

중화의 국영사업들을 민자로 돌려서 삶고.

본래 당국만이 소유하고 있던 토지들에도 싼 가격표를 붙여서 굽기 바쁘다.

그리고 무슨 까닭에선지 내치에 주력해야 할 주석은 옛 권력자들의 비리를 까발리며 그들의 비자금들을 회수하는 데 몰두하고 있었다. 덕분에 군부가 날카롭게 서 있고.

안팎으로 시끌벅적, 한 마디로 개판도 그런 개판이 따로 없었다.

그 와중에 S급 아이템 하나가 30억 달러라니?

이지항은 영 마땅치 않았다.

"이 돈이면 여기든, 미국에서든 왕족 같이 살 수 있다. 네가 부족한 게 뭐 있느냐."

"실제로 왕족이 되는 건 아닙니다. 상위 입찰하십시오. 아버지."

"이럴 때나 아버지라 하는구나."

"놓치면 후회할 겁니다."

"저게 뭔지나 알고 하는 소리냐?"

"S급에는 따질 게 없습니다. 돈이 부족한 겁니까?"

"그럴 리가."

이지항은 전화기를 들었다. 자금을 더 이체해 놓으라는 지시였다.

동시에 키보드를 툭툭 건드리는 순간.

「 7.11 / 14:52 – 3,300,000,000 $ 」

아들 명의로 입력해 뒀던 이지항의 주문이 상단부로 올라갔다.

이지항은 생각했다.

이번에 소진된 비용을 복구하려면 지금보다 더 약탈자들

의 비위를 맞춰 줘야겠다고.

그들 외국 자본들의 칼이 되어 중화 땅에 더 열심히 난도질을 가하겠노라고. 그래서 그들이 삼키기 좋은 규격으로 만들어 줄 수밖에.

"잘 봐 둬라. 진정한 부가 무엇인지."

*　　　*　　　*

로트실트의 RMC마저 떨어져 나갔었다. 이계 진출에 가장 열을 높이고 있던 CVA도 30억 달러에서 백기를 들었었다.

각성 전에도 부호였던 한 각성자 역시 그쯤에서 입찰을 포기했다.

돈이 없다기보다는.

아무리 S급이라도 아이템 하나를 30억 달러 이상 주고 산다는 건, 계산이 맞지 않다는 게 시장의 냉정한 평가였던 것이다.

아이템 시장을 부풀리고 있던 기존의 자본 세력들 또한 그쯤이면 됐다 싶었던 거다. 아마도 환호를 지르고 있지 않을까.

그래서 최종적으로 남은 둘은 유럽의 유통 회사를 기반

으로 둔 군사 업체 한 곳과 중국계 자본으로 추정되는 각성
자 개인이었다.

그중 최후의 승자는 중국계 각성자, 이우강(李佑康)이라
는 녀석이었다.

　　「 7.11 / 15:50 − 4,000,000,000 $ 」

입찰가가 40억 달러를 돌파한 이후로 30분째 그대로였다.

이우강의 각성자 순위는 162329위.

브실골 중 골을 담당하고 있던 녀석으로 시작의 장에서
풀지 못한 한을 여기에다 쏟아붓고 있는 것으로 보였다.

그리고 그 돈들은 아버지 이지항(李志恒)에게서 나오는
걸로 추정된다. 우리나라 IMF 때도 그랬지만 지금 중국에
서도 국가적 위기를 사리사욕을 채우는 데 이용하는 자들
이 적지 않다.

어쨌거나 내 주머니가 아니라 꺼릴 게 없었다.

　　「 7.11 / 15:51 − 4,100,000,000 $ 」

일억 달러를 높여 던졌다.

「 7.11 / 15:51 ─ 4,200,000,000 $ 」

녀석도 똑같이 대응해 왔다.

「 7.11 / 15:51 ─ 5,000,000,000 $ 」

단위를 높여서 던지자 잠잠해졌다.
잠시 후.

「 7.11 / 15:54 ─ 6,000,000,000 $ 」

똑같이 앞의 자릿수를 바꿔 버리는 광경에서, 이지항이
제 나라를 어지간히 해 처먹었다는 걸 느낄 수 있었다.

그 돈이면 구태여 이계 진출이 아니라, 여기 본토에서 사
업을 크게 일구기에도 부족함이 없는 돈이다.

헐값이 되고만 제 나라의 부동산과 기업 지분들을 노려
봐도 되고, 꾸준히 상승 중인 주식들에 직접 투자를 하거나
내 투자 그룹에 맡기기만 해도 평균 이상의 수익을 얻을 수
있을 것이다.

그런데도 이지항 부자(父子)는 단지 S급 아이템이라는 것
만 보고 달려드는 중이다.

연희가 제 목을 긋는 시늉을 해 보였다. 거기에 응해 주었다.

「 7.11 / 15:54 ─ 10,000,000,000 $ 」

그간 돈을 지르는 맛을 잊고 산 듯싶었다. 내가 소유한 전체 자본에 비하면 티도 안 나는 금액이지만, 백억 달러 자체로서는 충분히 파괴적인 금액!

서왕모의 만년지주가 아니었다면 여기까지 지르지도 않았다.

이지항 부자가 따라붙지 못할 줄 알았는데 꼬리를 지저분하게 달고 나타났다.

「 7.11 / 15:55 ─ 10,001,392,000 $ 」

연희가 제법이라는 투로 짧은 휘파람을 불었다.
1달러만 붙여서 던져 보았다.

「 7.11 / 15:54 ─ 10,001,392,001 $ 」

그러나 예정된 시간이 끝나고 마지막 입찰 기회가 지나

갈 때까지도, 모니터 속은 그대로 멈춘 채 변동이 없었다.

이지항 부자가 속옷에 낀 때까지 긁어모은 게 마지막으로 던진 돈이었던 것 같다. 회삿돈이 아닌 개인 현금으로 그만큼이나 운용할 수 있는 건 실로 놀라운 일이 아닐 수 없다.

이윽고 거래 플랫폼에서 최종 승인이 떨어졌던 때였다.

「 낙찰가: 10,001,392,001 」

최초의 S급 아이템 경매가 마침표를 찍는 즉시.

「 속보: '서왕모의 만년지주 알' ……. 100억 달러 이상으로 최종 낙찰! 」
「 속보: S급 아이템, 서왕모의 만년지주 알. 과열 경쟁 속에 A급 아이템 평균가의 66배를 상회. 」
「 속보: 각성자들의 장비 하나가 100억 달러 '경악'. 」
「 속보: (기획) 숨어 있던 자본들의 충돌, 무대는 I — 트레이드. 」

속보들이 빗발치기 시작한 노트북을 한편에 밀어 버린 후. 수화기를 들었다.

〈 질리언. 〉

〈 예. 〉

〈 베이징인가? 〉

〈 예. 〉

〈 거기에 이지항이라는 관료가 있을 것이다. 아는 자인가? 개인 현금으로만 백억 달러를 운용하는데, 난 그 이름을 한 번도 들어본 적이 없는 인사였다. 〉

〈 시자준 일파에 간신히 한 발 걸치고 있는 자입니다. 〉

〈 우리와는 어떻게 얽혀 있지? 〉

〈 토지 관련해서 급행으로 처리되는 안건들 중 일부가 그자의 손에서 다뤄지고 있습니다. 〉

혹시나 중국 주석이 내게 갚기로 한 비자금을 운용하고 있는 자일 수도 있어서 물어봤던 것뿐이다.

그자는 추정에서 빗나가지 않았다.

100억 달러를 착복했다면 그 수백 배에 달하는 중국 쪽 자산들을 우리 쪽으로 넘기는 데 일조해 왔을 자였다. 그런 자들이 한둘이 아닌지라, 그들의 이름을 하나하나 기억해 주는 건 가치가 없는 일이다.

「제목: YSN 라디오 '백성인의 뉴스 정면 돌파'

■ 방송 : FM 99.1 (18:10~20:00)
■ 방송일 : 2018년 7월 12일 (목요일)
■ 대담 : 이수일, 성주대학교 교수

◇ 앵커 백성인 시사 평론가(이하 백성인)> 아이템 거래 시장을 시작으로 전체적인 문제점들을 짚어 보겠습니다. 성주대학교 이수일 교수, 연결합니다. 안녕하세요?

◆ 이수일 성주대학교 교수(이하 이수일)> 네, 안녕하세요.

◇ 백성인> 어제 최초의 S급 경매가 진행됐었는데, 서왕모의 만년지주 알이라는 아이템이 100억 달러라는 천문학적인 낙찰가를 기록했습니다. 100억 달러가 어느 정도나 되는 돈인지 체감이 되지 않습니다.

◆ 이수일> 네, 어제 자 환율이 1,056.30원이었습니다. 10조 5천 6백억이 되겠군요. 주식 시장을 예로

들어 보지요. 대현차 주식 시가총액이 30조 원입니다. 그러니 10조면 대현차 주식의 30%를 매입할 수 있다는 게 되겠죠. 그리고 여러분들 스마트폰 좋아하시죠? 베리사의 A폰 중 가장 높은 가격의 버전 제품은 부가세를 포함해서 150만 원쯤 되는데요, 10조 원이라면 그 제품을 666만 명에게 무료로 제공할 수 있는 금액이라 할 수 있겠습니다. 그리고 또 우리나라 대학생 전부에게 한 학기 등록금을 내줄 수 있는 금액도 됩니다.

◇ 백성인> 엄청난 금액이군요. 하지만 그 이후로도 두 번의 S급 아이템 경매가 더 있었죠. 두 번째 S급 아이템은 최초 낙찰가의 40% 수준인 40억 달러, 세 번째 S급 아이템은 30억 달러까지 하락했었습니다. 최초 거래가 과열 양상을 띨 수밖에 없었다는 점은 이해가 됩니다. 그렇게 자리를 잡은 금액이 30억 달러쯤이라는 얘기가 나오는데, 이 금액도 체감이 되지 않는 천문학적인 수준입니다.

◆ 이수일> 사실 크게 이야기하면 할 이야기가 많겠지만, 좁혀서 보면 실물 경제의 한 부분에 해당된다 할 수 있겠습니다. 수요가 많고 공급이 적으면 가격이 뛰는 건 당연한 경제 논리입니다. 또한 각성자

들은 외계에서의 수익성, 리스크의 주요 변수를 좌우하는 위상을 가지고 있죠. 기업들 입장에서는 각성자들을 하나의 인력 자원으로 안정화시키는, 이를테면 아이템 같은 고가의 장비들에 투자를 할 수밖에 없다 보니까, 말씀하신 것처럼 체감이 되지 않은 천문학적 시세가 형성된 것입니다.

◇ 백성인> 교수님께서는 지금 시세를 어떻게 바라보십니까?

◆ 이수일> 협회의 발표에 따르면 20여 만의 각성자 중 진출자는 10% 미만입니다. 여러 가지 이유가 있습니다. 협회에서 던전이라고 명명한 진입 루트를 전면 개방하지 않았거니와, 준비를 갖춘 기업들 나름대로도 수익성을 따져 가며 관망하고 있는 게 전체적인 현상이라고 보고 있고요. 이번에 아이템 시장이라는 새로운 수익원이 보장되었으니, 기업들이 진출과 투자를 더욱 아끼지 않을 거라 예상하고 있습니다.

◇ 백성인> 예.

◆ 이수일> 세계 각성자 협회에서는 기업들의 외계 진출을 적극적으로 부양하고 있는 중입니다. 즉, 아이템 시세들은 그에 부합한다고 할 수 있겠군요.

◇ 백성인> 협회에서 기대하던 대로 가치가 평가되었다고 보시는 의견이시네요?

◆ 이수일> 그렇습니다. 아이템이란 초자연적인 상품이 인류 역사상 거래가 된 전례가 없고, 약 20만이라는 한정된 소비 시장을 가지고 있다는 면 때문에 혼란스러운 게 사실입니다. 하지만 이를 군사 무기로 본다면 얘기는 또 달라집니다. 그렇게 보는 게 맞을 겁니다. 초자연적인 현상이 집약되어 있는 점만 봐도 외계에서 수익성과는 별개로 이용될 곳이 많습니다. 최근에도 자주 눈에 띄었지요.

◇ 백성인> 우리 세계의 전쟁 산업을 말씀하시는 겁니까?

◆ 이수일> 네.

◇ 백성인> 협회에서는 각성자들의 전쟁 산업을 외계로 한정하고 있습니다. 그런 의지도 보이고 있고요. 얼마 전에 예맨 내전에서 모습을 드러냈던 비등록 각성자들이 안전국에 의해 제압되었습니다. 그들을 고용했던 정부군, 반정부군 세력 모두의 고위직 책임자들의 신병 인도를 강력하게 주장하고 있으며 조만간 그렇게 되리라 보여집니다.

◆ 이수일> 그래서 저는 협회에서 아이템들을 지

금 수준보다 더, 엄격하게 관리하는 정책을 펴야 한다고 봅니다. 비등록 각성자들의 손에 높은 등급 아이템들이 쥐어진다고 생각해 보십시오. 동시에 안전국에서 비등록 각성자들을 하루빨리 소탕할 수 있도록, 세계 사회는 물론 세계인들 전부가 크게 협조해야 한다는 겁니다.

◇ 백성인> 정확히 어떤 협조를 말씀하시는 것인가요?

◆ 이수일> 안전국이 활동하면서 불가피하게 일어날 수 있는 피해들이 있잖습니까. 멀리 보지 말고 우리나라를 봐 보죠. 지난달의 인천 룸살롱 각성자 난동 사건을 기억하실 겁니다. 정확히는 '비등록 각성자 난동 사건'이라 해야 하는 사건이었습니다.

◇ 백성인> 우리나라에서는 최초로 발생했던 사건이었죠. 다른 나라들에 비해 우리나라 각성자들은 문제가 없는 편이었기 때문에 충격이 컸었습니다.

◆ 이수일> 그 점을 따져 보자면 시작의 장, 최종장의 세력 구도에 대해서 잘 알아야 합니다. 우리나라 각성자들은 크게 두 개 세력으로 나뉘어져 있었습니다.

◇ 백성인> 구원자 오딘의 일파와 마리의 일파,

그렇게 두 개 세력이었다죠?

◆ 이수일> 그렇습니다. 최종장에서 레볼루치온
(12) 소속의 우리나라 국적 각성자들은 오딘의 일파
로 분류되고, 레볼루치온(42)에 속했던 각성자들은
마리의 일파로 분류됩니다. 룸살롱 난동 사건은 레
볼루치온(42), 그러니까 마리의 일파로 분류된 쪽에
서 자행된 일이었습니다. 오딘의 일파, 스스로를 '구
원자의 도시민'이라 부르는 각성자들은 우리나라
사람인지 외국 사람인지에는 관계없이 오딘을 향한
충성심이 강합니다. 때문에 사회적 소요를 일으키지
말라는 오딘의 지시를 충실히 이행해 왔습니다.

◇ 백성인> 각성자 전체는 오딘에 대한 경외심이
큰 것으로 아는데요?

◆ 이수일> 열 길 물속은 알아도 한 길 사람 속은
모른다 하지요. 추정해 보자면 마이크로칩을 이식하
는 데 불만이 있었을 것이고, 협회의 전반적인 방침
에도 수십 년 세월의 시작의 장과는 괴리감을 느꼈
던 게 아니었을까 합니다. 어쨌든 인천 룸살롱 난동
사건은 비등록 각성자가 인천의 폭력 조직들을 장악
하려다가 발생한 일이었습니다. 룸살롱을 사업장으
로 가지고 있던 폭력 조직 외에, 인근의 사업체에도

큰 피해가 있었습니다. 그때 사업주들이 어떻게 반응하였던가요.

◇ 백성인> 예.

◆ 이수일> 정부에서 피해를 산정해 보상해 준다고 약속했었습니다. 그럼에도 우리나라 지부에 죄다 몰려가서 생떼를 부렸지요. 지부가 위치한 일대가 UN 협정에 의거, 치외법권이 형성되는 곳임을 그들이라고 몰랐을까요? 거기서 외계 괴물 탈은 왜 또 쓴답니까? 본인들의 주장을 펼치려 했다는 것은 이해하나 탈을 쓰고 시위를 할 것이었으면 최소한, 경계선 바깥에서 집회 시위법을 준수했어야 합니다. 하지만 어땠습니까. 경계선 안으로 진입하려다가 물리적 충돌이 있었습니다.

◇ 백성인> 당시 사업장들의 주장은 정부의 피해 산정을 믿지 못하겠다는 것 하나, 그리고 안전국의 진압 과정 때문에 피해가 더욱 컸다는 것 둘. 이것이었습니다. 하지만 국민들의 공감을 산 부분도 있었습니다. 청원이 40만을 기록한 것은, 이후 협회의 사법 체계 때문 아니었습니까.

◆ 이수일> 전까지는 세계 각성자 협회 대 UN 회원국 간의 협정이 실감되지 않다가, 사업장 상인들

이 강제 진압당하고 구금 시설로 끌려가는 모습을 본 뒤에서야 아차 했을 겁니다. 적어도 우리나라에서만큼은 세계 각성자 협회나 각성자들이 미디어 매체가 만들어 낸 가상의 산물 같은 느낌이었습니다. 그런 풍조가 만연했었습니다.

◇ 백성인> 사업장들은 그들이 진입하려고 시도한 땅이 어떤 곳인지는 알고 있었지만, 단지 알고 있는 데 그쳤다는 말씀이신 건가요?

◆ 이수일> 앞서 최초로 경매가 진행된 S급 아이템 하나가 100억 달러였습니다. 머리로 그 액수를 떠올릴 수는 있어도 실제 그 돈이 체감되는 건 아닌 것과 같다 할 수 있겠습니다. 정리해 보자면 이렇습니다. 이제 와서 우리나라가 UN 회원국으로서 세계 각성자 협회와 맺은 협정이 매우 부당하다고 국민 여론이 들끓고 있지만, UN 회원국들이 왜 세계 각성자 협회와 그런 협정을 맺어야만 했는지를 이해하고 공감해야 한다는 겁니다. 그랬다면 그들이 외계 괴물들의 탈을 쓰고 협회 지부 땅에 진입하려는 시도를 할 수 있었을까요?

◇ 백성인> 현재, 구금에서 풀려난 사람들이 정부와 세계 각성자 협회를 대상으로 소송을 준비 중에

있다 합니다. 이 부분은 어떻게 바라보십니까?

◆ 이수일> 애초에 성립될 수가 없는 소송이라는 데에는 이견이 없을 겁니다. 사실 사업장들이 입은 피해를 전시법으로 다루지 않는 것만으로도, 우리 정부는 사업장들을 크게 배려하고 있는 상황입니다. 제가 이 자리에서 다시금 말씀드리고 싶은 바가 바로 그 부분에 있기도 합니다. 세계 사회는 물론 세계인들 전부가 협회에 크게 협조해야 한다고 말씀드렸는데요, 비등록 각성자 문제 외에도 우리 인류의 전쟁이 계속되고 있기 때문이기도 합니다. 우리나라가 비등록 각성자 한 명 때문에 시끄러웠던 당시, 북미와 유럽 등지에 다발적인 외계의 습격이 있었다는 것 또한 아실 겁니다.

◇ 백성인> 지지라고 해야 할까요, 각성자들과 민간 군사 업체들의 기지 네 곳이 공격을 받았었지요.

◆ 이수일> 우리 생활에 직접 관여되지 않고서는 체감을 하기 어렵습니다. 그건 인정해야 합니다. 사업장들이 사회적으로 긍정적인 이미지를 지닌 이들이 아님에도 불구하고 많은 국민들이 공감을 했었던 데에는, 협회가 우리 생활에 직접적으로 큰 영향을 미치기 시작했다는 걸 깨달았기 때문이었습니다. 예

컨대 제가 거주하는 아파트에서 뒷 창문을 열면 야산 하나가 보입니다. 추일봉이라고, 우리 아파트 주민들이 자주 이용하는 등산로였습니다. 이제는 거기가 협정의 영향을 받는 통제 구역이 되어 있습니다. 고의적이든 그렇지 않든, 통제 구역에 발을 딛는 순간 사업장들과 같은 꼴을 당할 수 있겠구나 그런 여론이 형성된 것이죠. 앵커님 주변에서도 있지 않습니까?

◇ 백성인> 예.

◆ 이수일> 예맨 내전에 관심이 없다가도 난민들이 들어와서 사회 문제가 될 것 같으니까, 예맨 내전에 관심을 가지기 시작합니다. 그래도 먼 아랍에서 세계 각국의 이해관계가 부딪치는 전쟁은 여전히 실감이 들지 않습니다. 대중들의 일반적인 심리가 그렇다는 것은 인정하고 보자는 겁니다. 하지만 북미와 유럽 등지에서 일어났던 외계의 공격을 마냥 그렇게 대하는 것은 매우 위험한 일입니다. 사업장들에게 공감하듯이, 통제 구역을 곁에 두고 있듯이, 언제라도 우리 곁에서 일어날 수 있는 일인 겁니다.

◇ 백성인> 좋은 예가 있겠군요. 세계 각성자 협회 총본부가 우리나라에 있고 실제로 한차례 습격이 있었지 않았습니까.

◆이수일> 정확합니다.

◇백성인> 마지막으로 협회의 전반적인 진입 방향에 대해서는 어떻게 생각하십니까? 각성자와 민간 군사 요원들 외에도 강대국 위주의 연합군을 형성하자는 이야기들이 심심치 않게 들립니다.

◆이수일> 지금까지 협회가 보여 준 행보는 한뜻으로 귀결됩니다.

◇백성인> 그게 무엇이죠?

◆이수일> 협회는 우리 인류가 전쟁을 겪지 않길 바라고 있습니다. 연합군을 형성하자고 주장하는 분들에게는 이렇게 되묻고 싶습니다. 당신의 아들들이 총을 들고, 외계 어딘가에서 전쟁을 치르길 바라십니까?

◇백성인> 알겠습니다. 교수님. 오늘 말씀 여기까지만 듣겠습니다.

◆이수일> 감사합니다.

◇백성인> 지금까지 이수일 현 성주대학교 교수였습니다.

댓글 13,901개

└ **[BEST]** 정윤: 죽기 전까지 엘프 여 노예 살 수 있는 건 맞나요? (서울, 21세, 여)

└ 귀여운오오: 헬조선에 남아 있느니 이계 간다. 아티펙트 하나 주우면 인생역전 아님?

└ 소숑호: 시발것, 그냥 핵폭탄으로 조져 버리자. 북한 뚱땡이한테 하나 달라 해. 안 주면 하나 만들거나. 우리나라 기술력이면 그거 하나 못 만들겠어? 아…… 미국 눈치 보느라 바쁘징?

└ 코로롱: S급 아이템이 30억 달러 수준이면 개꿀. 그것밖에 안 한다니 하나 사 둬야겠다. 내 지갑이 어디 있더라. 블랙 카드 한 장만 가지고 다녀서 찾기 힘들다. 엣햄

└ 아찌: 그때 청원에 동참한 사람 이불킥. 참고로 난 안 함. 군중 심리란 참 오묘한 것. ㅋㅋ

└ 카디르나: 근데 데클란 개새끼 탈 쓰고 지부에 돌진했던 건 아주 상또라이 짓이었다. 누가 선동한 거냐. 미치겠다 아주. 거기에 각성자 있었으면 특성 PTSD 발동 효과로 바로 뒤지는 각 아녀? 술장사하시는 분들이라 그런지, 여간 강심장이 아니여.

└ 곤프릭스: 전 각성자는 아니더라도 '구원자의 도시민'입니다. 오딘 님. 영원히 충성하겠습니다. 충성!

└이진규: 난 칼리버 님께 L.O.V.E!

└sai676: 우리 집 앞에도 던전 있는데.

└양수: 내 군복 어딨어? 엘프짜앙, 오딘 님께서 게이트 열어 주시면 바로 갈게. 좀만 기들려!

└○○:저로 말할 것 같으면 분쟁 지역에서 활동했던 퇴역군인으로서 주특기는 1123 106MM 무반동 총이었으나 그 외에도, K1, K2, M16등 분단 지역에서 사용하는 소총을 다룰 줄 압니다. 백병전에 특화된 무술을 수련하였고 매년 국가의 부름에 응하여 정기적인 군 훈련에 참가 중입니다. 이런 저라면 세계의 각성자 분들을 조력하여 이계에 진입하기에는 충분한 조건이라고 생각됩니다. 연락 주십시오. 보상은 S급 아이템 하나면 충분할 것 같습니다.

└개나이로세살반이야: 속을 뻔했다.

└글라니스카: 아니, 예맨 난민들 어쩔 거냐고. 종 치기 무섭게 바로 서로 총 겨누냐.

└양수: 헛물들 켜시네. 우리나라는 각성자가 아니라 전일 그룹이 문제지. 정작 전일 그룹에는 아무 말도 못 하면서 각성자만 가지고 이러쿵저러쿵, 쫄보들.

└최진혁: 좋은 말씀 감사합니다. 교수님.

└이현석: 인천 조폭들 죽다 살아났지 뭐.

└ 으아와앙: 죽었는데요?

└ 정현호: 공감합니다. 인간은 망각의 동물이라 전쟁은 현실이라는 걸 많은 이들이 잊고 삽니다. 두 번 다시 계엄군에 끌려가고 싶지 않…… 보고 있냐. 김 상사. 너 내 눈에 띄지 마라. 경고했다. 아주 죽여 버린다.

└ 정윤: 죽기 전까지 엘프 여 노예 살 수 있는 건 맞나요? (서울, 21세, 여)

└ 서영득: 헛?

└ 제우: 각성자 한 번도 본 적 없다. 오딘 님과 마리 님, 칼리버 님, 이태한 님 전부 실존 인물인 건 맞냐? 카탈리나 로네아 빠는 것도 지겹다. 팬 싸인회 한번 했으면.

└ 봉욱: 난 봤음. 보면 오금 지림. 눈빛 개 살벌함.

└ 123: 내가 본 각성자는 손 흔들어 주던데. 얼굴도 예뻤음 (특급 정보)

└ 아우스: F급도 좋으니까 하나만 팔아 봐. 나 돈 많어잉

└ 정조영: 쯧쯧. 한심한 것들. 니들 손에 인류의 운명을 맡기느니 그냥 죽을란다. 우리나라 및 전 세계의 각성자 님들 응원합니다. 몇몇 소수 반동분자

들 때문에 굴하지 마세요. 전 국민은 각성자 님을 응원하고 있습니다.

    └ 잭팟: 그런데 청원은 40만 돌파한 것이 함정.

    └ 난오딘이다: 너희 비등록 각성자들, 깡 하나 인정한다. 하지만 거기까지다. 나 '오딘'이 지켜보고 있는이상 너희들은 죽은 목숨이다. 최종장의 쓴맛을 덜 봤구나. 숨죽이고 있거라. 그 숨 냄새를 맡는 즉시 너희들의 등 뒤에 내가 서있을 테니. 후후후. 게이트 소환!

    └ 화이트: 급식들은 따라갈 수 없다. 존경스러울 정도다. 밤길 조심하길.

＊   ＊   ＊

그 웹페이지는 라디오상의 인터뷰를 문서화한 것이었다.

협회는 우리 인류가 전쟁을 겪지 않길 바라고 있습니다.

논객으로 나온 이는 내 의도를 정확히 파악하고 있었다. 이 작은 방송 하나에까지 제이미의 입김이 미친다고 보기에는 무리가 있으니, 전반적인 여론이 협회에 꼭 부정적인 것만은 아니었던 것이다. 알아주는 이들이 존재한다.

그때 연희는 한 손으로는 크시포스를 쓰다듬으며 한 손으로는 아이스크림을 떠먹고 있었다. 모처럼 인터넷 서핑으로 시간을 죽이고 있는 나를 힐끔거리면서, 혼자서 배시시 웃는 시간도 있었다.

내가 일에서 손을 놓고 있으니 연애하는 것 같은 기분이 난다나?

댓글들이 평화로운 세태를 고스란히 담고 있듯이, 내 세계는 거래 시스템을 시작으로 금융 제국 전반에 걸쳐서까지 평탄하게 돌아가는 중이었다.

그래서 주문한 물품들이 도착하기 전까진 휴식이었다.

인장과 알은 구원자의 도시민 중 한 명이 직접 인수하러 떠났다.

그때 연희가 툭 말을 뱉었다.

"조나단 말이야. 아직까지 연락 없지?"

군사 업체를 설립하고 입찰에 참여하고 있던 건 조나단이 아니었다. 조나단의 측근인 올리비아였다.

조나단은 그렇게 하라는 일방적인 지시만 전했을 뿐이었다.

정작 본인의 행적은 올리비아에게도 알리지 않았다 했다.

그는 사대 제사장들의 의례 때 한번 나타난 뒤로 줄곧 그래 왔었다.

나는 그것을 방황이라 생각했으나 연희의 생각은 다른 모양이었다.

내게 말 못 한 어떤 목적에 의해서 비밀리에 움직이고 있는 게 아니냐 하는데, 조나단에게는 그런 게 있을 리가 없었다.

연희가 제시카의 일을 끄집어냈을 때에도 그 생각에는 변함이 없었다. 시작의 장은 한 사람을 전혀 다른 사람으로 돌변시키기에 충분한 공간과 세월이었다는 반문에도, 마찬가지였다.

시작의 장이 조나단을 변화시키지 않았겠냐고? 천만에. 그는 그만큼 처참했던 본 시대에서도 굳은 인성을 보여 주었던 사내다.

때문에 그를 파트너로 삼았던 것이다. 시작의 장에서 변화할 인성이었다면 제 앞에 막대한 부가 쌓여 가던 순간부터 조짐이 보였을 것이다.

하지만 그는 바뀐 적이 없었다. 본인의 몫을 주장하지도 않았다.

조나단은 그런 사내다.

"난 선후 외에는 믿지 않아. 주어진 환경에 따라 사고하고 움직이는 게 사람이야. 롤플레잉이라고 알지? 사람이 변하는 게 아니라, 상황이 변하는 거야."

연희는 그렇게만 말하고는 내 대답을 듣지도 않았다. 별실 쪽으로 쏙 들어가 버렸다. 더 이상의 논쟁은 피하겠다는 거였다.

조나단이 귀환 직전에 했던 이야기가 있었다.

"데리고 가면 안 되는 놈들은 여기서 제거해 둬야 한다. 봐 둔 놈들이 몇 있다."

복귀한 이후에도 미처 처리하지 못한 놈들을 쫓고 있다는 식으로 말한 바 있었다.

그게 어떤 자들을 지칭하는지는 알고 있다.

로트실트, 골드슈타인, 머건, 메디치 등등, 클럽 회원들과 같은 피를 품고 있는 자들.

클럽에 속한 것은 아니지만 영향이 미치고 있는 산유국 왕가의 일족들.

그 외에도 클럽 내부에 영향을 줄 수 있는 피를 타고난 자라면 조나단이 말했던 '제거 대상'에 포함된다 할 수 있었다.

그런데 그의 행적을 두고 방황이라 봤던 이유는 다른 게 아니다.

그런 일을 하고 다니는 중이었으면 연락을 끊고 다닐 까닭이 없었으니까.

때문에 그렇게 생각했었다.

그가 시작의 장과 현실의 괴리감 속에서, 금융인 조나단 헌터로 돌아가느냐 염마왕으로 잔존하느냐를 두고 고민에 빠져 있다고.

해서 어떤 판단을 하든 그 결정을 존중해 주기로 했다.

염마왕으로 돌아오면 만년지주를.

조나단 헌터로 돌아오면 클럽의 왕좌를 위임할 계획이었다.

*　　*　　*

〈 오딘께서 계속 찾고 계십니다. 〉

〈 미안한 일이군. 〉

〈 마리에게 접촉하는 건, 정말 아닌 것입니까? 〉

〈 마리가 클럽 내부의 사정이나 그 친구를 나만큼 이해할 수는 없다. 나하고는 의견이 맞지 않겠지. 뿐만 아니라 쿠베라와 정신계 힐러들의 폭주까지도 염두에 두고 있으니, 마리는 제외다. 〉

〈 예. 〉

〈 명심해라, 올리비아. 쿠베라 자체는 하등 문제 될 것이 없으나. 진짜 문제는 그 친구에게 자신의 부모가 노려졌다는 것이 알려질 경우에 있다. 이런 가소로운 일에 신경 쓰게 만들기엔 그 친구는 이미 많은 짐을 지고 있다. 〉

〈 무슨 말씀인지 알고 있습니다. 〉

〈 그래. 그 친구 외에는 누구도 대신 들어 줄 수가 없는 짐이지⋯⋯. 〉

Chapter 4.

　세계 각성자 협회 대 UN 회원국 간의 협정으로 한국 사회가 시끄러웠던 적이 있었다.

　한국 국민들은 정부에서 치외법권의 성역(聖域)들을 국민의 의사와는 상관없이 중구난방으로 들여왔다고 난리 쳤었다.

　하지만 조나단의 생각은 달랐다. 그가 보기에 한국 내에서 제일의 성역은 주상 복합 단지 '압구정 전일 노블레스 파크' 였다.

　전일 그룹의 전 · 현직 임원들이 밀집해 있는 그곳이야말로 한국 사회의 절대 성역.

일반 입주자들의 경우만 하더라도 자격 심사를 거쳐야 하는 곳이었다.

혈통과 영향력이 심판대 위에 오른다.

실제로 단지 내의 관리 사무소 한쪽에는 자격 심사를 담당하는 인터뷰어(Interviewer)가 있어, 한국 사회의 우수한 인종들만 가려서 받겠다는 성향이 강해 보이는 곳이었다.

그래서 그곳은 정·재계 인사들과 고위직 공직자들 위주로 채워졌다.

입주민들을 심사하다니?

계급적 인종주의의 온상지로 봐도 무방한 일이다.

또한 외부인이 단지로 출입하기 위해선 반드시 신분증을 지참하고 수속을 밟아야 했는데 입주민들의 손님이라고 해도 예외가 아니었다.

외부인들이 단지 내에 발을 딛기 위해선 입구에서 많은 시간을 허비해야 했고 검·경 수사관들이라고 해도 예외가 아닌 것 같았다.

그렇게 전일 노블레스 파크는 외부인들을 통제하고 격리시키는 구조로 지어진 곳이다.

조나단은 타워 지붕에서 아래를 내려 보다가 이와 같은 구조를 뉴욕과 파나마의 조세 회피 공장에도 가져오고 싶다는 생각이 들었다.

그 친구가 민중을 군홧발로 짓밟을 생각이 없는 이상, 민중에 바람이 불 때를 경계해 둬야 하기 때문이었다.

일례로 이 나라 한국과 미국의 대통령 선거 결과가 클럽의 방향과는 다른 결과로 나타나지 않았던가.

해서 시작의 날, 중국과의 경제 전쟁, 이계 진출이라는 테마들 속에 묻혀 있지만, 민중들이 그것들을 일상처럼 익숙하게 느끼는 날.

금융 제국의 거대 자산을 들여다보고자 하는 목소리가 점점 커지게 될 것이다. 실제로 그런 움직임이 새록새록 피어나고도 있고.

그러면 정부에서는 시늉이라도 할 수밖에 없다.

개중에는 시늉이 아니라 진심이 되는 자들도 있을 것이다.

도덕적 모순을 보이는 자들이 나올 수 있으며, 또 개중에는 그 기회를 발판 삼아 본인의 사욕을 채우려는 자가 나타날 수도 있는 것이다.

클럽의 존재를 모르는 자들 같은 경우엔 더욱 공격적으로 움직일 공산이 높다.

그러니 그런 자들이 제국의 본거지에 압수 수색 영장을 들고 나타날 경우를 대비하자면 바로 여기 '압구정 전일 노블레스 파크' 같은 구조가 적격인 것이었다.

입구에서 많은 시간을 허비할 테니까.

그 사이에 자료를 인멸하거나 시작의 날 방어에 깊이 관여했던 직원들을 도피시킬 수 있으니까.

제이미 양이 여기를 이렇게 설계한 까닭도 그 때문일 것이다.

조나단은 중얼거렸다.

"나쁘지 않아."

클럽인다워졌다고 할까?

그는 제이미의 일 처리가 마음에 들기 시작했다.

사실 별 관심이 없던 계집이었다.

하지만 이런 일 처리라면 계집은 그 친구가 세계를 통치하려는 방향을 이해할 수 있을지도 모른다. 얼굴마담에 불과했던 계집을 클럽의 한 자리에 앉힌 것도 그런 일 처리 때문일 것이다.

이번 일이 정리되는 대로 제이미와 얼굴을 맞대 보고 싶다 생각했을 때.

그 친구의 부모님이 거주하는 곳의 불이 꺼졌다. 그분들이 즐겨 보는 한국 드라마가 끝난 시각이었다.

오후 11시.

조나단의 시선이 거기에서 한층 위로 옮겨졌다.

단지가 한 개 호실로 동이 구분되기 때문에, 그 친구의 부모님과 가장 지척이라 할 수 있는 장소는 아래층을 제외하고 나면 위층뿐.

그곳에서 A급 아이템으로 풀 세팅하고 있는 구원자의 도시민들이 조나단의 감각 망에 잡혔다.

하지만 그는 썬과 마리는 고사하고, 그들에게도 썬의 부모가 노려지고 있다는 사실을 알릴 생각이 추호만큼도 없었다.

그런 일이 있었다는 것 자체를 지워 버리는 게 그의 목적이니까.

그날은 결행 일로 잡은 날이었다.

귀환석을 꺼냈다.

* * *

드레스너 로트실트는 고통을 느끼며 기절에서 깨어났다.

바로 악, 소리가 튀어나왔지만 정작 그 소리는 커다란 손아귀 안에 갇혀 들리지 않았다.

그 손아귀는 코까지 덮고 있었다. 드레스너는 순간 숨이 턱 막혀 왔다.

눈은 덮여 있지 않았음에도 시야가 좀처럼 돌아오지 않았다. 가중되는 고통에 의해 검붉은 빛만 튀어 댈 뿐이었다.

정말로 숨이 넘어가 버릴 것 같던 순간이었다.

아득히 먼 악몽에서 들려오는 소리가 있었다.

"조용히 있어라. 그러면 숨은 쉬게 해 주겠다."

드레스너는 가까스로 몸부림을 멈췄다.

그렇게 숨을 크게 들이쉴 수 있게 되었을 때, 입에서 굴러다니던 치아 몇 개가 목 끝을 건드렸다.

기침과 함께 핏물과 치아들이 쏟아져 나오던 무렵.

드레스너는 자신과 가까워져 있는 한 얼굴을 볼 수가 있었다. 그제야 그는 자신의 시야가 돌아왔다는 것을 깨달았다.

처음에 그 얼굴은 흐릿하니 잘 보이지 않았다.

선이 굵은 얼굴을 가진 남성이라는 것까지가 첫인상이었다.

허공에는 그 안의 무자비한 두 눈만 둥둥 떠다니는 것 같았다. 드레스너의 심장은 크게 부풀었다. 그걸 보고 깨달았던 게 있던 것이다.

아!

금년도 클럽 회의가 있던 무렵이었다.

시작의 날이 있은 후로 처음 있는 회의였기에 중요한 회의였었다.

그런데도 거기에 대리인을 보낼 수밖에 없었던 까닭은.

그 무렵에 바로 이와 같은 무자비한 두 눈이 서재를 침입해 왔기 때문이었다.

드레스너는 당시의 괴한이 또 찾아왔다는 걸 직감했다.

이번에는 폭력까지 동반한 채!

"드레스너 로트실트."

또 한 번.

"드레스너 로트실트."

담담한 목소리였기에 소름이 끼쳤다.

드레스너는 이런 경우가 가장 위험한 순간이라는 걸 잘 알고 있었다.

깨진 치아들. 침과 얽혀 나오는 핏물.

거기에 광대부터 아래턱까지 전부 찌릿찌릿한 고통이 계속 잔존해 있어서 시야가 제대로 돌아오는 시간이 길었다.

이리 무력하게 폭력에 노출된 적이 없기 때문일까.

드레스너는 시큼한 피 맛과 묵직한 통증에만 사로잡혀 있는 게 다였다. 정작 괴한을 맞이하기 직전의 상황이 생각나지 않았다.

잠을 자다가 봉변을 당했는지, 업무를 보다가 그랬었는지.

분명한 건 지금, 바닥에 눕혀진 채로 괴한에게 위협을 받고 있다는 것뿐이었다.

수차례 눈을 깜박인 노력이 효과가 있었다. 흐릿하기만 했던 괴한의 얼굴이 선명하게 드러난 순간!

드레스너는 머릿속에서 경종(警鐘)이 울렸다.

'조나단!'

그때 드레스너의 얼굴을 향해 한 뭉텅이의 서류들이 부딪쳤다. 종이들이 팔락거렸다. 그의 입가에 부딪힌 서류들 같은 경우엔 금방 피가 번져 버려서 옆으로 쓸려 내려갔다.

비명 같은 그의 숨이 훅훅거릴 때마다, 최종적으로 얼굴에 남아 있던 종이 한 장은 아슬아슬하게 떨어지지 않고 상하 운동을 반복하고 있었다.

아직 핏물이 번지지 않은 부분에는 'GOLD'라는 단어들이 뚜렷했다.

본래 그것들은 금고 안에 들어 있어야 할 서류였다. 언젠가 오딘을 공격할 무기로써 말이다. 드레스너는 얼굴에 붙어 있던 그것을 치우며 빠르게 확인했다.

"……금을 원하시오?"

드레스너는 연달아 불렸던 그의 이름이 머릿속에서 아직도 빙빙 돌고 있는 것 같았다.

"금을 원하는 건지 묻지 않았소, 조나단?"

빠지고 깨진 치아들 때문에 발음들이 튀었다.

대답은 아직 들려오지 않고 있었다.

주먹을 쥐었다 펼 때마다 불씨들이 타오르는데, 드레스너는 조나단의 그 손길이 살인의 동작을 연습하는 듯이 보였다.

목숨이 걸린 상황이라는 건 이미 전부터 깨달았던 일이다.

복도 밖이 어느 영안실처럼 조용한 것도 한몫했다. 경첩이 뒤틀려서 삐걱거리는 문짝 소리만이 유일하게 나는 소리였다.

드레스너는 다급하게 말했다.

"오딘께선 각성자들의 무력 행위를 엄단하고 계시오. 아무리 조나단, 당신이라도 큰 실수를 하고 있는 거요. 어쩌자고 본가를……."

"쿠베라, 놈의 일로 왔다. 쓰레기를 치우러 왔지. 이제 설명이 되었나."

드레스너의 입에서 고통스러운 기침 소리가 한 번 더 터져 나왔다. 올가미에 목이 졸려 버린 듯 눈이 튀어나오고 말문이 막혔다.

쿠베라. 쿠베라. 쿠베라!

드레스너는 차라리 대답이 없었으면 어땠을까, 그런 생각이 들었다. 그 이름을 들은 이상 돌아갈 수 없는 강을 건너고 만 격이니…….

조슈아 폰 카르얀도 그랬지만 조나단 헌터 또한 공포스러운 군주로 오랜 세월을 지배해 왔었던 인물이라 했다.

그것이 사실이라는 듯, 드레스너는 조나단이 자신의 얼굴 옆에 쪼그리고 앉는 모습에서 거대한 화염 덩어리가 내려앉았다고 느꼈다. 거기서 자신을 쏘아보는 눈빛은 분노를 품고 있되 언제 갑자기 화염이 토해질지 모르는 것이었다.

공포가 몸속을 훑고 지나간다.

드레스너는 뭐라도 지껄여야 한다는 마음에 되는 대로 말을 뱉었다.

"무슨…… 오해인지는 모르겠소만 이럴 것이었다면 왜 협회가 있고 클럽이 있는 거란 말이오. 오딘께선 지금 스스로 지키고자 하는 룰을 부수시고 있소. 이게 정녕 그분의 뜻이란 말이오? 뒤로는…… 우리 조력자들을 힘으로 억압하는 것이? 오딘께 데려다주시오. 그분과 직접 마주하고 오해를 풀겠소."

"유감이로군. 그 친구는 아무것도 모른다, 드레스너. 너희 추악한 것들로 신경이 곤두서는 건 나 혼자로 족하지. 일어나."

드레스너는 천천히 상체를 일으켰다. 몸을 일으키라는 조나단의 손짓에 의해서였다.

조나단 또한 몸을 펴고 일어나 책상으로 향해 갈 무렵에서 드레스너의 동공이 한 단계 더 확장됐다.

왜 지금까지는 보지 못했을까.

드레스너는 책상 아래로 축 늘어져 나와 있는 팔 하나를 발견하고는 눈앞이 깜깜해졌다.

고통스럽게 죽어 갔던 몸부림 또한 허우적댄 혈흔으로 남겨져 있었다. 곁에 두고 있던 가문의 집사 격인 최측근의 것이었다.

그제야 드레스너는 조나단이 자신을 깨우기 전에 저택에서 많은 시간을 보냈다는 사실을 깨달았다.

조나단이 드레스너에게 책상 앞을 가리켜 보였다. 정확히는 의자였고 거기에 앉으라는 지시였다. 드레스너는 일단 시키는 대로 했다.

모니터 속에는 많은 게 체결되어 있었다.

개중에 제일 눈에 띄는 것은 세금 회피 대안으로 작게나마 만들어 두었던 비영리 재단들로, 거기들을 중심으로 속행된 일이 많았다.

이틀간에 걸쳐 가문의 중요 자산들이 재단으로 쓸려 가고 있었다.

기절해 있었던 시간이 이틀이었다. 그사이.

'본가가 해체되고 있다⋯⋯.'

드레스너는 제 발 아래, 시신이 되어 있는 집사를 원망의 눈초리로 쳐다보았다. 그러다 컴퓨터에 꽂혀 있는 자신의 암호칩을 발견하며 조나단을 향해 고개를 홱 틀었다.

이건 강도짓이오, 라는 소리가 목구멍까지 치밀어 올랐다.

고금을 통틀어 최대의 강도짓이다.

하지만 그걸 내뱉어 버리기엔 저택 전체는 오싹한 적막함에 잠겨 있었다.

뿐만 아니라 음침한 광기인지 뚜렷한 신념인지, 그게 무엇인지를 확정할 수는 없지만, 몹시 단호한 심지가 조나단의 두 눈에 품겨져 있었다.

드레스너는 신음 같이 작게 말을 흘려보냈다.

"아무리 오딘이라도 소수의 측근들만 데리고 세계를 운영할 수는 없는 법이오. 다른 회원들이 오늘 일을 어떻게 생각하겠소? 세계를 자본주의하에 유지할 생각이라면……."

"모두 앞에서 해명할 기회를 줘야 한다는 소리군."

"맞소."

"다시 생각해 봐라, 드레스너. 정녕 그 친구 앞에 서길 바라나? 눈앞에 기회를 두고도 모를 만큼 어리석은 사람이 아니다, 너는."

"……."

"썩은 토마토를 밟아 터트려 본 적이 있나?"

"……."

"네가 벌인 일이 그 친구 귀에 들어가면 로트실트 가문 전체는 그렇게 터져 버릴 것이다."

드레스너는 심장이 내려앉았다.

"로트실트 가문은 지금 선행으로나마 역사에 족적을 남기고 퇴장하는 편이 낫다, 드레스너. 날 믿어라. 그 친구 그리고 마리를 대면하기 전에 로트실트는 자의로 퇴장하는 거다."

틀린 말이 하나 없었다. 오딘을 어떻게 속여 넘길 것이며 또 마리는 정신 계통의 최고 각성자로 알려져 있지 않았던가.

거사를 치밀하게 수립해 나가는 시점이었으나 하나를 잊고 있었다. 염마왕, 조나단 헌터. 그가 시작의 장에서 돌아온 이후부터 내내 본가를 주시하고 있었을 줄이야.

문득 서브프라임 당시 하반신을 잃었던 전임 가주가 떠올랐다. 하지만 전임 가주는 하반신을 잃었을 뿐이건만 자신은 목숨에 더불어 가문까지 모두 불길 속에 처박아 버린 꼴이다!

클럽의 광대 노릇을 하며 보내 왔던 십수 년 세월까지도…….

드레스너는 체념에 빠지며 양손으로 이마를 감쌌다.

"나는…… 이제 어떻게 되는 거요?"

"고통 없이 보내 주겠다고는 약속하마. 그러려면 내 인내가 아직 남아 있을 때 끝내 둬야 하겠지. 시작해라. 늦기 전에."

목소리 자체에 강제하는 힘이 실려 있는 것만 같았다.

움찔!

드레스너는 자신도 모르게 마우스에 손을 올렸다. 마우스도 그의 손과 함께 떨리며 모니터 속 커서는 좀처럼 갈피를 잡지 못했다.

그는 프로그램 창들을 정리하던 중에 암호화된 채팅 창 하나를 발견했다.

A급 이상의 아이템들을 보급해 준다는 미끼로 쿠베라를 불러들이는 대화였다.

마침 그때였다.

조나단이 창밖을 힐끗 보더니 드레스너의 뒤통수에 대고 짤막하게 말을 뱉었다.

"저승길 동지가 도착했다, 드레스너. 외롭진 않겠어."

＊　　　＊　　　＊

「제목: 사상 최대의 공익 재단들 출현(出現)……
로트실트 그룹의 위대한 결단!

로트실트 그룹이 그룹 재산을 사회에 전격 기부하였다.

지난 4월 조나단 투자 금융그룹이 세계 안정을 위해 2조 달러를 쾌척한 활동에 깊은 감명을 받은 게 동기가 됐다고 설명했다.

'시작의 날 방어자'로도 알려 있는 로트실트 그룹은 그룹 사업 외에도 베리, 구골, 나노 소프트, 시티 그룹 등 다국적 대기업들의 지분을 다량 보유 중이다. 그룹의 공익 재단을 통해 진행된 금번의 기부 규모는 단기간 안에 헤아릴 수 없을 사상 최대의 규모가 될 것이라는데…… <하략>」

엄밀히 말하자면 공익 재단에 들어간 자산들은 오너 일가의 주머니를 떠난 것이다.

하지만 현실은 다르다.

이미 오너 일가가 재단 이사회를 장악하고 있는 이상, 그룹에 대한 지배력을 동일하게 행사할 수 있기 때문이다.

특히 미국이나 로트실트의 근간인 영국 같은 경우에는 공익 재단에 대한 주식 기부에 세금을 일절 매기지 않기 때문에 이를 악용하는 자들이 적지 않다.

해서 그 기부가 순수한 선의에 의한 것인지 아닌 것인지를 판단하는 기준은 명확하다.

재단이 독립성을 갖추고 있는지를 따져 보는 것!

그런데 놀랍게도 로트실트 가문의 자산 전체가 분산된 13개 재단은 독립성을 갖추고 있었다.

속칭 '로트실트 가문 사람'이라 불리는 드레스너의 진짜 혈족들 중 재단에 이름을 박고 있는 자가 없던 것이다.

승계를 위해 만들어진 재단이 아니라는 것을 보여 주는 점은 그뿐만이 아니었다.

애초에 후임 가주에게 승계할 목적이었다면 그 목적에 충실한 재단을 새로 설립했어야 했다.

〈 시작의 날이 끝난 이후부터 꾸준히 준비해 온 것 같습니다. 드레스너의 말대로 가문 사람들의 반발을 예상해서 일시에 터트린 게 아닐까 합니다. 〉

모니터 속에서 김청수가 말했다.

그는 자료를 뒤적거리는 한편 그 또한 이해하기 힘든 것인지 놀라운 감정을 숨기지 못했다.

로트실트 가문의 자산 전체가 13개 재단으로 분산되어 버린 시간은 단 이틀.

하지만 왕국 수준의 자산 규모를 파악하기 위해선 몇 개월이 걸렸을 일이고, 영국 정부의 전자 법무 시스템을 이용했다고는 해도 관련 서식들의 양만 책 한 권 분량은 준비했어야 할 일이다.

결코 충동적으로 벌일 수 있는 일이 아니다. 자료들도 의심할 부분들을 찾을 수가 없었다.

마우스를 이동해 클릭하자, 드레스너가 김청수 편으로 전해 온 최후통첩이 화상 회의 프로그램 한 편에서 확대되었다.

「시작의 날 이후로 생각이 많았습니다. 이와 같은 결정을 해서 클럽에 누를 끼친 것이 아닌지도 아니 고려해 본 게 아닙니다. 하지만 제 결정으로 말미암아, 당신의 방향에 조금이나마 도움이 된다면 전 인류적 차원에서 감행할 수 있다는 판단이 섰습니다.

하지만 가문 사람들은 제 결정을 이해 못 할 것입니다. 그들의 칼이 저를 겨냥하게 되겠지만 후회는 없습니다. 부디 그들을 어여삐 봐주십시오.

제가 무슨 결정을 했는지는 조만간 아시게 될 것입니다.」

그 일을 감행하면 가문 사람들에 의해 목숨을 위협받게 될 거란 걸 그도 모르지 않았던 것이다. 비장감이 묻어 나왔다.

그러나 나는 그가 순수한 뜻에서 제 가문을 사회에 환원했다는 바를 받아들이기가 힘들었다.

복수심을 짓누르며 광대 역할을 자처해 온 게 바로 그자 아니던가.

설령 사람이 어느 한순간을 계기로 바뀔 수 있다 쳐도, 수백 혈족들의 공동 재산을 단독으로 집행해 버릴 만큼이었다니?

겉은 선의로 포장되어 있지만, 안은 복잡한 사정들이 얽혀 있다 보는 게 맞을 것이다.

현재 드레스너의 행방은 최측근과 함께 묘연한 상태다.

죽었다면 정말로 가문 사람들의 칼에 맞아 죽었는지, 살아 있다면 연희를 대면시켜 놈의 저의를 확인해야 할 일이다.

난 놈을 믿지 않는다. 이용은 해도.

*   *   *

드레스너가 가문 자산을 처리하던 이틀 사이, 본가 저택은 비워졌었다고 한다.

상주 경호원인 각성자 몇을 비롯해 저택 고용인 모두 집사의 지시에 의해 저택에서 나가야만 했었다는 증언들이 전부 일치했다.

그의 혈족들은 드레스너가 시작의 날 이후로 은밀하게 추진하고 있는 일들이 있어 내부적으로도 불만이 많았다고 증언하였다.

그들은 나만큼이나 드레스너의 행방을 쫓는 한편, 무효 소송을 성공시킬 수 있는 세력들을 찾아 헤매고 있는 중이었다.

그러나 힘들 것이다.

내 결재가 떨어져야 하는 사안이기도 하지만 드레스너가 서재를 통째로 소각하며 관련 자료를 전부 증발시켰기 때문이다.

남아 있는 것은 영국 정부의 전산에 잔존해 있는 옛 기록들뿐이다. 즉, 일인(一人)의 가주에게 위임해 둔 그룹 지분에 관한 기록들뿐.

로트실트 가문은 명가의 역사를 상징하고 있던 가주 체재의 시스템에 의해 그야말로 갈가리 찢겨 버리고 말았다.

그가 은신처로 어디를 계획하고 있었는지 또한 그렇게 증발한 상황이었다.

솔직히 말이다. 그를 다시 판단해야 할 정도로 전반적인 일 처리가 참으로 철두철미했다. 썩어도 준치라는 것인지……

질리언은 지난 밤 동안 조사된 내용을 보고하며 마지막
으로 덧붙였다.

〈 영국계 회원들은 입장이 다 같습니다. 무효 처분되길
바라고 있습니다. 〉

차마 내게는 연락을 시도조차 할 수 없어서, 영국계 회원
들의 목소리가 질리언에게 집중되고 있던 것이다. 당연한
일이다.
로트실트 가문은 영국의 이익까지도 대변하고 있었으니
까. 영국계 회원들에게만큼은 로트실트 가문의 퇴장이 남
일이 아니었다.

〈 판단하시기에 앞서 드릴 말씀이 있습니다. 드레스너가
일을 감행하던 날짜에 일괄적으로 보낸 메일들이 상당합니
다. 각 재단의 이사진으로 추가 영입할 대상자들인데, 우리
쪽 영향력이 직접적으로 미치는 자들로 구성되어 있었습니
다. 그리고 제의를 받아들일 거라 보입니다. 〉

그만큼의 대우와 권한이 보장되어 있었다는 설명으로 이
야기는 마무리되었다.

혹 나를 모티브 삼아, 우리 쪽 사람들을 거둬들이고 본인
은 암막(暗幕)에서 가문의 모든 재산을 마음대로 지휘하겠
다?

천만에. 거대 공익 재단들이 출현했던 이후로 즉각 확인
했던 게 바로 그것들부터였다.

김청수도 그랬지만 질리언도 그 경우부터 의심하고 봤었
다.

〈 지금도 믿기지 않습니다. 하지만 지금 모양새만 보면
드레스너 로트실트는 생명의 위협을 무릅쓰고 가문 자산
전체를 오딘께 바친 격입니다. 〉

〈 알고 있다. 〉

영국계 회원들의 사정과는 별개로, 로트실트를 부활시키
지 말자는 의견이나 다를 바 없었다.

〈 영국계 회원들에게는 이리 전해라. 지금 시국에 거대
공익 재단들이 출현한 것은 기꺼이 반겨야 할 일이라고. 〉

그들도 곧 재단이 누구 수중에 들어왔는지는 깨닫게 될
일이니, 불만은 조용히 사그라들 것이다.

그쯤에서 통신을 끊었다.

연희는 내가 지난밤부터 이 일에 매달리고 있는 걸 바로 옆에서 봐 왔던 까닭에 물 잔만 내려놓고 제자리로 돌아갔다.

수없이 검토해 본 자료들에 또 눈길이 갔다. 드레스너가 악의적으로 심어 놓은 장치가 없는지, 손을 떼기가 힘들었다. 회계 법인들과 영국 정부 또한 13개 재단의 지배 구조를 이 잡듯이 들쑤시고 있는 중이지만 아직까지도 아무런 연락이 없었다.

정말이지 자료가 아니라 드레스너 본인을 앞에 앉혀 놓고 그 속내를 들여다보고 싶었다.

드레스너는 광대 노릇만 자처했던 게 아니었다. 최근에는 내게 편승해서 금을 모으는 데 열중해 있기까지 했다.

중국에서 거둬들인 금에 더불어, 이계의 금광을 개척하는 데 집중해 왔었다. 그것들은 어떻게 설명될 수 있는가. 단지 자본 증식의 일환이었단 말인가. 대체 드레스너는……

하지만 모든 정황들이 내 마음을 흔들어 대고 있는 것이었다.

드레스너가 정말 순수한 뜻에서 이 모든 일을 저질러 놓았다고 말이다. 세상에, 사람이 그렇게 변할 수가 있을까.

*　　*　　*

그날 오후.

드레스너의 저의를 제외하고 본다면, 그가 저지른 일은 내가 세워 둔 질서에 해가 되지 않는 것만큼은 분명해졌다.

일단은 로트실트의 퇴장을 기정사실로 받아들였다. 로트실트에 계속 신경 쓰고 있기엔, 그것들은 내 작은 부속품에 지나지 않는다. 조사는 계속 진행시켜 놨으니 꼬투리가 잡히면, 그때 다시.

인장과 만년지주 알을 수거하러 갔던 구원자의 도시민들이 돌아온 건 그날 늦은 오후였다.

연희가 들어가 있는 방에서 환호와 탄식이 번갈아 나오고 있던 시각.

나는 올리비아를 기다리고 있었다. 결국에 조나단의 의중을 알 순 없었지만, 그의 입찰을 막은 시점부터 알은 조나단의 물건이었다.

추가적으로 개방시킬 던전들도 정해 놓았겠다, 그녀에게 알을 인계한 후에는 이계로 돌아가지 않을 이유가 없었다.

올리비아의 기척이 잡혔을 때. 그보다 묵직한 기척이 바로 곁에 동반되어져 있다는 게 느껴졌다. 마침 순간 이동 인장의 설계에 집중하고 있던 작업에서 막 빠져나온 때였다.

극도로 곤두서 있던 감각 망에선 그들이 올라오는 소리가 선명했다. 두 발걸음은 승강기 안에서 잠깐 멈췄다가 객실 문 앞으로 이어졌다.

드디어였다.

이번에야말로 조나단이 방황을 끝내고 돌아온 것이다!

그런데 무슨 까닭에선지 올리비아는 함께하지 않고선 되돌아가고 있었다.

전우의 귀환을 축하하는 마음을 담아 손수 문을 열어 준 그 때였다.

조나단은 날 보자마자 양손을 털레털레 흔들어 보였다.

"네게 줄 선물을 먼저 가로채 갔더군. 빈손이라도 상관없겠지? 오랜만이다. 썬."

그가 살짝 웃어 보이는 것을 따라서 나도 웃어 주었다.

"이게 누구야. 얼굴도 잊어 먹겠어. 올리비아하고 살림 차린 거 아니었나?"

"그럴 마음이 아주 없던 것도 아니지. 충실한 여자니까. 혹 그녀에게 마음이 있나?"

"누굴 잡으려고. 농담이라도 그런 소린 말아. 어쨌든 잘 왔다, 조나단."

"휴식이 조금 필요했었지. 그게 생각보다 길어지더군."

조나단의 시선이 내 어깨 너머로 움직였다.

연희가 벽에 기댄 채로 한 손을 살랑거리고 있었다. 가느 다랗게 그어진 눈으로 미소를 품고 있으나 그 안의 동공은 정확히 조나단을 주시하는 중이었다. 다행히 눈알 전체가 검게 물들어 있는 채로는 아니었다.

『쓸데없는 짓은 그만둬라, 우연희.』

경고를 던져둔 그제야.

"그럼 남자들끼리 회포 풀어. 나는 절. 대. 적으로 신경 쓰지 말고."

연희는 그 말만 남기곤 제 방으로 홍홍거리며 들어갔다.

조나단의 얼굴에선 웃음이 지워져 있었다. 눈에 띌 만큼 그의 미간이 굳어져 있었는데, 그는 그 표정 그대로 연희가 사라진 방문을 향해 짧게 말을 뱉었다.

"저런 여자하고 같이 살라면 죽음을 택하고 말지."

"……."

"한눈 한번 팔았다간 그날로 죽은 목숨 아니냐? 썬, 너 말고는 누구도 감당 못 할 여자다."

그의 농담은 딱 거기까지였다. 굵직한 목소리가 바로 이어졌다.

"말이 나온 김에 솔직히 말하지. 괜히 시비가 안 붙게 중

재를 해 줬으면 한다. 앞으로 부딪칠 일이 많을 텐데, 아무리 마리라도 내 감정이 그때그때 들킨다고 생각하면 불쾌한 일이다. 기억이라면 더욱이나…… 참을 수 없지. 발가벗겨져도 그보다는 더하지 않을 거다."

농담으로 받아들이기엔 그는 진심이 묻어 나오는 눈빛을 띠고 있었다.

"마리는 감응을 닫았다, 조나단."

"……그래?"

"그렇다 해도 확실히 말해 두지. 마리가 네 감정이든 머릿속이든 들여다보는 일은 없을 거다. 마리도 그걸 바라지 않을 테니까. 나도 하나 묻자."

"무엇이든."

"네 뜻은 어디에 있냐? 이계냐, 본토냐."

"이계에는 오시리스가 있지. 그로 부족하다면 언제든지 부름에 응할 준비가 되어 있지만. 그전까진 여기에 남고 싶군."

"좋아. 구체적으로 무엇을 하고 싶지?"

" '이 세상에 위대한 사람은 없다. 단지 평범한 사람들이 일어나 맞서는 위대한 도전이 있을 뿐이다.' 그런 걸 격언이랍시고 곧이곧대로 믿는 자들이 있다. 하지만 정작 그런 것들을 주시하고 그 생각이 얼마나 그릇된 것인지를 가르쳐 주는 자는 보이지 않더군. 내가 그 역할을 맡으마, 썬."

조나단은 정말로 방황을 끝내고 돌아온 게 맞았다.

"어느 위대한 자의 이름하에 그의 질서를 지켜 나가겠
다."

*　　　*　　　*

테이블에는 위스키와 그것으로 반쯤 채워진 잔이 올려져
있었다.

화제는 이계에서 있었던 일을 거쳐 우리 본토로 돌아왔
다.

금년도 클럽 회의에서 대두되었던 문제가 이번에는 그의
입을 통해 고개를 들이밀고 있었다. 그는 테이블의 술잔들
을 정리 했고 나는 그 자리에 노트북을 올렸다.

조작은 조나단의 몫이었다.

「 세계 증시 시가 총액 (단위: 십억USD)

　2015년 : 62,306
　2016년 : 67,215
　2017년: 75,394

2018년 (시작의 날 기준) : 28,911

2018년 (6월 말 기준): 73,200 」

「 주식 보유량, 상위 10대 그룹 (단위: 십억USD /
시가 총액 대비) – 6월 말 기준

1. 조나단 투자 금융 그룹 : 16,329 (22.3%)

2. 질리언 투자 금융 그룹 : 14,908 (20.3%)

3. 텔레스타 인베스트먼트: 5,956 (8.1%)

4. 골드 앤 실버 인베스트먼트: 1,660 (2.2%)

5. 로트실트 그룹 : 1599 (2.1%)

5. 스테이트 리 : 939 (1.2%)

6. 레소느 금융: 914 (1.2%)

8. 카르얀 그룹 : 902 (1.2%)

9. 제이미 코퍼레이션 : 853 (1.1%)

10. 유니콘 : 852 (1.1%)

합산: 44,912 (61.3%) 」

블룸버그 웹사이트에 보란 듯이 올라와 있는 자료였다.

하지만 어디까지나.

금융 제국의 많은 영역 중 한 부분, 오직 주식에만 해당하는 내용이다.

전자 공시 시스템을 통해 당연히 집계될 수밖에 없는 것이었는데, 그렇게만 놓고 보면 세계 전체의 증시를 다룬 데이터가 아니라 어느 한 기업의 지분 구조를 다뤘다고 오해를 살 만한 수준이었다.

그 중 스테이트 리와 레소느 금융 그리고 유니콘은 기억할 수 있는 이름이었다.

들어가 있는 자본이 큰 주머니니까. 만일 100대 그룹으로 집계했다면 그와 같은 유령 회사 이름들이 그 밑으로 쭉 깔려 있었을 것이다.

"이때까지만 해도 로트실트는 존재했었지."

그 이름이 마침 눈앞에 뜬 이상, 가볍게 말을 뱉었다. 다시 떠올려 봐도 로트실트가 해체된 과정은 깔끔한 도살자의 솜씨가 다분했다.

드레스너 로트실트의 기행 그리고 때마침 '질서의 수호자'를 자처하며 복귀한 조나단. 과연 우연의 일치였을까?

만일 조나단이 방황을 했던 것이 아니라, 로트실트를 작업하는 데 공을 들여 온 것이었다면 내게 말하지 못할 까닭이 대체 무엇이란 말인가.

조나단이 로트실트를 제거해 놓고 싶었다면 같이 제국을 번영시킨 입장에서 그를 위한 명분을 만들어 줬을 것이다.

로트실트의 금을 향한 집착은 자본 증식으로만 보기엔 의심스러운 부분이 짙었다. 중국은 성공하지 못했지만, 로트실트에서는 언젠가 해낼 수 있을 거란 복수심이 그때 자극됐을지도 모를 일이었다. 거기서 명분을 만들어 낼 수 있었다.

하지만 원숭이는 높이 올라가 봤자 엉덩이가 더 잘 보이는 법이다.

로트실트는 이용해야 할 대상이지 제거의 대상이 아니었다.

만일 조나단이 로트실트를 처리했다면 그는 거기서 나와 의견이 갈릴 걸 의식했는지도 모르겠다. 그래도 나는 수긍해 줬을 텐데.

클럽 회원 전체를 물갈이하자는 게 아니라면 얼마든지 말이다.

조나단이 말했다.

"사람은 자신이 자기 마음의 주인이라고 착각들 하지. 그렇게 무모하고 상식적으로는 납득할 수 없는 일을 벌이곤 한다. 너는 시작의 장에서 사람들 속에 섞여 있지 않았지만 나는 줄곧 그것들과 섞여 있으며 눈먼 자들을 많이 보았다. 당시 나의 해골 왕좌는 그런 것들의 해골로 만들어졌었지. 욕망이 앞서면 눈이 먼다, 썬. 선한 욕망이든, 악한 욕망이든. 그 차이는 그렇게 크지 않더군."

제시카도 거기에 해당한다.

조나단이 내 입장이 되고 여기가 시작의 장이었다면, 제시카는 조나단의 해골 왕좌 한 부분을 담당했을 일이었다.

화제가 그렇게 넘어간 걸 계기로 제시카의 일을 들려주었다.

조나단은 침착하게 듣더니 고개를 주억거렸다.

"걱정 마라, 썬. 누구도 너를 나만큼 이해할 수는 없다. 내 판단은 배제한 채 네 사고(思考)로만 생각하도록 노력하고 있으니까."

신뢰, 믿음.

이런 친구를 두고 계속 로트실트를 떠올릴 수는 없다고 생각했다.

그때도 조나단의 말은 이어지고 있었다.

"예컨대……."

여전히 모니터에 띄워져 있는 웹사이트로 시선을 집중하면서였다.

"민중들은 시작의 날을 기점으로, 세계의 부 60% 이상이 단 열 개의 그룹에게 장악되었다고 볼 것이다. 그러나, 질리언 부부. 그렇게 우리 셋에게 한정 짓고서 우리가 세계를 갈라 먹고 있다고 지탄하겠지."

"드러나 있는 부분은 그야말로 빙산의 일각에 불과한데 말이지."

조나단은 내 말에 피식 웃었다. 무거웠던 공기가 조금이나마 가벼워지는 느낌이었다.

"그러한 지탄은 점점 내게 집중될 것이다. 공식적으로 집계된 내 자산은 뉴욕 그룹의 49%. 8조 10억 달러다. 그걸 한 명의 개인이 가지고 있다니, 대중들로선 눈이 멀어 버릴 수치지."

"이후 뉴욕 그룹의 51%를 소유하고 있는 존 도에 대한 이야기로 불거질 것이고, 질리언 부부가 월급쟁이에 불과하다는 이야기도 당연히 뒤따르겠지."

"거대 자본에 대한 강한 거부감이 어떻게 표출되는지는 '월스트리트를 점령하라(Occupy Wall Street)'에서 겪어 봤잖아. 언제 도화선에 불이 붙는지만 남은 것이지. 나는 그 때가 세계를 다스리고 있는 그룹에 대한 이야기에서 세계를 다스리는 소수의 '개인들'로 이야기가 전환될 때라 본다. 네가 그들의 무엇을 지켜 주었는지는 부차적인 문제로 치부하고선 눈앞의 수치만 볼 거다. 제시카, 그 계집처럼."

"그래서 금년도 클럽 회의에서는 프로젝트 테세라를 부활시켜야 한다는 소리가 나왔다."

"하지만 썬, 너는 그걸 각성자들에게만 한정시켰고."

"내가 왜 그랬는지는 공감하나?"

"공감보다는 이해하고 있다고 말할 수 있겠군."

"계속해 봐."

"네가 감당하고 있는 짐을 생각하면…… 숨기지 않겠다. 인류를 한 집단으로 통일시켜 강력한 통제를 가해 두고 싶은 심정이다. 화근이 싹을 틔우지 못하도록 항상 주시하고 그때그때 짓밟는 거다. 그래도 인류는 네게 백번 감사해도 부족하니까. 하지만 썬, 너는 그런 세상에 가족을 두고 싶지 않은 것 아니냐."

"그래."

"그래서 나 역시, 배덕하고 어리석은 민중들이 들고 일어선들 칼은 쓰지 않겠다. 네가 지키고 또 지키려는 질서 그 자체로."

숱한 금융의 전장에서 날카롭게 서 있던 지휘관은 시작의 장을 관통하고 나온 이래로 거인이 되어 있었다.

그러니 그 이상으로 믿음직스러운 자는 있을 수가 없는 것이었다.

"고맙다. 조나단. 본토는 네게 맡기마. 덕분에 큰 짐을 덜고 간다."

악수는 필요 없었다.

큰 짐 하나를 내려놓고 홀가분하게 떠날 수 있었다.

오로지 내게만 집중할 수 있는 시간.

다음 목적지는 포클리엔 공국이 아니었다. 공국의 모국(母國)인 제국 쪽도 각성자들을 새로 진출시킬 곳이지, 내가 갈 곳은 아니었다. 다음 목적지는 둠 카소를 대면한 이후로 정해져 있었다.

연희가 론시우스의 기억에서 그로 추정되는 기억을 봤다고 맞장구쳤을 때는 더욱 확실해졌다.

그래서 여기였다.

해안을 맞대고 있는 도시 하나가 먼 광경으로 펼쳐져 있고 바다 위에 뜬 어선과 갈매기들이 그림 같은 풍경을 자아내고 있는 여기.

여기 어딘가에 신마대전의 중요 전장 한 곳이 잠들어 있다.

보자.

둠 카오스의 지령은 급할 게 없는 이상, 그보다 우선되어야 할 것은 두 가지이며 함께 진행해서 시간을 아껴야 할 일이다.

하나, 인장의 설계를 파헤치고 이용 가능한 한계선이 어디까지인지를 파악하는 것.

둘, 당연히 신마대전의 옛 전장을 찾아 칠마제의 것이든 올드 원의 것이든지 간에 주워 담는 것.

　[* 보관함]
　[* 서왕모(西王母)의 만년지주 알이 제거 되었습니 다.]

누구의 돈으로 구입한 것인지를 떠나, 이건 조나단이 내 게 준 선물이 맞다.

　[개봉 까지 남은 시간 : 4일 23시간 14분]

이 물건의 본 소유자는 현천상제 진영에 있던 마스터 구 간 각성자였다.

이걸 개봉하지 않은 까닭을 녀석의 입으로 직접 전해 들 은 건 아니지만 아마도 현천상제를 의식했기 때문이 아닐 까 한다.

그렇게 소지하고 숨기기에 편한 상태로 내 손까지 온 것 이겠지.

[* 서왕모(西王母)의 만년지주 알이 추가 되었습니
다.]

알이 내 손아귀로 튀어나왔을 때처럼, 다른 공간으로 자
취를 감추는 순간에도 집중해 보았지만 약간의 비틀림 외
에는 특별히 느껴져 오는 게 없었다.

결국 공간을 움직이는 공능은 순간 이동의 인장으로 풀
어 나갈 수밖에 없는 것 같았다.

그 옛날 오선(五善)의 순간이동 스킬을 만들어 낼 수 있
다면.

매우 느릿하게 충전되는 권능을 게이트 여는 데 소진시
킬 필요 없이 이후 전투에서 유용하게 쓰일 것이다.

이를테면 인장의 설계를 그대로 유지한 채 스킬들에 품
어져 있는 회전력을 추가시킬 수 있다면!

남아 있는 스킬 공간들을 원하는 스킬들로 채워 넣는 게
비단 공상만이 아니라는 말이다.

B급 인장, 순간 이동을 스킬화시키고.

A급 인장, 성스러운 치유의 대지를 스킬화시키고.

나아가.

다른 공격 계열 스킬들로 남은 공간들을 채워 나가는 것
이다.

그렇게 마나를 자유자재로 다룰 수 있는 순간이 오면 엔더 구간의 600 레벨에 머물러 있는 전신 능력을 더 끌어올릴 수 있지 않을까? 혹 권능 부분에 있어서도 새로운 깨달음이 올 수 있지 않을까?

미지(未知)에 가려져 있는 이상, 가능성은 어디로든 열려 있다.

올드 원의 옛 설계를 추적하기만 한다면.

Chapter 5.

"누구쇼?"

아인할은 깊은 밤, 문을 두드리는 노크 소리에 잠에서 깼다.

"네가 아인할인가?"

밤 손님은 후드로 얼굴을 가리고 있었다. 그런데 발음이 살짝 어눌한 것만 빼면 하대가 몸에 익은 자로 느껴졌다.

아인할이 얼굴을 구겼지만 바로 문을 닫지 못했던 것은 그 때문이었다. 밤 손님은 귀족 가에서 보내온 사람이거나 강한 검사이거나 혹은 그 둘 모두일 수 있었다.

"어디에서 나오셨소?"

"지나가는 사람을 붙잡고 물으니, 아인할을 통하면 안 되는 게 없다더군."

"그…… 렇긴 하오만 밤이 너무 늦은 거 아니오?"

아인할은 어쩐지 이는 불길함에, 밤 손님의 등 너머로 거리부터 살폈다. 도시 경비병들은 일찍이 다른 순찰 지역으로 떠났는지 한 명도 보이지 않았다.

"옛 기록에 정통한 자들을 찾고 있다. 거기에 가능한 최대 규모의 탐험대를 붙여 주었으면 하는군."

"……잘 알아보고는 오신 거요? 옛 기록에 정통한 자들이라면 신관 나리들이고, 최대 규모의 탐험대라면 사병 조직으로 오인받을 수 있소. 그걸 높으신 분들께서 가만히 두고 볼 거라 생각한다면 오산이요. 알겠소? 경을 칠 소리를 하고 계신 거요."

불길한 예감은 틀린 적이 없었다. 정체를 알 수 없는 자가 밤잠을 깨우더니, 난데없는 무리한 요구를 해 오고 있었다.

그런데 밤 손님의 로브 속에서 익숙한 물건이 튀어나왔다.

황금. 두 손으로 받쳐 들어도 힘들 만한 크기의 덩어리가 로브 어디에 숨겨져 있었는지, 밤 손님은 그것을 한 손으로 움켜쥐고 있었다.

바닥으로 떨어지려는 금덩어리의 무게를 이기고 있었다.

그럼에도 후들거림 하나 없이 가벼운 종이를 들고 있는 듯했다. 거기서 밤 손님이 최소 소드 유저의 반열에 오른 검사라는 것이 확실해졌다.

아인할은 휘둥그레진 눈으로 금덩어리와 밤 손님을 번갈아 쳐다보았다.

"나는 정당한 대가 이상을 지불한 법이 없다. 하지만 오늘은 예외로 하지. 수락한다면 이건 이제 네 것이다. 아인할."

"순수한 의…… 뢰비입니까?"

"그렇지 않고서야 이리 생색을 낼까."

거부하기에는 너무나 큰 금덩어리가 눈앞에 박혀 있었다.

아인할은 망설임 끝에 양손을 내밀었다. 그 위로 금괴가 떨어지자 과연 손바닥에 힘을 주고 지탱해야 할 만큼, 묵직한 무게였다.

하지만 손이 떨리는 것은 그 무게 때문이 아니었다. 말이 떨려 나오는 것과 동일한 이유에서였다.

"내일 아침에 다시 오시지요."

"그러지. 오……."

그 뒤로 밤 손님의 말이 뭐라 이어졌지만 놀란 가슴 때문에 잘 들리지 않았다.

밤 손님이 자취를 감춘 뒤에야, 아인할은 더 이어졌던 말이 무엇인지 떠올릴 수 있었다. 이렇게 붙여져 나왔던 것 같았다.

오늘 밤의 이 도시는 네가 구한 거다, 라고.

*　　　*　　　*

분명한 사실 하나는 밤 손님이 어마어마한 거부란 것이었다.

밤 손님의 주문을 맞추기 위해선 도시의 귀족 가문들에 접촉하고 검과 탐사에 능한 조력자들을 구하며 신전에 막대한 기부를 했어야 했는데, 그때마다 밤 손님에게선 황금 덩어리가 끊임없이 나왔다.

락리마의 신성 깃든 유물을 찾아 헤매는 그 거부(巨富).

그 정도 되면 도시의 귀족 가문들과 연이 닿아 있을 법도 한데 정황상 그렇지는 않았다.

또 최소 소드 유저 급의 검사라는 것도 두 눈으로 똑똑히 봤는데, 밤 손님은 항상 숙소에서 명상에 잠겨 있었다.

검사들은 명상을 하지 않는다. 그건 마법사들의 몫이지.

밤 손님은 도무지 정체를 알 수 없는 자였다. 관계를 좁히기에도 위험한 느낌이 상당했다. 그러나 분명한 사실이

하나 있었다.

밤 손님이 세상 물정에 어둡다는 것.

처음 찾아왔던 밤에는 정당한 대가 이상을 지불한 적이 없다고 했던 게 바로 밤 손님 본인이었으나 그건 단지 위협에 불과했었다.

필요하다고 하면 따지는 법 없이, 말한 만큼의 황금이 준비되어 있었으니까.

그날도 그랬다.

지금껏 그래 왔듯이 문 너머에서는 어떠한 대답도 들려오지 않았다. 하지만 조심스레 문을 밀자 여전히 문은 잠겨 있지 않아서 미끄러지듯 열렸다.

밤 손님은 또 침대 위, 벽에 기대고 앉아 명상에 빠져 있었다.

거기서 풍겨져 나오는 분위기가 사뭇 무겁지만 아인할의 탐욕을 짓누를 만큼은 아니었다.

아인할은 문 바로 옆에서 황금 덩어리를 발견했다.

'내 황금…… 도둑맞지 않은 게 용해.'

황금 덩어리를 준비해 온 궤짝에 담고, 황금 덩어리가 있던 자리에는 비용 청구서를 내려놓았다.

두 배는 부풀려진 비용.

지난 삼 일간에 걸쳐 조금씩 늘려 가다가 어느덧 그 수준까지 도달한 것이었다.

그렇게 방에서 빠져나오는 순간이 제일 예민해질 때였다. 등 뒤로 온 신경이 쏠렸다. 지금까지는 그랬던 적이 없었지만 한 번쯤은 비용에 대해서 물어보지 않겠는가.

그러면 마련해 둔 대답들을 쏟아 낼 준비가 되어 있었다.

하지만 그날도 거리로 나오기까지 밤손님의 목소리는 등으로 부딪쳐 오지 않았다.

*　　　*　　　*

"어제 횡재하는 꿈을 꿨지. 그리고 아인할, 자네가 날 찾아오는군."

웃는 눈이 인자해 보이는 중년 사내였다. 이름은 바스만.

"그간 안녕하셨습니까."

"안녕은 무슨. 계집질이나 하고 있었지."

"돌아오셨다는 소식은 진즉 접했었는데, 인사가 늦었습니다."

아인할은 바스만의 처소를 둘러보았다.

여성 편력이 심하고 성적 취향이 특이하다는 것은 도시 사람 모두가 아는 일이나, 정말로 그의 침상에는 혈흔이 번져 있었다.

그때 아인할은 바스만의 눈길이 자신에게 미쳐 있다는 것을 깨닫고는 침상에서 그 위의 벽으로 시선을 돌렸다.

바클란의 해골 대가리가 전리품처럼 걸려 있는 곳이었다.

"북부에 가셨었군요."

"자네 주려고 가지고 왔지. 마음에 들면 사람 시켜서 보내 주겠네."

"바스만 님은 언제나 달콤한 말씀한 하십니다. 바스만 님의 애인분들을 위해 전, 양보하겠습니다."

"다들 그렇게 말하면서 사양만 하더군."

"처분할 곳이 필요하시면 한번 알아보겠습니다. 생각해 두신 금액이 있으신지요."

"그건 자네가 알아서 하고, 인사치레는 이쯤이면 됐네. 보따리나 풀어 봐. 요 며칠 새 큰돈을 만지고 있다고 소문이 자자해."

"그게 또 바스만 님께도 흘러갔답니까?"

"너스레는 여전하구만. 자네 사정이야 빤히 아는 거고, 물주는 누군가?"

"외지인입니다. 더 자세히 말씀드리고 싶어도 제가 아는 건 거기까지라…… 그런데 바스만 님. 전 어제 신관 나리네 분과 고위 사제 한 분을 모셨습니다."

바스만의 눈이 부릅떠졌다. 턱을 괴고 있던 손으로는 관자놀이를 긁적이기 시작했다. 그가 듣던 것보다 더 큰 돈이 아인할의 손아귀에서 움직이고 있기 때문이었다.

"어제 횡재하는 꿈을 꿨다 했더니, 정작 그건 자네가 꿨어야 할 꿈이었어. 자네가 내 검을 사겠다니."

"제 주제에 바스만 님의 검을 살 수 있겠습니까. 절 좀 도와주십시오."

"나한테 기회를 나눠 주겠다?"

"감히 혈족을 운운할 수는 없겠습니다만."

"에이. 그렇다고 우리가 남은 아니지 않은가."

"그리 말씀해 주시니 하나 빠트리는 것 없이 말씀드리겠습니다."

아인할의 설명은 길었다. 그는 정말로 본인이 알고 또 추정할 수 있는 선에서 상세히 설명하도록 노력했다.

이미 지금도 혼자서 다 해 처먹기에는 감당할 수 없을 만큼 큰 금액이었지만, 앞으로 탐사대를 운용하면서 들어올 돈은 더욱 클 터였다.

때문에 무엇보다 뒤를 봐줄 사람이 필요했다.

그 대상으로 귀족 가문의 직계보다는 바스만이 여러모로 제격이라 할 수 있었다.

설명이 끝난 후, 바스만은 웃으면서 이렇게 말했다.

"마지막 한 방울이 항아리를 넘치게 만드는 법이네, 아인할. 하지만 자네는 현명해. 그게 자네를 아껴 왔던 이유지. 보게. 이렇게 날 찾아왔지 않았는가?"

*   *   *

"잠시……."

처음으로 아인할은 명상에 잠긴 밤손님에게 말을 건넸다.

"소개시켜 드릴 분이 있소. 나와 함께 탐험대를 총괄하실 분이시오."

밤 손님의 후드는 참으로 두텁고 깊었다. 그래서 그 안의 얼굴을 확인하기는 어렵지만, 고개가 향해졌다는 것만큼은 알 수 있었다.

"여기에 계신 바스만 님으로 말씀드릴 것 같으면 고강한 검사이시면서 도시의 귀족 가문과도 연이 깊으신 분이시오. 멀리는 북부의 제밀란 왕국과 중부의 아트레우스 왕국까지, 가까이는 엑사일 제국까지 그 명성이 자자하시며. 용병왕 오뇌르께서도 바스만 님의 검을 두고 우레와 같다 칭송하신 바 있소. 파테리아 해협의 검은 해적들을 소탕하시는 데 일조하셨을 뿐만 아니라 최근에는 제밀란 왕국과 바클란의 전선에서 크게 활약하……."

"홀리 나이트인가?"

아인할은 순간 사레가 들려서 컥컥거렸다. 바스만이 답했다.

"홀리 나이트라니. 말만으로도 고맙네. 하지만 거리에서 살 수 있는 검이야 뻔하지 않겠나. 나는 그들처럼 고귀하진 않지."

"……."

"만일 그대의 신분이 고귀하다면 이 자리에서 밝혀 줬으면 좋겠네. 아니라면 고용주로서만 대우할 수밖에 없다는 점을 명백히 하겠다는 거네. 나중에 가서 딴소리 나오면 피차 복잡해지니까."

밤손님의 후드가 달싹거렸다.

"아무래도 상관없지. 임무만 충실히 수행해 준다면야."

"좋네. 이름은 뭔가? 어떻게 불러 줬으면 좋겠나?"

대답이 없었다.

"음…… 모험가 양반. 어떤가. 모험가 양반."

"마음대로."

"듣던 것처럼 화통하구만. 탐사대는 신경 쓰일 것 없도록 처리해 두겠네. 사제 나부랭이들하고 얽혀 봤자 골치만 아프지."

"준비는 어디까지 진행됐나?"

"내일로 떠날 계획이오. 당신의 주문대로 최대한 서둘렀소."

아인할이 대답했다.

"같이 가지."

"험난한 길인데 상관없소? 당신 사람을 보내 주면 유적이 발견되는 즉시 보고를 올리게끔 처리할 수 있소. 원한다면 주기적으로 상세한 보고를 올리도록 조치해 줄 수도 있소."

"내 자리를 따로 준비해 놓도록. 방해받지 않는 구성으로."

"그리하겠소."

"그럼 내일 보겠네. 그대 눈으로 직접 보면 흡족할 거라 장담하지."

아인할과 바스만은 눈빛을 교환하고선 몸을 돌렸다. 거리로 나와서였다.

바스만은 확신을 가지고 말했다.

"귀족이 아니군."

일부러 자극하고 주 락리마의 신관들을 향해서 사제 나부랭이라고 비속어를 섞어 놓아도 아인할의 밤 손님은 조금도 반응하지 않았다.

바스만이 그렇게 판단한 데에는 밤 손님의 어눌한 발음도 한몫했다.

또 실내에서까지 후드 속에 얼굴을 파묻고 있는 것만 봐도, 그의 부는 결코 정당한 방법으로 쌓아 올려진 것이 아니라 판단됐다.

"그 많은 황금들을 어디에서 가져오는지는 확인했나?"

"청구서를 내밀면 이튿날 그가 준비해 두는 식이었습니다. 수하들이 근방에 있겠지요."

"우리의 밤 손님께선 뒤가 상당히 구린 양반이시군."

"해도 무리하면서까지 거위의 배를 가를 필요는 없다고 봅니다. 숭풍숭풍 잘 낳도록 내버려 두는 편이 나을 겁니다."

바스만은 고개를 끄덕였다.

그러며 입가에서 실룩이려는 웃음을 경계했다. 어리석은 자일수록 웃음이 넘쳐난다는 진리를, 숱한 전장에서 체득하지 않았던가.

그는 밤 손님의 거처 주변을 천천히 훑어보다가 아인할의 어깨에 손을 얹었다.

"같은 생각일세. 어떻게 그런 부를 손에 쥐었는지는 본인만이 알겠다만, 허튼 데에 탕진하려는 걸 또 누가 말리겠나. 해도 만에 하나 유적 탐사가 성공리에 끝난다면……."

"그때는 거위의 배를 갈라야겠지요. 거기까지 생각에 담고 있습니다."

"그럼 따로 신경 쓸 필요는 없겠군. 하기야 본가 분들과는 자네가 더 친분이 깊으니, 내 더 말하지 않겠네."

둘이 대화를 나누며 굽잇길을 돌았을 때, 운집해 있는 사람들이 시야에 들어왔다.

광장 쪽이었다.

햇빛을 반사시키는 근사한 갑옷 외에도 젊은 귀족 몇은 아티펙트로 무장하고 있었다. 도시 시민들은 그들을 향해 백합 꽃잎을 뿌리고 주 락리마의 사제들은 향로를 흔드는 중이었다.

아인할과 바스만은 말없이 동참했다. 둘이 얼굴만 알고 있는 본가의 적자(嫡子)도 사제들의 축복을 받고 있었다.

어떤 의식이 진행 중인지 모를 수가 없었다.

대륙 중부, 그러니까 수개월이 넘게 걸리는 그 땅으로 보내질 원정대가 조직될 거라는 건 어제오늘만의 이야기가 아니었기 때문이다.

밤을 몰고 올 재앙, 마왕 둠 맨과 그 마왕군이 저 멀고 먼 중부에 출현했다고 한다.

하지만 아인할이 원정대에 대해서 회의적일 수밖에 없던 까닭은 거리도 거리지만, 그 사이에도 많은 전장들이 펼쳐져 있는 데 있었다.

강대국들을 위시로 정복 전쟁이 활발해져 버린 시국이었다.

강대국들에겐 명분이 충분했다. 마왕군이 도달하기 전까지 혹은 마왕군을 섬멸하기 위해 그것들을 대적할 군비를 강화시켜야 한다는 명목 아래 전쟁을 벌였다.

아인할은 마지막 백합 꽃잎을 던지고 나서 광장에서 빠져나왔다.

먼저 빠져나와 있던 바스만이 툭 말을 내뱉었다.

"자네나 나나. 사생아 출신 덕을 보는군. 아니었다면 꼼짝없이 저기에 이름이 올라갔을 거야. 나는 검으로 자네는 지혜로."

"우리 도련님께선 중부까지 닿지도 못할 겁니다."

"그걸 몰라서 갈까. 본인도 속으로는 가고 싶지 않아서 죽고 싶은 심정이겠지. 사실 마왕이 강림한 게 긴가민가하네. 신전의 정략 수단이 아닐지……."

바스만은 그때야말로 소리를 확 죽였다.

"대륙의 모든 강대국들이 준동하는 것을 보면 사실일 겁니다."

"그럼 믿어야지, 별수 있나. 하지만 그 진위와는 별개로 우리 도련님께서 헤쳐 나갈 길은 진짜 현실이네. 유혹을 뿌리치거나 위기를 극복하기에는 너무 어리신 분이시지. 우리 주 락리마의 가호를."

"우리 주 락리마의 가호를. 그보다 도시에 전화(戰火)가

미치기까지도 그리 오래 걸리진 않을 것 같습니다. 엠퍼러 엑사일의 함선들이 파테리아 해협에서 자주 출몰한다고 합니다."

"자네가 날 끌어들이지 않았다면 나는 그 배를 타러 갔을지도 모르네."

"……."

"왜, 아닐 것 같나? 검을 팔고 다니는 팔자가 다 그런 거지. 자네가 도시를 벗어날 생각이 없다는 건 알고 있네. 그러면 더 명심해야 하네. 우리는 어디까지나 사생아 출신이란 걸…… 이거 번데기 앞에서 주름 잡고 있는건 아닌지 모르겠구만."

"아닙니다, 바스만 님. 귀담아듣고 있습니다."

"마음 같아선 오늘 거하게 놀고 싶지만, 기회가 매번 오는 건 아니지."

"그럼 저는 잡부들을 좀 더 알아보고 신전에도 들러 보겠습니다."

"나는 검 쓰는 자들을 맡지. 최대한 끌어모아 보자고. 우리 거위 양반께서 황금알을 잘 낳을 수 있도록 말이야. 하핫."

이튿날 오전이었다.

탐사대 규모는 왕국급 수준으로 단연 눈에 띄었다.

밤의 마왕을 향해, 먼 중부로 떠난 소수의 원정대보다 더 많은 이목이 집중되는 건 당연한 일이었다.

명분상 주 락리마의 성물을 발굴하는 데 목적이 있기 때문에라도.

원정대와 비슷한 의식이 진행되고 있었다. 사제들이 향로를 흔들면서 수백의 탐사대원들 한 명 한 명의 곁을 지나치고 있었다.

아인할의 밤 손님은 독립된 마차 안에 있었다. 깊은 후드 속 그 얼굴에서는 한 번씩 미간이 찌푸려지며, 미지(未知)의 영역 속을 배회하는 중이었다.

그때 아인할이 향내를 달고 왔다.

"말했을 텐데. 유적에 관련된 일이 아니라면 방해하지 말라고."

"탐사대에 합류하실, 고위 사제께서 납시셨소. 성(聖) 제이둔 장로회의 고위 사제님이시며 엘슬란드 여왕께 직접 서임을 받으신 고귀한 몸이시오. 뭘 하든지 간에 즉각 멈추고 인사드리시오."

"엘슬란드 여왕에게 직접?"

탐사대의 대단한 규모를 보고도 별 감흥을 보이지 않았던 밤 손님이었다.

그런데 과연 사제의 직위를 깨달을 수밖에 없었던 것인지, 새삼 높아진 톤의 목소리가 튀어나왔다. 아인할은 비로소 만족했다.

"당신의 황금이 어디로 쓰였겠소. 나는 당신의 주문에 충실하였소."

그는 소리를 죽이며 마저 말을 이었다.

"당신의 신앙심이 깊지 않은 건 내 알 바 아니오. 허나 그분 앞에서 그런 꼬투리를 잡혀선 안 된다는 건, 두말하면 잔소릴 거요. 탐사가 원만히 진행되기 바란다면 지금……."

밤 손님의 목소리가 그의 말을 잘라먹고 나왔다.

"엘슬란드 여왕을 직접 만나고 왔단 말이지."

*　　*　　*

아인할은 밤 손님과 고위 사제의 관계가 틀어진 걸 느꼈다. 당시에 밤 손님이 고위사제에게 표했었던 경의는 누가 보더라도 적절치 못했다.

아인할은 그나마 바스만의 여유로운 미소에 사제가 많이 누그러진 게 다행이라고 생각했다.

'사제도 여자이긴 한가 보군.'

내내 차가웠던 고위 사제 쪽에서 웃음소리가 나오던 무렵.

아인할은 바스만이 돌아오길 기다렸다가 말했다.

때는 도시를 떠나온 이후로 첫 번째 야영지를 조성하고 있던 시각이었다.

"초장부터 그르칠 뻔했습니다. 고위 사제의 심기를 거스르다니요. 행여나 귀족일지 모른다고 했던 게 우습게 됐습니다. 저자는 신분이 미천한 놈입니다. 배워 먹지 못했으나, 운 좋게 어느 거부의 곳간을 털어먹었을 자입니다."

"자네답지 않게 왜 그러나. 그렇군. 자네 이름으로 기부했다지?"

"예. 그것도 그렇지만, 위태위태해서 그렇습니다."

그러면서 아인할은 바스만의 어깨 너머를 눈짓해 보였다.

바스만과 함께 있을 때는 웃고 있던 사제가 바스만이 떠나기 무섭게 밤 손님이 들어가 있는 마차를 노려보고 있었다.

"사제께서는 뭐라 하시던가요?"

"돌아가신다는 것을 겨우 말렸네. 한데 우리 거위 양반의 무례 때문만이 아니야. 뭔가 꺼림칙한 직감이 크신 모양일세. 우리가 봤던 게 틀린 게 아니었지."

"배워 먹지 못한 뒷골목 출신이 맞군요. 출신이 미천하기 짝이 없는."

"해도 호위 하나 달고 있지 않은 자네. 무릇 부를 드러낼 때에는 조심해야 함에도 말이지."

"저는 검의 세계를 잘 모릅니다. 귀동냥으로 들어 온 게 전부지요."

"우리 거위 양반이 꽥꽥거릴 때를 가정해 보자는 건가?"

"혼자일 리가 없습니다. 똑같이 신분을 드러낼 수 없는, 암흑가가 멀리서 보조하고 있겠지요."

바스만은 고개를 끄덕거렸다.

"저자를 최소 소드 유저 급이라 판단했던 바는 무거운 금덩어리를 너무나 가볍게 들고 있는 부분에서였습니다."

"지금은 그게 스트렝스 마법일지도 모른다고, 생각이 바뀐 거고."

"척하면 척이십니다, 바스만 님."

"자네를 하루 이틀 보나."

"예. 어떤 검사가 검을 지참하지 않는답니까. 보십시오. 또 틀어박혀서 명상 중이지 않습니까."

밤 손님이 타고 있는 마차는 어둠에 잠겨 있었다. 탐사대 규모가 큰 까닭에 모닥불이 주변에 산재해 있었으나, 밤 손님은 그 빛이 닿지 않는 바깥을 고수했기 때문이었다.

밤 손님은 탐사대를 조직했음에도 정작 탐사대에 섞이길 꺼려 하는 것이다.

아인할과 바스만은 그 까닭을 모를 수가 없었다. 밤 손님의 돈으로 조직된 탐사대이기는 하지만 그 일원 하나하나는 둘이 직접 뽑은 자들이었다.

'우리에게 제 신변을 맡기느니 바깥에 노출되는 걸 택하겠다는 것이지. 몬스터 출몰 지역에서도 그럴 수 있나 보자.'

아인할이 마차를 바라보며 잠깐 말을 중단한 사이, 바스만도 생각에 잠겨 있었다. 물론 밤 손님의 정체에 대해서였다.

"저자와 만난 이래로 눈을 뜬 모습을 본 게 한 손에 꼽습니다. 하루 종일 명상만 하고 있습니다. 저보다야, 바스만 님께서만 느낄 수 있는 부분이 있지 않겠습니까. 어떻게 보시는지요?"

"저자의 로브를 벗겨 보면 확실해지겠지. 몸에는 출신이 남기 마련이니까. 그러나 그 전까진 나라도 저자에 대해선 뭐라고 속단할 수 없네."

"하루 종일 명상에 잠겨 있는 부분에 대해서는……."

"계속 지켜봄세. 그건 그렇고 대체 신전에는 얼마나 밀어 넣었길래 사제께서 참고 계신 건가."

"들으시면 기겁하실 겁니다. 저도 손이 발발 떨렸으니까요."

"그래도 누이 좋고 매부 좋았던 거겠지."

"시선들이 사라지고 나면 장부를 공개해 드리겠습니다."

"에이, 그럴 필요까지는 없는데."

"아닙니다, 바스만 님. 어제는 한시가 모자라서 미처 거기까지 생각이 닿지 못했습니다."

"편할 대로 하고, 문제는 사제께서 우리 거위 양반을 계속 적대하시면 탐사대가 와해될 수도 있다는 데 있네."

"그래서 위태위태하다, 말씀드렸던 겁니다. 해서 말씀드리는 것인데…… 아닙니다. 주제가 너무 지나쳤습니다. 못 들은 걸로 해 주십시오."

"그러면 더 듣고 싶은데? 개의치 말고 말해 보시게. 한 배를 탔는데 속에 삭여 두면 안 되지."

"……사제께서 바스만 님께 호감을 느끼시는 것 같더군요."

"이놈의 인기는 식을 줄을 모르지."

웃으라고 한 소리였지만 그렇게 말한 바스만이나 아인할이나 계속 진지했다.

바스만은 다시 뒤쪽을 흘깃 쳐다보았다. 밤 손님의 마차를 노려보고 있던 사제는 그래도 책무를 잃지는 않았는지, 옛 문헌을 향해 손을 뻗고 있었다.

바스만이 여사제의 작은 몸체를 눈에 담으며 시를 읊듯 말했다.

"불씨. 불쏘시개. 풀무질. 삼 박자가 모이면 곧 사랑이니라."

"죄송합니다."

"죄송할 것 없네. 자네가 말하기 이전에 이미 내 마음이 그녀에게 동했네. 내가 있고 그녀가 있고 대자연의 마나가 풀무질을 해 올 텐데, 우리는 원래부터 이어질 운명인 게지."

"죄송합니다, 바스만 님."

"그만하래도."

"예."

"우리 여 사제께선 나를 떠나지 못할 거네. 두고 보게나."

*　　　*　　　*

탐사대가 도시를 떠난 이래로 세 번째 날의 밤이었다.

옛 문헌에 남겨져 있는 흔적 하나를 쫓아, 야영지는 계속 그 자리였다.

밤 손님의 마차보다 더 바깥에 위치한 숲 속.

바스만의 배 밑에는 교성이 깔려 있었다. 교성은 고위 사제가 가냘픈 양손으로 제 입을 틀어막고 있어도 가빠진 호흡 소리와 함께 나오는 중이었다.

바스만은 그 손을 치워 버리고선 본인의 두터운 손으로 소리를 차단시켰다.

그는 남은 손 하나와 입술만으로도 고위 사제의 말초신경을 유린하기에 능숙했으며 그렇게 고위 사제의 허리가 활시위처럼 튕겨져 올라오는 순간들이 끊임없이 반복되었다.

바스만과 고위 사제는 정사를 시작했던 때처럼 끝날 때까지도 아무런 말이 없었다.

의복을 주섬주섬 챙겨 입는 고위 사제.

수치심에 파묻히거나 아래 사제들의 혹 모를 시선들을 벌써 무서워하기에는, 아직도 남아 있는 흥분의 열기가 그녀의 온몸을 들쑤시고 있었다.

그녀가 떨리는 몸을 양팔로 감싼 채 도망치듯 자리를 떠났다.

바스만은 그녀가 별 탈 없이 야영지에 합류한 것까지 보고 난 후에야 비로소 양 주먹을 힘껏 움켜쥘 수 있었다. 손톱이 손바닥을 찍어 누르고 관절들에서는 통증이 수반될 정도였다.

사정상 고위 사제 앞에선 차마 드러내지 못했던, 가학의 쾌락이 그의 주먹 안에서 아드득 아드득 소리를 질렀다.

목을 졸라 봤다면, 적어도 따귀 한 번이라도 때려 봤다면. 그래서 교성이 아니라 고통스러워하는 신음 소리를 들을 수 있었다면.

그랬다면 고위 사제 혼자만 절정에 이르지는 않았을 것이다.

바스만은 하나도 해결 못 한 미련들로 도리어 욕구만 증폭시킨 꼴이었다. 그가 옷가지를 추스르지 못하고 좀처럼 야영지로 합류하지 못했던 건 바로 그런 까닭으로, 그의 얼굴은 온통 짜증뿐이었다.

"제기랄."

바스만이 겨우 마음을 진정시킨 건 그로부터 한참 후였다.

그는 수풀을 제치고 나오며 보초에게 다가갔다. 그때 보초가 긴장된 침을 삼켜 넘겼다. 보초의 얼굴엔 보지 말고, 또 알지도 말아야 할 것을 알게 됐다는 생각이 고스란히 묻어 나와 있었다.

"둘이 아는 비밀은 우리 주 락리마만 아시는 일이나, 셋이 아는 비밀은 공공연한 비밀이 된다고 하지. 이야기가 돌면 내 귀에도 당연히 들어오게 되어 있어."

보초는 바스만과 눈을 마주치지 못하고 정면만 바라보고 있었다.

"검을 팔고 다닌 지는 얼마나 됐나?"

"……삼 년쯤 됐습니다."

"그럼 더 말할 필요가 없겠지?"

"예."

"앞으로 자네가 보초 서는 날이 손꼽아 기다려지는군. 그만 들어가 보시게. 이런 기회 때마다 자리는 내가 지키지."

"그러시지 않아도 됩니다."

"서로 마음 편하자고 그러는 거네."

"그럼 사양하지 않겠습니다."

바스만은 보초를 보낸 뒤 모닥불을 뒤적거렸다. 그러는 한편 시선은 밤 손님의 마차로 향했다. 짓눌렀던 짜증이 다시 관자놀이를 자극하기 시작했다.

'누구 때문에 이 짓거리를 하고 있는데, 정작 본인은…… 빌어먹을.'

모두가 잠든 그 시각에도, 밤 손님은 여전히 마차 안에서 명상 중이었다.

앉아 있는 저 인영(人影)은 식사 시간 외에는 항상 그대로였다.

지칠지 모르는 열정, 아니 집착만큼은 가히 경의를 표해야 할 수준이다. 그쯤 되자 바스만은 밤 손님이 마법사일 거라는 데 마음이 기울었다.

'마법사라면 나쁠 게 없지.'

어떤 마탑에 속했었는지는 몰라도 탑외자(塔外子)라면 이미 마탑 전체에 수배령이 떨어졌을 일.

그럼 거위의 배를 갈라야 할 상황이 올시, 본가의 지원에 더불어 마탑들의 지원까지 구할 수 있는 것이었다. 물론 거기까지 갈 일도 희박하겠지만.

'왕국급 탐사대 전력을 어떻게 상대할 것이며 또 나를 어떻게 대적한단 말인가.'

밤 손님이 수하들을 어디에 얼마나 감춰 두고 있는지는 몰라도 말이다.

야영지 본진을 떠나 있던 탐사조들이 하나둘 고개를 저으며 복귀하던 무렵.

아인할과 바스만은 명부 하나를 입수했다. 탐사대의 마법사가 직접 지부에 들러서 가져온 것으로 앨래오스파(派)와 리우오니에파(派)에 수배된 탑외자 명부였다.

"한데 명부는 왜 필요하신 겁니까?"

마법사가 물었다.

"검을 팔고 다니다 보면 원하든 원치 않든 적이 많이 생길 수밖에 없지. 비록 고용된 입장이지만 어쨌거나 탐사대를 주관하고 있네."

아인할도 한마디 덧붙였다.

"그런데 론시우스파(派)의 것은 빠트린 것 같소, 쎄레빌."

명부라고 불리긴 했지만 사실상 서적이었다. 두터운 그것은 단 두 권뿐이었다.

아인할의 물음에 마법사는 둘 앞에 자리를 잡고 앉았다.

마법사가 대답했다.

"론시우스파 지부 전체가 중부로 떠났답니다."

도시에서 나오기 전인 며칠 전까지만 해도 론시우스파 지부는 별 이상이 없었다.

바스만은 아인할과 똑같은 걸 떠올리며 입술을 열었다.

"그들도 원정대에 합류하기로 했던 모양이네. 중부의 작은 왕국령 하나에 론시우스파의 근간이 있지 않은가."

"그렇습니다."

바스만과 아인할이 한마디씩 주고받았을 때, 마법사는 담담하게 뱉었다.

"그게 아닙니다. 왕국이 아니라 공국이고. 그 작은 공국에 성(聖) 카시안의 예언이 첫 번째로 직면했다 합니다. 포클리엔 공국은 몰라도 통곡의 산맥은 아실 겁니다. 그 남부에 론시우스파의 뿌리가 있지요."

"중요한 건 그게 아니고, 그러니까."

"예. 론시우스파는 마왕군에 의해 무너졌습니다."

"그런 일이 다 있나. 론시우스 소속들만 애처롭게 됐군."

"그뿐만이 아닙니다. 믿기지 않아서 더 알아보니, 홀리 나이트 킹 오닉스와 칼도란께서도 그 땅에서 전사하셨다고 합니다, 바스만."

"언제 적 일인가?"

"못해도 한 달은 족히 넘은 것 같습니다."

그때 아인할의 뇌리로 더 이해 못 할 사실 하나가 스치고 지나갔다.

중부의 어느 작은 나라 하나가 붉은 얼굴 오크 일족 하나와 맺은 협정의 결과로, 오크들이 통곡의 산맥 일부분을 꿰차고 들어왔다는 것을 들었던 적이 있었다.

아인할은 그걸 언급했다. 마법사와 바스만은 처음 듣는 일이면서도 붉은 얼굴 오크 일족의 용맹성만큼은 익히 알고 있었다.

이름도 잘 모를 중부의 작은 나라에서 일어난 일인 건 맞았다.

그러나 거기서 죽어 나간 존재들은 하나같이 위대하고 용맹한 존재들이었다. 이 먼 동부에까지 명성이 알려진 그들이니까.

"자네도 우리와 비슷하구만, 쎄레빌."

"무슨 말씀이신지."

"론시우스파에 속했다면 자네도 영락없이 중부까지 끌려갈 판 아니었냐는 말이네."

론시우스파의 근간이 중부에 있다고는 하나 지부의 마법사들은 지부장 외에는 전부 동부인이다. 그럼에도 중부에서 일어난 일 때문에 수백 일의 사지(死地)를 헤쳐 나가야 한다.

마법사 쎄레빌은 텅 비어 버린 론시우스파 지부를 떠올리며 흘흘 웃었다.

"그럼 저는 자리로 돌아가 보겠습니다. 궁금하신 점이 있으시면 불러 주십시오, 바스만."

쎄레빌이 자리를 비킨 이후, 아인할과 바스만은 탑외자 명부를 조사했다. 거기에 적힌 범죄 행적을 토대로 큰 부를 쥘 만한 자들을 추리고 나니 얼추 열 명 정도로 좁힐 수 있었다.

또 거기서 여성을 지우니 일곱으로 좁혀졌다.

체격이 작은 자들을 줄이니 넷.

밤 손님의 어눌한 발음을 계산에 집어넣어 귀족 혈통들을 제하자니 영이 되고 말아서, 최종적으로 용의 선상에 오른 자들은 넷이라 할 수 있었다.

일단 아인할은 그 네 개의 이름들을 적어 도시로 날려 보냈다.

그것으로 밤 손님의 정체를 완벽히 파악할 수 있을 거 라 말할 순 없었지만, 그럴 수 있는 가능성이 높았고 그리 많은 공을 들일 일도 아니었다.

착복했던 황금 중 아주 약간만 사용하면 될 일이니까. 또 그것도 장부만 약간 손보면 바로 만회할 수 있는 일이다.

사제들은 옛 문헌을 뒤적거리기 바쁘고 복귀한 탐사조들이 휴식을 취하며 잡부들은 식사 준비를 하던 그때.

아인할은 덩그러니 놓여 있는 마차 창밖으로 밤 손님의 손짓을 발견했다.

"부르셨소?"

"이 근방은 과거에도 탐사가 빈번히 진행됐었던 곳이군."

"지금 같은 규모는 아니었소."

"안전 지역에서 노닥거리라고 일을 맡겨 둔 줄 아나?"

"노닥거리다니요. 그거 말이 심하지 않소. 복귀한 대

원들이 얼마나 지쳐 있는지 두 눈으로 똑똑히 보시오. 한숨도 자지 않고 당신의 닦달을 이행해 온 이들이요. 보시오. 탐사에 정통한 자들이 많고 사제 분들께서도 노고가 많소. 왜 이 지역을 우선으로 하고 있는지는 그들 전문가들에게……."

"넌 말이 참 많은 자다. 여기에 죽치고 있을 거면 이 많은 검사들과 마법사들은 벌써 고용할 필요가 없지. 다음 잔금 일에도 충분한 것을."

아인할은 정곡이 찔렸지만 내색하지 않았다.

"그야 당연히 당신의 안전을 생각해서지 않소."

"안전 지역의 유적들은 이미 오래전에 발굴되었다는 것이 지극한 상식이다, 아인할."

"……."

"복귀자들이 휴식을 끝내는 대로 협곡에 진입하도록."

"난 당신의 안전도 책임져야 할 입장이오. 그래서 묻는 거니 기분 나쁘게 듣지는 마시오. 그라프를 직접 본 적은 있소?"

아인할은 마저 말했다.

"장담하건대 그것들을 눈앞에 두면 몸서리가 쳐질 거요, 모험가 양반."

*　　　*　　　*

내가 탄 마차는 경비 초소 앞에서 잠깐 멈춰 섰다.

돌로 쌓은 벽이 협곡 진입로를 큼지막하게 막아서고 있는 곳.

석벽에서 균열을 보이는 부분들에선 그라프들의 체액이 흘러 굳은 형태로 존재했으며, 일대의 지면에는 인위적인 흐름의 마나가 퍼져 있었다.

그라프들이 장벽 아래를 파고 나오는 것을 막기 위해 만들어진 흐름임에 분명했다.

오딘의 분노에서 느낄 수 있는 흐름과 비슷한 걸로 봐서는 그라프들이 지하를 침투할 때 뇌전(雷電) 성향의 공격을 받게끔 설계된 것 같았다.

넓이도 넓이지만 꽤 강력하다. 그리고 그러한 흐름들은 한 거탑에서 물줄기를 틀듯 나오고 있는 것이었다. 거기가 광범위한 지하에 뇌력 철조망을 구성하고 있는 근본인 것이다.

마법력이 집약되어 있는 거탑은 비단 그라프들을 대적할 때만 활용되는 게 아니다.

전시(戰時)에도 활용된다는 것을 익히 알고 있었기 때문에 그것들을 향하는 내 시선은 썩 좋지 않았다.

이윽고 한참 후였다. 다시 마나의 세계에 몰두해 있던 때였다.

그런데 땀으로 젖은 로브가 등에 달라붙어 있는 이질감이나 엉덩이로 전해져 오는 진동까지 보다 뚜렷해지고 있었다.

집중이 깨지고 있는 것이었다. 외부의 소리도 들리기 시작했다.

"제 기억으론 메이어(Mayer) 비바투스의 집권기 때가 마지막 토벌이었습니다."

"초소장도 그렇게 얘기했었네. 이거 참 이상한 일이군. 유체 하나 코빼기도 보이지 않다니, 우리 주의 가호라고밖에는……."

더 집중하려고 했지만, 한계점까지 몰아쳐 왔던 게 틀림없었다.

감각을 풀어 버리는 순간에 정말로 뇌리 속부터 찌릿한 게 시작되더니, 이내 묵직한 통증으로 골 전체를 흔들어 대는 것이었다.

너무 오랫동안 초극의 감각을 유지하고 있었기 때문이었다.

나는 창을 가리고 있던 천을 완전히 걷어 버렸다. 시야가 확 트였다.

붉은빛이 감도는 황무지가 펼쳐졌다. 실제로 고개를 내밀어 육안으로 확인해 보자 말라비틀어진 옛 강변은 물론 깎아 세워 놓은 듯한 절벽들까지 전부 치워져 있었다.

모두가 극도의 긴장감 속에 협곡을 지나쳐 왔던 시간들이 무색해지던 순간이었다.

하지만 협곡은 그라프들의 본격적인 서식지로 들어가는 입구에 불과하기 때문에, 탐사대 진형은 돌발적인 전투를 상정한 그대로 유지되어 있었다.

신변 보호가 필요한 자들.

그러니까 나를 위시로 아인할, 고위 사제 마놀리아, 마법사 쎄레빌까지 넷.

거기에 바스만까지 포함한 그들이 마차 지척에서 걷는 중이었다.

아인할은 바스만과 하던 대화를 중단하고 나를 쳐다보았다. 바스만은 행여나 고위 사제가 내게 시비를 걸어올까 봐 본인이 먼저 고위 사제에게 말을 붙이는 중이었다.

그때 아인할이 물었다.

"필요한 게 있소?"

"배가 고프군."

"당신이 먼저 식사를 요청하는 건 또 처음이구려. 조금만 기다리시오. 거의 다 왔소."

아인할은 아니었지만, 탐사대원 중 몇은 이쪽 영역에 경험이 있었다.

이윽고 탐사대가 본진으로 잡은 지역은 과거의 탐사대들도 전통적으로 사용해 왔던 지역이되, 수년 동안 이용되지 않았다는 것을 보여 주는 흔적들이 잔존해 있는 곳이었다.

오래된 무덤들에선 손가락뼈나 두개골 같은 것들이 무덤 밖으로 돌출되어 있었고, 그라프들이 파고 나왔던 것으로 보이는 숱한 구덩이들도 흔적만 남았을 뿐, 대부분이 막혀 있는 채로 존재했다.

모두가 본진을 꾸리는 데 손을 거들고 있는 시각. 나는 마차 밖으로 나갈 준비를 마쳤다.

지난 며칠간 용변을 해결할 때만 모습을 드러냈기 때문이기도 하지만 고위 사제가 나를 탐탁지 않게 여긴 첫 만남에서 이미, 나에 대한 관심은 안 좋은 쪽으로 집중되어 있었다.

거기에 내 머리 색과 눈동자 색을 드러내 관심을 더욱 증폭시킬 필요는 없었다. 염색하거나 컬러 렌즈를 착용하지 않더라도 내 후드를 벗길 수 있을 만한 능력자는 존재치 않으니까.

후드 정도면 훌륭한 위장이라 할 수 있었다. 그것을 더 깊이 눌러썼다.

그러고 나온 바깥 한켠에는 식사가 준비되어 있었다.

탐사조 대원들이 사제들이 쥐여 준 문헌집을 손에 들고 흩어지던 그때에도 나는 테이블에 있었다.

나를 두고 음험한 말들을 속삭이던 아인할과 바스만 중, 바스만이 터벅터벅 걸어와 내 앞에 앉았다. 사람들의 호감을 쉽게 사는 처진 눈을 가진 사내.

가만히 있어도 미소를 띠고 있는 것 같은 그 눈이 나를 응시했다.

"항상 나를 주시하고 있다가, 대지에서 진동이 느껴지면 바로 내게 뛰어오시게. 나도 어지간하면 그대 곁에서 멀리 벗어나지 않을 테니. 그리고 마놀리아 님 말인데, 사제께서 그대를 미덥지 않게 여기는 것이야 모를 수 없을 테고."

이제 바스만의 시선은 고위 사제를 쫓고 있었다. 그녀는 단 한 번의 습격도 없이 협곡을 관통한 것에 대해서 기도를 올리고 있는 중이었다.

나를 앞에 두자마자 불길한 직감을 느꼈던 바를 보면 올드 원을 직접적으로 섬기는 자들에게는 특유의 안테나 같은 게 있는 것 같았다.

하지만 정작 탐사가 끝난 후 본인의 운명이 어떻게 결정되어 있는지까지는 차마 알 수 없는 것 같았다. 그녀는 나를 엘슬란드의 여왕에게 데려다줄 것이다. 별다른 리스크 없이.

"그대의 신앙심이 그리 깊지 않으니, 사제와 그대는 되도록 말을 섞지 않는 편이 낫네. 나는 이번 탐사에 기대가 커. 성공리에 끝이 나기만 한다면 내게도 명예가 따라오기 마련이네. 하니 진심을 다할 거라는 걸 의심하지 말라 말해 두고 싶었네."

한껏 부풀려진 청구서의 인력 비용 중 가장 많은 비중을 차지하고 있는 게, 바로 이 녀석에게 들어가는 비용이었다.

마법사보다도 윗선을 차지하고 있다.

그간 마나의 흐름에 몰두하고 있었기 때문일까. 어느새 나는 녀석의 내부를 들여다보고 있었다.

녀석의 마나는 타원체 네 개가 한 점에서 맞물려 있는 꼴로 끊임없이 움직이고 있었다.

큰 형상 자체는 네 잎 클로버와 닮은 그 모습에서 벗어나질 않으나, 그것이 운동하고 있는 바는 강물에 큼지막한 돌 하나를 던져 놓은 것처럼 큰 가변성(可變性)을 보이고 있었다.

반면에 오뇌르의 것은 느릿하고 조용했었다는 게 떠올랐다.

정통 검맥을 꾸준히 수련해 온 자와 우연찮게 마나의 길에 들어선 이래로 본인만의 전검(戰劍)을 다듬어 온 자의 차이점이라 할 수 있다.

형상이 품고 있는 움직임.

즉, 마나의 흐름이 침착하다 느낄 만큼 정돈되어 있을수록 뛰어난 수준인 것. 거기까지가 이계 검사들의 세계였다.

그때.

화악—!

뇌리에 눌러앉은 무거운 두통 속으로 뭔가가 관통되어져 오는 기분이 들었다.

그간 스킬의 회전력을 인장에 결부시키는 작업에 몰두했던 것이 허사가 아니게도, 마나의 흐름을 읽는 눈이 전보다 월등히 상승한 것을 퍼뜩 깨달았기 때문이었다.

며칠간 식음을 전폐하듯 해 온 시간들이 마냥 허사가 아니었던 것이다. 진도가 나가고 있었다.

*   *   *

그날 밤에 나를 방해한 것은 아인할도 바스만도 아니었다.

[* 서왕모의 만년지주 알]

[개봉 까지 남은 시간 : 3분]

[경고: 곧 서왕모의 만년지주 알이 개봉 됩니다.]

꿈틀거리는 느낌이 특별했다.

그래서 눈을 떠 보니 그런 메시지가 시야 정면에서 나를 기다리고 있었다.

창 바깥, 야영지 본진은 아직 한 번도 그라프들의 습격을 겪은 적 없지만 여전한 긴장감으로 팽배했다. 탐사조들이 흩어지고 남은 공백 때문에 보초 인원은 지금까지보다 배 이상 많았다.

또한 그라프들을 잡을 때 사용되는 것으로 보이는 대형 무기들도 조립이 끝나, 횃불의 불빛에 의해 커다란 그림자들이 흔들리고 있었다.

나는 만년지주가 얼마큼 큰 크기로 등장할지 모르지 않았다.

인적이 없는 널찍한 공터로 자리를 옮겨야 했다. 바스만과 고위 사제 마놀리아가 야심한 밤을 틈타 몸을 섞고 있던 광경을 지나친 뒤였다. 사방 군데로 흩어져 있는 탐사조들과 교착되지 않는 지점을 찾다 보니 본진에서 멀리 떨어진 곳이었다.

개안을 발동시키지 않고서는 사물이 분간되지 않는, 달빛이 전무한 밤.

개봉을 앞둔 알이 허공을 뚫고 나왔다. 그것을 바닥에 내려놓은 다음 적당히 거리를 벌렸다.

만년지주.

열여섯 개의 붉은 눈알을 박은 그 거미 괴수는 굉장한 소리를 내며 깨어났다. 그것이 몸체를 키우는 공간에 들어가 있던 바위들은 먼지로 변했다.

거대한 방적돌기에서는 이미 끈적끈적한 실을 오줌처럼 흘려 대기 시작했다.

그때 만년지주의 붉은 눈알들이 사방으로 초점을 옮겨 대다가 내게로 집중됐다. 여덟 개의 다리를 곤두세웠을 때는 나 역시 시선을 높이 가져가야 했다.

구름이 온 하늘을 가리고 있었기에, 나를 내려다보는 붉은 눈알들이 하나하나 붉은 별빛으로 보였다. 거대한 형체로 시야를 차지하고 있는 다리들은 하늘과 땅을 잇고 있는, 어느 위대한 신전의 거대 기둥 같았다.

만년지주가 움직였다. 큼지막한 움직임. 먼지를 일으키며 땅을 파는 행동이 세상에 깨어난 기쁨에 도취된 행동으로 느껴졌다.

인근에 타고 오를 절벽이 있었다면 거기에서 자신에게

집약된 공능을 시험해 봤을 테지만 협곡은 한참 멀리 있었다.

만년지주는 땅 아래로 제 몸만 한 굴을 파고 자취 감췄다. 구덩이 외부는 굴속으로 빨려 들어가는 흙들에 의해 뭉개져 가고 있었다.

땅속에서 지면까지 전달되는 움직임들이 한참이나 컸다.

그 안에서 어떤 열정을 퍼부었는지는 모를 일이나, 멀리 움직였던 만년지주가 다시 돌아와 바깥으로 모습을 드러냈을 때에는 하부의 배 쪽에서 불그스름한 빛이 감도는 것을 발견할 수 있었다.

만년지주가 숨을 쉬면서 배를 부풀릴 때마다 그 붉은 빛은 브레스를 토해 내기 직전의 해골 용의 것처럼 선명한 빛깔을 띠었다.

그쯤에서 나는 만년지주를 향해 손을 올렸다. 그만 진정하라는 뜻에서였다.

열여섯 개 붉은 눈알들이 나를 내려다보는 시간이 비로소 길어지고 있었다.

그러다 한 기점에서였다.

[만년지주가 당신을 완전한 주인으로 인식 했습니다.]

[* 완전한 주인 : 이탈 시간 등의 제약을 받지 않습니다.]

　관절을 세우고 있던 다리, 부풀렸던 배, 위협적으로 뻗쳐 있던 독니들.

　그것들이 순종을 맹세하듯 가라앉은 것도 바로 그때였다.

　해골 용은 엄연히 이탈 시간의 제약이 있었다. 제한된 시간을 넘어서 이탈해 버리면 통제권을 잃게 되는 제약이었다. 하지만 그런 제약이 없어진다면 사실상 연희가 다루는 크시포스처럼 독립적으로 이용할 수도 있다는 소리였다.

　그때 만년지주가 보다 자세를 낮췄다. 그게 무슨 뜻인지는 그것이 대가리까지 완전히 지면에 접촉시켰을 때 느낄 수 있었다.

　만년지주 위로 올라타던 순간을 기점으로.

　직전의 기쁨에 취해 있던 움직임 그대로 지하를 파고 들어가기 시작했다.

　만년지주는 성체 그라프들만큼이나 땅을 파 들어가는 데 일가견이 있었다.

　또한 견고한 토굴을 만드는 데에도 대단하다는 것쯤은, 본 시대 팔악(八惡)이 만년지주의 주인으로 있을 때 익히 봐 왔던 일.

지하에는 만년지주가 짧은 순간에 만들어 낸 토굴들이
벌써 여러 갈래 길로 존재했다.

녀석은 자신의 능력 중 하나인 그것을 내게 뽐내고 싶은
것 같았다. 그런데 토굴의 거대 공간에서 한 번 더였다.

[* 완전한 주인 : 고유 스킬 '번식'을 지시 할 수 있습
니다.]

녀석의 독니가 시야 전방에서 달싹거리고, 뒤쪽 항문에
서는 실을 뽑아내려는 움직임이 강하게 전해져 왔다.

이제야 알겠다. 본 시대의 팔악은 이 녀석을 제대로 써
본 게 아니었다.

[* 완전한 주인 : 아이템 레벨이 대폭 상승 하였습니
다.]

성장형 아이템이었던 건가.

Chapter 6.

번식!

만년지주의 진면목을 확인하고 나자 그런 생각이 들었다.

나나 조나단보다는 조슈아에게 특히나 유용하게 쓰일 녀석이라고.

조슈아는 자체 군단을 형성하는 데 특화된 타입으로 스킬, 오시리스의 영역을 통해 그림자 군단을 부릴 수 있다. 뿐만 아니라 옛 뱀파이어 군단을 계승했다. 바야흐로 뱀파이어 군주로서 군단을 확충시키는 데에도 큰 잠재력을 품고 있는 것이다.

하지만 만년지주를 조슈아에게 인계하기에는 만년지주가 그를 '완전한 주인'으로 받아들일 가능성이 보이지 않았다.

성장을 최고조로 끝낸 본 시대 말기의 팔악(八惡)마저도 가능한 일이 아니었으니까.

항문을 꿈틀거리고.

드러난 독니로 애걸하다시피 하고 있는 만년지주를 올려다보며 말했다.

"어디까지 할 수 있는지 보자. 하고 싶은 만큼 낳아 보거라."

[만년지주에게 스킬, 번식을 지시 했습니다.]

마지막으로 본 광경은 두꺼운 실을 세차게 뽑아내는 것이었다.

만년지주를 토굴에 남겨 놓고 야영지 본진으로 돌아왔다.

정작 거기는 난리가 나 있었다.

지금껏 그라프들의 습격이 단 한 번도 없었기 때문에 더 긴장감을 폭발시키던 중이었다. 왜 아니겠는가.

그들은 만년지주가 땅속을 헤집고 다녔던 움직임을 오인하고 있었다.

고위 사제 마놀리아와 마법사 쩨레빌은 한 쌍으로 묶여

호위 검사들의 방벽 속에서 사방을 주시하는 중이었고, 대(對)그라프용 투척 병기에는 운용자들이 탑승해 있었다.

아인할이 내게 뛰어와 다짜고짜 소리를 질렀다.

"한참 찾았지 않소! 매번 마차 안에만 있던 양반이 하필 이럴 때……."

걱정과 안도가 교차한 얼굴에선 정말 눈물까지 글썽거렸다.

황금 거위가 그라프에게 잡아먹혔을 것을 가정하면 그리도 심장이 철렁할 수밖에 없었던 것이겠지.

주변은 밝았다. 빛을 퍼트리는 쎄레빌의 마법 구체가 허공에 떠 있기도 했고, 잡부들이 설치해 뒀던 횃불들에 불을 붙여 대고 있기 때문이었다.

"단독 행동은 위험하다 하지 않았는가, 모험가 양반."

바스만까지 거들고 나왔다. 그의 두 눈은 붉게 변해 있었다.

내 앞으로 달려왔음에도 그의 시선은 빛이 닿지 않는 너머들을 노려보는 데 여념이 없었다.

"그라프들은 영리한 족속들이네. 그것들이 흉측한 모습을 했다고 얕잡아 보기엔 우리처럼 사고를 한단 말일세. 우리의 규모가 상당하기에 다행이지, 아니었다면 그대는 지금 그것들의 배 속에 있었을 거야."

"……."

"본인의 실력을 과신하지 마시게. 그럴 거면 왜 우리를 대동해 왔는가, 이 말이네."

바스만이 검으로 한쪽을 가리켰다. 거기에 아인할이 덧붙였다.

"이쪽으로."

나는 아인할이 뻗어 오는 손길을 뿌리쳤다. 그러고는 나를 위해 준비되어 있던 장소로 향했다. 맞다. 마법사와 고위 사제가 보호받고 있는 검사들의 방벽, 그 안이었다.

"어딜 다녀온 거죠?"

고위 사제의 목소리는 청량한 동시에 나를 향한 적의가 풍겨져 나왔다.

그런 그녀의 목덜미에선 어떤 나무껍질 냄새가 났다.

바스만이 평소 씹고 다니던 나무껍질 냄새였고, 비단 목덜미뿐만 아니라 정숙하게 정돈해 둔 그녀의 로브 안 곳곳에서도 똑같은 냄새를 맡을 수 있었다. 내 감각을 피할 순 없다.

그녀의 전신 어딘들 바스만의 혀가 아니 훑고 지나간 곳이 없던 것이다.

바스만이 그녀의 가슴골에 얼굴을 파묻고, 그녀가 고개를 뒤로 젖힌 채로 입술을 반쯤 열고 있었던 광경이 떠올랐다.

그녀는 엄중한 얼굴을 하고서는 중년 남성의 손길에 참 쉽게도 무너졌다. 그게 아니라면 여자를 매혹하는 바스만 의 기술이 절정에 다다랐든지.

어쨌거나 둘의 관계가 끈적끈적해질수록 그녀가 탐사대 를 떠날 가능성은 줄어드는 것이었다. 내게 노골적인 적의 를 드러내는 걸, 스스로 중단할 수 없을지라도 말이다.

바스만이 그의 남성성으로 고위 사제를 묶고 있다. 고맙 게도.

나는 대꾸 없이 그녀를 바라보기만 했다. 그때 고위 사제 가 자신이 무시당했다 생각했어도 틀린 생각은 아닐 것이다.

내가 그녀 안의 마나를 훑고 있듯이, 그녀는 그간 내게서 느껴 왔을 불길한 직감의 정체를 파악하려고 용쓰는 것 같 았다.

"내게 할 말이 없습니까?"

그녀가 먼저 말을 뱉었다.

"왜 없겠습니까."

하지만 그녀가 바라는 대로 내 출신에 대한 이야기는 아 니었다.

알면 경악으로 까무러치겠지만 그건 연희를 옆에 두었을 때로 예정되어 있는 일이다. 아인할과 바스만, 둘의 모략질 이 어느 순간 성급하게 궤도를 이탈하지만 않는다면.

예컨대 황금 거위의 배를 갈라 보기로 마음을 바꿔 먹는다거나 하지만 않는다면 말이다.

어쨌거나 요 며칠간 그녀가 보여 주었던 모습들이 있었다.

그녀는 흥분으로 번질거리는 눈빛을 띠곤 했었다. 그런데 바스만과의 불장난 때문이라고만 여기기엔, 그 눈빛으로 혼자서 고서들을 뒤적거리는 순간들이 종종 있어 왔다.

"지금쯤이면 이름 하나 정도는 들을 수 있겠다 생각했었습니다."

"무슨 말인가요?"

"필요하다는 대로 다 지원해 줬습니다. 성(聖) 카시안의 기록서를 열람하기 위해서 또 이에 능하신 분을 모시기 위해서 말입니다. 한데도 아직까지 이름 하나 얻질 못했습니다. 유적을 발굴하기까지 많은 시간이 필요하다는 건 압니다. 그렇다면 적어도, 어떤 유적을 탐사하고 있는지는 파악되어야 하는 거 아닙니까. 마놀리아 님. 아인할의 명의로 신전에 기부한 황금이 어느 정도인지는 들으셨습니까?"

고위 사제는 직접적으로 이런 대우를 받았던 적이 한 번도 없었던 것인지, 미간만 굳히고 있었다.

내 입에서 구체적인 숫자가 나오려던 그때. 아인할이 허겁지겁 끼어들었다.

"지금 무슨 불경을……."

고위 사제의 화가 치민 목소리도 그때 동시에 나왔다.

"둠 엔테과스토!"

모든 이목이 그녀에게 집중됐다.

"이제 됐습니까."

그 말을 끝으로 시간이 멈춰 버린 듯 공기까지 굳어 버린 것 같았다.

움직이는 거라고는 깜박거려지는 사람들의 눈꺼풀뿐이 었다. 그 외에는 동작이 멎어 버린 채, 일 초가 십 분 같이 흘러갔다.

내게도 그 이름은 뜻밖이었다.

그라프들의 서식지라서 둠 인섹툼 정도에서 그칠 줄 알 았건만 둠 엔테과스토라니?

고위 사제의 만면으로 후회가 번지고 있었다. 그녀와 처 음부터 같은 연구에 매진해 왔던 사제들도 두 눈이 휘둥그 레져 있었다.

"곧 알려 드리려 했습니다."

그녀는 우리들 쪽으로 쓴 목소리를 뱉었다. 내가 아닌, 바스만을 향해서였다.

"제가 잘못 들은 것은 아닌지요, 마놀리아 님. 분명 사악 한 마왕의 이름을 들었습니다."

바스만이 사람들을 헤치고 나오며 말했다. 항의하고 있는 거였다.

고위 사제는 자책 섞인 낯빛을 띠며 고개를 끄덕거렸다. 한번 뱉은 말은 주워 담을 수 없다는 걸 왜 모를까, 그래서 그녀는 힘들어하는 기색이었다.

사제들이 그녀를 말리려 했지만, 소용이 없었다. 그녀의 시선은 이미 바스만에게 고정되어 있었다.

바스만이 그녀에게 실망했다는 듯이 느릿한 한숨을 흘리던 때.

그녀는 따라오라는 바스만의 손짓을 무시하면서 이렇게 말했다.

"여기는…… 성(聖) 제이둔께서 둠 엔테과스토와 성전을 벌이신 곳일지도 모릅니다. 그럼 그대들은 성지에 발을 딛고 있는 게 됩니다. 우리 주 락리마의 가호를."

*　　　*　　　*

유적에도 급이 있다.

성 카시안이나 성 제이둔 같은 태고의 홀리 나이트들과 관계가 있다면 S급.

하물며 두 번째 마왕, 둠 엔테과스토까지 얽혀 있다면 역

경자를 터트려 버린 것과 비슷하게 SS급이 되어 버리는 거
다.

당연히 탐사대는 흥분에 휩싸였다.

그런데 진짜 흥분으로 범벅된 장소는 만년지주의 준동으
로 중단되었던 바로 거기, 바스만과 고위 사제가 다시 살을
맞대고 있는 쪽이었다.

배꼽 아래로는 종교도 없고 진리도 없다는 말은 고위 사
제에게 제격이었다.

그라프의 습격이 있을지도 모른다고 난리를 쳤던 그 밤
마저, 바스만을 은밀히 불러낸 사람이 바로 그녀였으니까.

그녀는 성(性)에 눈을 떴다.

"언질이라도 해 줄 수 있던 것 아니었습니까."

*"미안해요, 바스만. 그동안엔 확실치가 않았어요. 저도
안 지는······."*

"언제부터 그렇게 생각해 오셨습니까?"

"아······ 흑······ 얼마 되지 않았어요."

둘의 대화는 간드러지는 신음 소리 다음으로 잠깐 멎었
다.

"해도 모두가 다 들었습니다. 성 제이든까지 언급하신 건 지나치셨습니다."

"그건 어쩔 수 없었어요. 마왕의 이름을 처음에 언급해버리고 말았으니까요. 거기서 멈췄다면 다들 두려움에 떨…… 아……."

"발견은 어떻게 하신 겁니까?"

혀와 혀가 섞이는 음란한 소리가 따라붙었다.

바스만은 내 수하가 아니었지만 정작 벌이는 짓은 그에 준했다.

사제가 탐사대를 이탈하지 못하도록 막고, 또 그녀의 내면에만 감춰져 있던 말들을 끄집어내 내게도 들려주고 있는 것이었다.

또 아인할은 어떤가. 내 주머니를 털어먹으려고 혈안이 된 만큼 비용을 부풀릴 수 있는 항목들을 청구서에 모조리 밀어 넣었다.

신전에 있는 성 카시안의 기록물과는 별개로, 그가 도시에 퍼져 있던 지방 고서들을 사들인 양만 해도 몇 수레는 넘었다.

거기에 수레를 끌 잡부들을 추가시키며 인건비를 부풀리고, 또 거기에 잡부들이 먹을 식료품을 추가를 구입하며 그 수레를 끌 잡부들을 또 추가시키고.

아인할은 단지 착복하기 위해서였지만 그가 사들인 쓰레기 고서들 중에는 고위 사제에게 영감을 준 것도 있던 것이다.

　"알겠습니다, 마놀리아 님."

고위 사제가 영감 받은 고서의 이름들과 내막을 읊어 나가던 중, 바스만은 중요한 건 그게 아니라는 듯이 말을 가로챘다.

　"어쨌든 복귀 즉시, 도시 연합의 메이어(Mayer)들에게도 이 소식이 전해질 겁니다."
　"거기까진 생각 못⋯⋯ 아⋯⋯ 아⋯⋯ 멈추지 말아요."
　"하지만 그걸 탓하려는 게 아닙니다. 제가 두려운 건, 사제님과 헤어질 수도 있는 경우입니다. 메이어들이 사제님을 가만히 두겠습니까?"
　"그들은 엠퍼러 엑사일의 군대를 주시하느라 여유가 없어요."
　"아닙니다. 위대한 성물(聖物) 하나는 전황을 바꾸는 법입니다. 그도 아니라면 엠퍼러 엑사일의 귀에도 이 일이 들어갈 경우를 생각해 보십시오. 사제께선 사실을 말한 것에

불과하나 전쟁의 불씨를 당긴 것인지도 모를 일입니다."

"어쩌면 좋을까요?"

"이번 탐사에서 발굴을 끝낸다면 모든 게 해결됩니다. 저도 사제께 성심을 다할 테니, 사제께서도 탐사에 성심을 다해 주시면……."

"아흑……! 그래요. 그래요."

         ＊   ＊   ＊

바스만의 정성이 통했다. 고위 사제는 밤낮을 잊고 몰두하기 시작했다.

탐사조들이 넓혀 가고 있는 지도를 제 옆에 큼지막하게 두고, 그 옆에는 온갖 고서들이 위태위태한 자태로 쌓여 있기 마련이었다.

나도 마냥 손을 놓고 있지는 않았다. 마나를 탐구하는 틈틈이 주변에 주목할 곳이 없는지, 초극의 감각을 심심치 않게 퍼트려 왔었다.

하지만 특별한 걸 느끼지 못했다. 모두가 불가사의하게 여기는, 그라프들의 습격을 받지 않는 날들 또한 매일매일 이어지고 있었다.

그 날은 마나의 세계에서 빠져나왔어도 스킬의 회전력을 선명하게 연상할 수 있을 만큼 진도가 나간 날이었다.

식자재들로 채워져 있던 수레가 바닥을 드러내기 시작한 날이었으며, 내 식탁에도 요리 가짓수가 현저하게 줄어든 날이기도 했다.

아인할과 바스만 역시 본인들의 식사량을 줄이고 있었다.

그들은 나보다 열성적이었다. 도시로 귀환하면 2차 탐사를 명목으로 탐욕 가득한 청구서를 내게 내밀 수도 있는 노릇이지만 그들의 목표는 황금에서 성물(聖物)로 바뀐 지 오래였다.

둘은 도시로 돌아가는 즉시, 여기가 도시 연합의 권력자들에 의해 교착 전장으로 변해 버리게 될 거란 걸 확신하고 있었다.

성 제이둔이 마왕 둠 엔테과스토와 성전을 치른 곳. 가뜩이나 그라프들까지 사라져 버린 곳.

내가 생각해도 인근의 권력자들이 여기를 가만히 두고 볼 리가 없었다.

그래서 이번 첫 탐사가 실패로 끝을 맺는다면 적당한 조치를 취할 생각이었다. 누구도 내 영역에 접근하지 못하도록.

그런데 그날 탐사조 하나가 환희의 함성과 함께 복귀한 것이었다.

"마놀리아 님의 말씀이 맞았습니다!"

그 목소리에 흥분을 누르지 못한 이는 아인할과 바스만뿐만이 아니었다.

고위 사제는 오래된 곰팡냄새로 찌든 손을 씻을 생각도 하지 않았다. 다짜고짜 청중의 환호를 부추기는 슈퍼스타처럼 두 팔을 연거푸 치솟아 올리고 있었다.

어서 거기로 야영지를 옮기자는 몸짓이었고, 비로소 탐사에서 처음으로 진전을 보인 순간이었다.

이후 야영지를 옮길 준비로 모두가 들떠 있던 무렵에서였다.

드드드—

빌어먹을 진동에 또 집중이 깨졌다. 막 몰입하려던 찰나라서 짜증부터 치밀었다

창밖은 고위 사제가 둠 언테과스토를 언급했던 때만큼이나 격정에 사로잡혀 있었다. 잡부들은 몸을 떨면서 탐사조들이 쓰던 곡괭이라도 찾아 헤매는 중이었다.

드드드—

단언컨대 그 진동은 만년지주가 만들어 내고 있는 게 아니었다.

내 충실한 녀석은 자신의 아방궁에서 번식 활동 중이지 않은가.

지하의 움직임에 따라, 지면도 오르락내리락하며 커다란 형체로 거리를 좁혀 들어오는 저것들. 성체(成體) 그라프란 걸 확신할 수 있었다.

[만년지주가 전투에 돌입하였습니다.]

만년지주가 본인의 아방궁을 만들어 둔 방향 외, 나머지 방향들에서 성체 그라프들을 위시로 한 그라프 떼가 밀려든다.

그것들이 향해 오는 방향으로 온 땅들이 뒤집어지고 있었다.

바스만의 외침은 그가 직접 지면의 꿀렁거림들을 육안으로 확인할 수 있을 때 터졌다.

"성체! 성체다아아아아—!"

그 외침을 들으며 나는 이렇게 생각했다.

그라프들이 단체로 미쳐 돌았다고.

＊　　　＊　　　＊

터졌다는 표현이 정확했다. 성체 그라프들이 지면을 터
트리고 나오는 광경을 제대로 볼 수 있는 자들은 몇 없을
것이다.

그러기에는 흙들이 사정없이 부딪쳐 오거나 쏟아지고 있
었다.

성체 그라프들은 모든 마디를 다 끄집어낸 게 아니었음
에도 불구하고 이미 하늘을 가리고 있었다.

사방은 그것들이 자아내는 그림자로 인해 어둠에 잠겼
다. 개체 하나하나의 크기는 뒤통수를 목덜미에 닿을 만큼
꺾어야만 그 대가리를 간신히 볼 수 있을 정도로 크다.

크기만으로도 압도하기 마련이건만.

족히 삼십이 넘게 무리를 지어 움직이는 경우는 나도 이
번에 처음 보는 것이었다.

보아하니 그간 날 피해 있던 것들이 한꺼번에 출몰한 것
같았다. 중체 그라프도 있고, 유체 그라프도 끼어 있었다.

그래서 그것들이 세 방향으로 다 솟아났을 때에는 원시
(元始)의 거대 밀림 같은 괴이한 풍경으로 변해 버리는 것
이었다.

본진 중앙에서도 성체 그라프 한 마리가 오롯이 서 있었다.

탐사대원들이 높은 허공에서 추락하고 비명들이 비산한다.

"으아아악—!"

군단급 규모로 습격해 온 그라프 떼는 결코 탐사대가 어찌해 볼 수준이 아닌 바, 돌발 상황을 가정했던 체계들은 아무런 소용이 없어 보였다.

탐사대 중 가장 강하다는 바스만 해도 제 살길을 찾아 바빴다.

그리고 그 길을 고위 사제에게서 본 것인지, 그녀를 겨드랑이에 낀 채로 도망치고 있었다. 후퇴를 외쳐 대고 있지만 아인할이나 다른 탐사대원들을 위해 퇴로를 만들려는 시도는 조금도 없었다.

탐사대는 순간에 와해되었다. 지금부턴 알아서 제 목숨을 챙겨야 하는 상황.

성체 그라프들을 위시로 녹색 독액들이 쏟아지기 시작했다.

소나기 같다기보다는 소화전을 터트린 듯했고, 성체 그라프들은 대가리 방향을 돌려 대며 그 독액으로만 사방을 태워 버릴 세였다.

그것들이 차지한 영역에 비하면 극히 작은, 야영지 본진 전체를!

내가 타 있던 탑승칸도 그때 녹았다.

[* 보관함]

[에오스의 암흑 로브가 추가 되었습니다]

위장에 유용한 로브는 일단 집어 넣고.

[오딘의 신수(神獸)를 시전 하였습니다.]

날개를 펴고 꼬리들을 세웠다.

나를 겨냥하고 있는 놈은 지극히 멍청한 놈이었다.

파괴된 탑승칸 하부, 그러니까 내가 위치한 지상으로 솟구치려던 놈의 대가리가 발밑에 깔려 있는 걸 보고도.

독액을 아무리 게워 낸들 화염 날개에 조금의 생채기조차 내지 못하는 걸 보고도 그 짓을 멈추지 않는 걸 보면 말이다.

꼬리 알파, 베타, 감마로 한꺼번에 바닥을 쳤을 때 불씨가 확 튀었다.

독액을 뚫었다. 치솟아 올랐다.

원한다면 놈의 아가리를 뚫고 대가리 뒤로 빠져나올 수도 있겠다만 이런 잡것에게 구태여 그럴 필요가 있나.

시야를 막고 있던 날개를 치워 버리던 순간 놈의 쩍 벌어진 아가리가 바로 앞에 있었다.

[* 보관함]
[제우스의 뇌신 창이 제거 되었습니다.]

[오딘의 분노를 시전 하였습니다.]
[대상: 제우스의 뇌신 창]

창이 손아귀에 잡혀 들어오고 거기에 뇌력이 머금어지기까지는 찰나였다.

놈의 아가리부터 대가리 뒤까지 관통시키는 뇌력 줄기를 찔러 넣은 다음. 꿈틀거리는 녀석의 주둥아리를 밟고 한 번 더 치솟아 올랐다.

상공에서 내려다본 아래는 그야말로 본 시대를 연상케 했다.

성체 그라프를 앞세운 그라프 일족의 군단이 그 독액으로 인류와 도시들을 말살해 가던, 말세(末世)의 축소판이었다.

뇌신 창 끝으로 허공의 한 점을 찍었다.

성체, 중체, 유체 할 것 없이 그것들의 대가리로 쏟아질 수많은 뇌력 줄기들이 폭발했다.

그렇게 눈앞이 푸른 빛으로 번뜩여 대던 무렵.

감히.

내게 도전해 오는 기운들이 느껴졌다.

[데비의 칼을 시전하였습니다.]

최종적으로 그라프들의 목을 수거해 올 낫을 던져 버린 후.

내게 도전장을 내민 놈들 쪽으로 방향을 틀었다.

황무지를 가로질러 해안이었다.

먼바다 너머에는 '죽음의 대륙들' 이라고 불리는, 칠마제 군단의 본거지들이 존재한다.

칠마제 군단 전부가 본거지를 가지고 있는 것은 아니다. 바르바, 그라프, 바클란, 마루카 정도로 그것들이 태고부터 차지하고 있는 땅들이 있었다.

사실 그린우드 대륙이나 다른 이종족들의 대륙에서 출몰하는 몬스터들은, 내 시선에선 명맥을 간신히 이어 오고 있는 수준에 불과했다.

거기에서 몬스터들은 토벌의 대상일 뿐.

하지만 죽음의 대륙은 애초에 토벌은커녕 탐험조차도 꿈꿀 수 없는, 금단의 영역이다.

해안에 도착했을 때, 그렇게 그라프 일족의 원종(元種)을 발견했을 때.

나는 그놈이 죽음의 대륙부터 먼바다를 지나쳐 왔다는 것을 단번에 느낄 수 있었다.

신마대전을 겪은 놈이다. 그리고 그때부터 그리 긴 세월 동안, 죽음의 대륙 하나를 줄곧 차지해 오며 그곳을 그라프 일족의 땅으로 확정지어 버린 놈이다.

놈을 데클란 중 무엇과 비교하자면 내 앞에서 네발로 기었던 데클란의 제사장이 아니라, 데클란의 진짜 본토에 살아가는 데클란의 지배자와 견줘야 할 것이다.

한편 놈은 날 보고도 떨지 않고 있었다.

원종(元種)들만 간직하고 있는 두 쌍의 날개를 진동시키며 나와 같은 고도로 날아올랐다. 내가 올 거란 걸 당연히 알고 있었다는 식이다.

언제나 느끼는 것이지만, 식인을 즐기는 아가리를 꿈틀거리며.

세 쌍의 눈알을 번질거리고 있는 얼굴로.

그렇게 사람 같이 행동하는 것은 그렇다 칠 수 있다.

하지만 나도 아직 사용하지 못하는 의념을 사용하는 것은 납득할 수가 없다.

어떤 말을 지껄여 오려는지는 듣고 싶지도 않았다.

의념을 차단했다.

그러고는 촤악—!

알파로 놈의 목을 휘감고 베타로 놈의 팔을 포함해 상체를 감쌌으며 감마로 다리를 포박했다. 그때 흩어졌던 불씨는 불길로 거세져서, 놈의 전신을 감싼 크기로 타오르기 시작했다.

놈이 고통에 허우적대는 몸부림이 꼬리를 통해 전해져 왔다.

그런데 이것 봐라?

꼬리 힘을 이겨 내는 게 아닌가.

놈이 결박을 풀고 나오려는 시점에서 창을 찔러 넣었다.

그러나 놈의 갑각질(甲殼質)은 그 일격으로 꿰뚫리지 않았다.

불씨와 벼락 파편들이 수없이 튀어 대고 나서야, 쑥—

뚫리는 느낌이 일었다.

창끝이 놈의 등껍질을 뚫고 나왔을 때, 창을 아래로 비틀면서 지상을 향해 있는 힘껏 내던졌다.

콰아앙!

창에 꿰뚫리고 거기에서 파생된 벼락 줄기들에 의해 고통이 가중되는 와중에도, 놈은 계속 창을 움켜쥐고 있었다.

나는 지상으로 착지하며 창 끄트머리를 있는 힘껏 밟았다.

창은 기다란 끝까지 놈의 몸을 관통해 지하로 자취를 감췄다가, 이내 벼락 줄기들을 달고 지상 밖으로 뛰쳐나왔다.

그것을 다시 손아귀 안으로 말아 감았다. 이번에야말로 놈의 얼굴을 산산조각 낼 생각으로 뇌력을 집중시켰던 바로 그때였다.

쏴아악!

갑자기 놈의 전신이 바다 쪽을 향해 빨려가는 것이었다.

순간 나도 중심이 쏠릴 정도로 강력한 흡력(吸力)에 의해서였다.

바다에서 소용돌이가 일고 있었다. 거기로 빨려간 놈을 낚아챈 건 날렵한 마루카 일족의 촉수 하나였다.

둠 인섹툼?

둠 인섹툼은 그라프 일족의 숭배 신이기도 하지만 마루카 일족의 숭배 신이기도 하다.

*   *   *

바다가 잠잠해졌다.

해수면 위로 반쯤 내밀어진 둠 인섹툼의 얼굴을 육안으로 볼 수 있었다.

둠 카소나 성체 그라프들처럼 거대하지는 않다.

그러나 두 개의 눈으로 나를 가만히 주시하고 있는 거기에서 더욱 거대한 뭔가가 그 안에 내재되어 있다는 걸 느낄 수 있었다.

그 냉혹한 힘은 고요했고 침착했지만, 어딘가 불편했다.

제 능력을 다 발휘할 수 없는 처지인 것이다. 둠 카소처럼 저놈, 둠 인섹툼 또한!

"둠 카오스께서 가장 경계하시는 것은 우리 군주들의 내분이다."

둠 카소와 똑같은 소리를 하고 있었다.

"그럼 알고 있겠군. 지금은 내가 선봉장이란 것도."

나는 놈이 얼굴만 반쯤 빼고 있는 게 마음에 들지 않았다.

창을 휘둘러 바다를 베어 버리자, 놈의 몸을 가리고 있던 바닷물들이 그 방향으로 쓸려 나갔다가 원상태로 돌아왔다.

그래도 찰나였지만 놈의 전신을 볼 수 있었다.

크기는 나만 했고 신체적 구조도 양팔의 갈퀴가 거대한 것이나, 그라프의 원종들처럼 날개를 달고 있는 것 빼고는 특별날 게 없었다.

아니, 턱주가리에 마루카 일족의 촉수가 꿈틀거리고 있다는 것까지.

대신 특이 사항은 놈을 결박하고 있는 끈들에 있었다.

강력한 기운으로 만들어진 끈이었으며 목 아래가 전부 동여매져 있었다. 그리고 그 끈은 끝 모를 심해까지 이어져 있는 것 같았다.

성(聖) 제이둔이라는 태고의 홀리 나이트는 실로 강력했던 모양이다.

둠 카소와 둠 인섹툼을 봉인시키고, 둠 엔테과스토와도 맞설 수 있는 정도였으니.

내가 말했다.

"다시 말해 주마. 내가 선봉장이다. 네놈에게는 이래라저래라할 자격이 없다는 것이지."

어쨌든 놈도 둠 카소가 콕 집었던 유적을 노리고 있다 느꼈다. 그렇지 않고서야 이 타이밍에 나타날 수는 없는 법.

어쩌면 놈은 이미 유적을 차지하고 있는 것일 수도 있었다. 사용할 수 없는 처지겠지만.

"뭐라도 지껄이려면 그 봉인부터 해결하도록. 둠 카오스께서도 그걸 바라실 거다."

놈을 자극하고 있음에도 들려오는 대답이 딱히 없었다.

놈의 인격은 과묵하게 생성된 것 같았다. 얼굴 아래부터 해수면 아래로 잠겨 있는 그대로, 날 관찰하는 눈빛이 신중했다.

대답은 한참 후에나 나왔다.

"경고는 소용없겠구나."

놈은 짙은 원한을 남기며 해수면 아래로 사라지고 있었다.

놈도 뭔가를 꾸미고 있다. 서둘러야 한다.

＊　　　＊　　　＊

[* 보관함]
[에오스의 암흑 로브가 제거 되었습니다]

본진으로 돌아왔을 때.

집채만 한 거미들이 돌아다니는 광경부터 펼쳐져 있었다.

그것들은 그라프들의 사체를 땅굴 속으로 가져가는 작업이 한창이었다.

유체 사체는 거미 한 마리가 끌 수 있지만, 중체를 넘어가는 사체들에는 온갖 거미들이 달라붙어 주둥이에 힘을 가하고 있었다.

쪼개서 항문으로 짜낸 실로 동여맨다.

그렇게 그라프 사체들은 땅굴 속으로 사라지고 있었는데, 다른 한편에서는 고위 사제가 만든 것으로 보이는 '치유의 영역'에 생존자들이 운집해 있었다.

거기는 내가 품고 있는 인장, 성스러운 치유의 대지와 흡사했다.

위력에 차이가 상당해도 기본적인 메커니즘은 동일하다는 거다.

나는 사제가 만든 영역에 발을 딛지 않았다. 시험해 보지 않아도 내게 이롭지 않을 거란 직감이 있었기 때문이었다.

드드드.

한편 전투는 끝났어도 대지는 여전히 흔들리고 있었다.

흙들을 분수처럼 쏟아 내며 솟구친 거대 아가리, 내 충실한 만년지주가 성체 그라프의 대가리에 독니를 박고 지하로 끌어당기면서였다.

그때 사색이 된 얼굴로 주위를 두리번거리던 바스만, 아인할 둘과 눈이 마주쳤다. 둘은 몇 남지 않은 생존자 틈 속에 있었다.

바스만이 치유 영역에서 빠져나왔다.

그는 산성 독액으로 가득 차 있는 웅덩이를 성큼성큼 뛰어넘으며 마나를 끌어올린 검사다운 몸놀림을 선보였다.

바스만이 날 향해 던진 첫 마디는 살아 있었냐, 하는 것이 아니었다.

"그대도 봤는가? 성(聖) 제이둔께서 우리를…… 우리를 지켜 주셨네."

녀석의 목소리는 감격으로 떨렸다.

소수의 생존자들이 그렇게 착각할 수밖에 없던 까닭을 곧 알 수 있었다.

여기저기 들려오는 성 제이둔에 대한 전설, 거기에 어김없이 포함되어 나오는 이야기는 '불타는 날개'에 대한 것으로.

태고의 그 홀리 나이트도 불타는 날개를 가지고 있었다.

그래서 만년지주가 만들어 낸 진동에 놀라는 것도 잠깐, 신성에 젖은 눈길을 되찾기 마련이었다. 바스만도 그랬다.

고위 사제를 위시로 이번 탐사는 중단되어야 한다고 결정되던 까닭도 그래서였다. 성 제이둔의 신격이 직접적으로 미치는 성지를 더럽힐 수 없다면서 말이다.

탐사를 중단한다고? 유적이 바로 목전에 이른 지금에 와서?

하는 수 없지, 아무래도 계획을 앞당겨야 할 것 같았다.

탐사는 속행되어야 하니까.

둠 인섹툼을 지척에 둔 이상, 유적에 무엇이 담겨 있고 어떤 일이 벌어지고 있는지 한시라도 빨리 확인해야 한다.

[* 보관함]

[에오스의 암흑 로브가 추가 되었습니다]

로브를 보관함에 집어넣고, 나는 꺼트려 놓았던 불씨를 다시 키웠다.

날개가 시야 옆으로 걸릴 만큼 확 퍼졌다. 바스만은 내 머리 색과 눈동자 색에 놀라지 않았다. 그의 두 눈동자는 불타고 있는 날개로만 가득 차 있었다.

고위 사제와 생존자들이 뭉쳐 있는 곳에서도 탄성이 터졌다.

"성…… 성…… 제이둔…… 이시여."

무릎을 꿇고 있는 바스만을 무시하고는 고위 사제 쪽으로 향했다.

어차피 유적으로 향하는 입구는 찾은 상황이었다. 꼬리 알파로 지면을 내리친 순간, 치유의 능력이 번져 있던 땅에 균열이 생겼다.

그러고는 유리창이 깨지듯 그 하얀 빛무리들도 산산조각이 났다.

그때에도 생존자들은 환희에서 깨어 나오지 못하고 있었다. 경악으로 일그러진 이는 오직 한 사람, 고위 사제뿐이다.

그 얼굴을 내려다보며 말했다.

"사제, 네 입으로 말해 보거라. 내가 제이둔으로 보이느냐?"

그녀는 사지를 벌벌 떨기 시작했다. 대답을 못 하는 것이
었다.

그러거나 말거나 마저 말했다.

"황금도 쥐여 줬겠다, 살려도 줬겠다. 갚아야 할 게 많
지. 끝을 맺어라."

그때 그녀가 쥐어짜 낸 목소리가 절규로 치달았다.

"너, 너는 성자가 아니다아아아아아—"

거기에 대답해 주었다.

"너희들은 나를 이렇게 부르더군. 밤을 몰고 오는 마왕."

고위 사제의 몸에서 떨림이 멎었다. 경직된 두 눈은 깜박
거리지도 않았다.

"둠……."

"둠 맨. 맞다, 나는 그런 이름으로도 불리지."

[게이트 생성을 시전 하였습니다.]

목표는 협회 총본부의 별성이었다.

찢어진 검은 공간에서 촉수들이 꿈틀거리며 나왔다.

*　　　*　　　*

　공기는 한결 스산해져 있었다.

　날개와 꼬리들을 다시 갈무리했기 때문이기도 하지만, 오르까가 등장과 동시에 촉수들을 뻗어 냈기 때문이었다.

　정확히 생존자들의 미간을 겨냥해서였다. 쉐아악거리는 파공음은 날카롭고 신속했다.

　"죽이지 마라."

　나는 그렇게만 던져 둔 후 오르까의 뒤쪽을 눈짓해 보였다. 바스만이 줄행랑을 치고 있었다. 생존자들을 꿰뚫을 듯이 날아갔던 촉수 중 하나가 그 등을 향해서 방향을 꺾었다.

　"그래도 도망자에게는 경고가 필요하겠지."

　오르까에게 뱉은 말이었으나 고위 사제를 바라보면서였다.

　그때 바스만의 외마디 비명 소리가 뒤에서 울렸다.

　"으억—!"

　바스만의 얼굴이 시야를 빠르게 지나쳤다. 위에서 아래로 쿵! 하늘에서 뚝 떨어진 그는 어깨 한쪽에 촉수로 관통된 흔적이 큼지막하게 남아 있었고 거기에서는 짧은 찰나에 작은 촉수들이 생성되어 있었다. 마루카 오염.

　바스만은 기겁하면서도 그걸 떼어 낼 생각조차 못 했다.

고위 사제나 마법사 그리고 아인할을 비롯해 생존자 전원도 바스만에게 신경을 쓸 수 없는 건, 다 똑같은 처지였다.

왜냐하면, 그들 한 명 한 명의 눈앞에서 오르까의 촉수들이 경고를 보내고 있기 때문이었다. 촉수는 그들의 바로 미간 앞에서 멈춰 있었다.

그래서 촉수 끝을 바라보는 눈동자들이 사팔뜨기처럼 중앙으로 쏠려 있었으며 숨을 멎은 코 평수만이 확장된 상태였다.

"모두의 목숨은 네게 달렸다, 사제. 그걸 떠나 너희들은 내게 갚을 빚이 크지."

오르까가 내 눈빛을 받고는 고위 사제를 겨냥하고 있던 촉수를 치웠다. 그제야 고위 사제가 입술을 더듬거리기 시작했다.

하지만 음성은 나오지 않는다.

가쁜 숨소리만 동반한 채, 느릿한 동작으로 생존자들을 둘러보는 게 다였다.

일그러진 그녀의 얼굴은 악을 쓰고 울기 직전인 어린아이의 것과 비슷해져 있었다. 거기에서 눈물이 흘러나오기까지는 그리 오래 걸리지 않았다.

그녀가 고개를 끄덕거리기 시작했다.

*   *   *

오백이 넘었던 탐사대는 이십도 안 되게 줄었다.

희생자들 대부분은 산성이 강한 독극물 속에서 잠겨 있었다.

악취 때문에도 그렇고, 직접적으로 마주치는 참혹한 광경 때문에도 그럴 것이다. 생존자들이 이따금씩 걸음을 멈춘 이유는 바로 그 때문이었다.

"우엑!"

한 명이 토악질을 시작하면 바로 옆 사람에게로 증상이 전염되는 것이다.

그라프가 출몰했던 지역을 벗어나면 그 역겨운 소리도 멈출 것이라 생각했었는데, 꼭 그렇지만은 않았다. 꺽꺽대는 소리들이 자꾸 일었다. 긴장감을 견디기 힘든 것 같았다.

정말로 그 소리들이 멈춘 때는 풍경이 변할 만큼 시간이 지나서였다.

해가 남아 있고, 달이 윤곽을 드러내며, 푸른 행성이 큼지막한 모습으로 천공의 공백을 채워 오는 시각.

사슬이 끌리는 소리만 없을 뿐이지 노예들의 행렬을 눈앞에 두고 있는 듯싶었다. 그것들의 축 처진 발걸음들은 한

없이 무거웠다.

이윽고 도착한 곳은 먼 너머가 잘 보이는 고지대였다. 작은 바위산들이 우후죽순 돋아나 있는 광경을 먼 아래로 펼쳐 두고 있는 곳이었다. 바위산 하나하나가 어떤 거인종들의 무덤 같이도 보인다.

저 무수한 바위산 어딘가에 유적 입구가 있다는 것쯤은 당연한 일일 것이다.

하지만 그때까지도 특별한 징후가 느껴져 오는 게 없었다.

앞서 걷던 고위 사제가 멈춰 섰다. 행렬은 자연히 끊겼다. 성자(聖子)의 유적으로 나를 안내하는 것이 새삼 고통스러운 것이겠지.

오르까가 그녀의 바로 옆을 촉수로 내리쳤다.

짜악—!

행렬은 다시 시작됐다.

*   *   *

거기는 바위 사이의 좁은 틈에 불과했다. 거기가 정녕 유적 입구라면, 숙련된 탐사꾼들의 직감이 아니고서야 찾는 것이 불가능해 보이는 곳이었다.

다시 봐도 경험적 직감이 크게 좌우될 수밖에 없는 곳.

하나 특별한 구석이 없는 그 앞으로 탐사원 한 명이 다가가고 있었다.

나는 그자를 치워 버린 후 바위틈을 들여다보았다. 개안으로도 마찬가지다. 틈을 만들고 있는 바위끼리 저 끝에서 맞물려 있는 것만 확인될 뿐이었다.

그때 처음으로 이상한 징후가 느껴졌다.

감각을 끝까지 곤두세우고 설계에 집중해 왔던 그때처럼.

초극(超極)으로 몰입하고 나서야, 아주 미세하게나마 마나의 흐름이 일반적이지 않다는 깨달음이 뇌리를 스쳐 갔다.

위장이다…….

여기가 발견되지 않도록 어떤 존재가 인위적으로 형성해 둔 것이다.

바로 코앞에 두고 대상을 꼭 집어 몰입해야만 그 정체를 판단할 수 있는바, 그간 아무리 감각을 퍼트려 왔어도 찾아내려야 찾아낼 수가 없던 것이다!

찌릿한 느낌이 등줄기를 타고 올라왔다. 나보다 훨씬 강력한 존재.

예컨대 제이둔이나 둠 엔테과스토 같은 존재들이 아니고서는 그 누가 이런 수준의 위장을 펼칠 수 있겠는가.

여기는 유적 입구가 틀림없다. 틈 안으로 보이는 평범한 광경은 나까지도 홀리는 환영일 수밖에 없는 것이고.

팔을 집어넣었던 때였다. 환영은 깨지지 않고 그대로였다.

피부가 따가워지는 느낌이 도드라졌다. 이게 어떤 현상인지 왜 모를까. 바위틈을 경계로 바로 저기에 이계의 마나가 고도로 집약되어 있다는 거다.

성(星) 드라고린의 종족들에겐 모태의 평온함을 선사하겠다만.

내게는 아니다.

내게 이계의 마나는 올드 원의 적개심이 그대로 미쳐 있는 독에 불과한 것.

그 반응으로 피부가 따가운 것이다.

내 신체에 직접적으로 영향을 끼칠 만큼이나…….

나는 팔을 빼내면서 바위를 뜯어냈다. 바위에 지탱되고 있던 위의 바위들도 그리고 또 떨어지는 다른 바위들도 전부 걷어치웠다.

그러고 나자 앞에는 아무것도 남겨져 있지 않았다. 어떤 결계가 육안으로 확인되는 형태를 띠며 형성된 것은 아니었지만 분명히 그것은 내 앞에 존재했다.

일단 여기까지 달고 온 녀석들을 먼저 진입시키기로 마음먹었다.

"들어가라, 사제."

이렇게 고도로 위장된 형태의 유적을 본 적은 물론 들은 적도 없기 때문일까.

고위 사제와 생존자들 모두는 내 말을 이해하지 못했다. 그들은 당황하던 중이었다. 유적 입구라 확신하고 있던 곳을 걷어 내고 나니, 남아 있는 것이 아무것도 없기 때문일 것이다.

그때 사제의 팔을 잡아당겨 위장막 너머로 밀어 넣었다.

온몸이 전부 위장막을 넘어가고 나서야, 휘청거리던 그녀의 모습이 사라졌다.

오르까에게 고개를 끄덕여 보였다. 그러자 오르까도 내가 무엇을 바라는지 깨닫고는 한 녀석씩 그 안으로 집어 던졌다.

달고 왔던 녀석들이 유적 안으로 전부 다 사라졌을 때 만년지주가 지상으로 모습을 드러냈다. 둠 인섹툼이 해수면에서 그랬던 것처럼 얼굴만 살짝 드러낸 것에 불과했어도 워낙에 큰 탓에, 주변의 붉은 토양들이 그 움직임에 의해 흘러내린다.

그리고 일대 지하 속에선 만년지주가 달고 온 대형 거미떼들이 우글거리는 게 느껴졌다. 이것들과 오르까라면 파수병(把守兵)으로 충분할 것이다.

"지키고 있거라."

오르까에게 그렇게 말을 던져 둔 다음 첫발을 내디뎠다.

화악!

게이트를 넘을 때 수반되어 오는 느낌과 비슷했다.

넓은 홀이 펼쳐졌다.

균열이 가 있는 바닥 위에선 오르까가 집어 던진 그대로 탐사대원들이 쓰러져 있었다.

마나를 느낄 수 있는 자들은 가득 차 있는 마나를 느껴서, 마나를 느낄 수 없는 자들은 갑자기 바뀐 광경에서 두 눈을 부릅뜨고 있었다.

제일 먼저 눈에 띄는 건 어디에나 박혀 있는 고문자들이었다.

발을 딛고 있는 바닥만 해도 그랬다. 곳곳에 쓰러져 있는 거대 기둥들에도 고문자들을 흔하게 찾아볼 수 있었다.

성 카시안의 기록서에서나 볼 수 있는, 지금의 이계에서는 쓰이지 않는 문자들.

따끔하게 닭살이 이는 팔을 쓰다듬으며 주위를 관찰했다.

천장은 높았고 창 같은 건 없었다. 빛을 내는 장치가 어디에도 없는데, 안이 밝은 건 또 어떤 초자연적인 현상인 것인지 알 수 없다.

벽도 바닥도 쓰러져 있는 기둥들까지도 정신병동이 생각나게끔 새하앴다.

그때 퍼뜩 미치는 느낌에 발에 힘을 줘서 바닥을 눌러 보았다. 응당 부서지고 깊게 파여야 할 바닥은 그래도 그대로였다. 근력을 최고조로 끌어올려 봤지만, 다리만 후들거린다.

석재처럼 보여도 석재가 아니다. 뇌리로 충격이 강타했다.

엔더 구간의 근력으로도 부서지지 않는 물질들로 구성된 공간?

그런데도 쓰러진 기둥들이며 쩍쩍 갈라져 있는 바닥이며…….

전투가 있었던 흔적들을 쉽게 찾아볼 수 있는 것이었다. 아마도 둠 엔테과스토와 제이둔이 싸운 흔적일 터.

그때 고위 사제에게서 바스만의 배 밑에 깔려 있을 때나 나왔던 간드러진 소리가 나왔다.

"아…….."

어느새 그녀는 주위를 배회하고 있었다. 그녀의 두 눈에선 그간 내게 보여 왔던 공포심이 지워져 있었다. 죄책감도 함께 말이다.

어떤 본능에 이끌리듯 발걸음이 느릿하고, 두 눈은 환상을 좇듯 흐리멍덩했다.

나도 그녀의 시선이 고정된 방향으로 눈길을 가져갔다. 거기에는 락리마의 사제단이 쓰는 문장이 크게 박혀 있었다.

그 문장에도 바닥에 나 있는 균열과 같이 금이 무수히 가 있었는데, 그녀는 그것을 보며 감격에 사무쳐 온몸을 떨고 있었다. 반쯤 열린 입술, 멀어진 초점. 영락없이 맞다. 바스만의 배 밑에 깔려 있을 때 보였던 그 얼굴이다.

다른 자들의 사정도 마찬가지라서 그들 모두는 성령(聖靈)을 맞이한 듯한 기쁨으로, 나를 까마득히 잊고 있었다.

심지어 '마루카 오염'으로 촉수를 달고 있는 바스만까지도 멍하니.

그나마 아인할만이 나를 힐끔 바라봤다가 사제에게 다가가는 것이었다.

"마놀리아 님. 마놀리아 님……."

그가 여러 번 속삭인 끝에 사제는 나와 눈을 마주쳤다. 잠깐 잊어버렸던 현실을 깨달았기 때문인지, 환상에 젖어 있던 떨림도 그치면서였다.

하지만 거기까지다.

무엇이 그네들을 반기고 있는지는 눈치챈 녀석이 없었다.

홀에서 복도로 이어지는 아치 형식의 통로. 나는 그쪽으로 몸을 던진 즉시 손아귀로 잡혀 들어오는 것을 그대로 비틀었다. 방어막은 존재하지 않았다.

투둑. 뼈마디가 끊기는 소리가 들렸다. 미지근한 핏물이 손등을 타고 팔꿈치까지 흘러내리는 것도 그때 느껴졌다.

사체는 은신 상태에서 천천히 제 모습을 드러내기 시작했다.

역시나 그라프 일족이었다. 이족보행을 하는 놈이지만 강력한 원종(元種)은 아니고, 그 사생아의 사생아 격인 낮은 등급의 몬스터였다.

복도에는 그런 것들이 득실거렸다. 감각을 집중시키자 뚜렷한 본 모습은 아닐지라도 그것들이 운집해 있는 형태만큼은 고스란히 그려 낼 수 있었다.

전부 다 은신 상태.

역시나, 여기는 그라프 일족의 손아귀에 들어가 있었던 것이다.

[데비의 칼을 시바의 칼로 변환 하였습니다.]
[시바의 칼을 시전 하였습니다.]

주먹만 한 화염구는 놈들의 중앙에서 터졌다. 죽음과 함께 은신이 깨져 버린 것들의 팔다리가 사정없이 날아다녔다.

놈들은 시바의 칼이 터져 버리던 순간 그렇게 폭발해 버렸는데, 정작 복도는 생채기 하나 없이 전과 동일한 모습이었다.

가 있는 균열이라고 해 봤자 오래전부터 남아 있던 것들뿐.

시바의 칼에 의해 새로 새겨진 균열이 없는 것이다. 나는 미간을 굳히며 속도를 끌어올렸다. 그렇지 않아도 따끔거리던 피부가 슬슬 통증으로 도드라지던 때였기에, 신경이 곤두서고 있었다. 운 좋게 폭발을 피했던 놈들을 하나하나 찾아서 이 주먹으로 직접 터트려 주었다.

얼굴로 튀어 대는 핏물은 더럽고, 잡것들이 주제도 모른 채 덤벼드는 것 또한 성가셨다.

그렇게 복도에 남아 있던 놈들을 다 제거해 놓은 후 홀로 돌아왔던 때였다.

아인할과 녀석에게 동참한 또 다른 녀석, 그렇게 두 녀석의 뒷모습이 보였다. 잠깐 틈을 줬다고 그새 도망치려고 해?

녀석들을 향해 몸을 던진 즉시, 양손에 하나씩 녀석들의 뒤통수가 움켜잡혔다.

그것을 바닥에 내리꽂았다.

콰직—!

사후 경련의 떨림이 터져 버린 그 얼굴들이 밑에서 꿈틀거렸다.

그때 내가 무슨 표정을 짓고 있었는지는 모르겠다. 분명한 건 내게 쏠려 있던 이목들이 겁에 질려 사색이 되어 있다는 거 하나였다.

주르륵 흘러나와서 큼지막하게 고이는 핏물. 그 광경이 내 심장 박동을 빠른 박자로 조금씩 끌어올리고 있었다.

그때 뭔가 잘못됐음을 직감했다. 쓸데없이 흥분하고 있다니.

[* 보관함]

[루네아의 빛이 제거 되었습니다.]

[루네아의 빛 (아이템)]

아이템 등급 : S

아이템 레벨 : 482

효과: 사용 시, 공격대 전원에게 축복 '루네아의 빛'이 적용 됩니다.

물리 방어력 : 5000 / 5000

마법 방어력 : 10000 / 10000

재사용 시간: 1일]

[루네아의 빛을 사용 하였습니다.]

Chapter 7.

[부정 효과 '알 수 없음' 이 제거 되었습니다.]

효과가 있었다. 쓰라린 통증으로 변했었던 피부의 반응
도 상당히 가라앉았다. 이젠 약간씩 간지러운 게 전부다.

올드 원의 마나가 내게 어떤 식으로든 영향을 크게 미쳤
던 것이 분명해졌다. 나는 목 뒤를 긁적거리며 자세를 곤두
세웠다.

"도망쳐 본들, 바깥에 무엇이 기다리고 있는지는 직접
봐서 알겠지."

고위 사제에게 여기가 어디인지 설명해 보라는 눈빛을

보낸 후였다.

당연한 단어가 언급됐다. 신전. 그것도 '락리마의 전당'
이라고 하는, 성(聖) 카시안의 기록물에서나 그 존재를 확
인할 수 있었던 세 곳 중의 한 곳이란 것이다.

엘프들의 엘슬란드에 웅장한 자태로 여전히 존재해 있다
고는 하나.

나머지 두 곳의 위치는 밝혀진 바 없다는 설명까지 따라
붙었다.

그러고는 말미에 이렇게 덧붙였다.

"거래를 잊지 마…… 시오"

그 말을 무시하고선 마법사 쎄레빌 쪽으로 관심을 돌렸
다. 복도에서 폭발이 일고, 홀에서도 두 사람이 죽어 나갔
는데도 그는 세상 편한 자세로 두 눈을 감고 있었다.

본시 그의 심장에 새겨져 있는 고리는 세 개였다.

그리고 이제.

작은 사슬들을 하나씩 엮어 나가듯이 네 번째 고리를 형
성하려는 작업이 진행 중에 있었다. 그뿐이랴. 바스만도 같
은 피가 흘렀던 혈족의 죽음에 원통해하기는커녕, 어느덧
검을 쥐고 무아지경(無我之境)에 빠져 있는 상태였다.

그렇게 내게 집중된 이목은 마나를 다루지 못하는 몇몇
이 다였다.

여기는 기이한 곳이다. 둠 엔테과스토와 제이둔의 싸움으로 난장판이 되어 있는 반면 올드 원의 마나가 풍부하다 못해 넘쳐흐른다.

또한 올드 원의 마나가 내 감각 망을 방해하고 있어, 그라프들이 어디에 얼마만큼 깔려 있는지도 즉각 파악이 되지 않는 곳이었다.

문득.

복도에서의 폭발로 여기까지 튀어나온 사체 하나가 눈에 띄었다. 찢겨진 상체 하나에, 마석이 갈비뼈를 뚫고 나와 있었다. 검은 색채로 똘똘 뭉쳐 있어야 할 마석인데 그 색채가 흐릿했다.

회색 빛깔을 띠는 마석은 또 처음이었다. 한 가지 추정을 해 볼 순 있었다.

올드 원의 마나는 나를 정도 이상으로 흥분시켰지 않았던가. 그렇듯 올드 원의 힘이 몬스터들의 내부에도 큰 영향을 끼쳤다고 말이다.

그때였다.

마나를 다루는 자들이 다들 무아지경에 빠져 있듯.

고위 사제에게도 어떤 반응이 있을지 모른다는 생각에 주시하고 있던 때였다.

고문자들이 빛나기 시작했다. 벽면에서도. 덩어리 채로 떨어져 나온 파편들에서도. 기둥에 박혀 있는 글자에서도 전부.

마나의 흐름이 매우 세차게 요동치며 고위 사제를 중심으로 돌기 시작했다.

내게 설명을 끝낸 이후로 줄곧 벽만 쳐다보고 있던 고위 사제였는데, 그 등 뒤로 후광이 비치는가 싶더니 그녀의 몸이 크게 달싹거렸다.

그러다 한순간이었다. 그녀의 양팔이 쫙 펴지고 고개는 있는 힘껏 뒤로 젖혀졌다.

눈알이 제멋대로 희번덕거려지며 침과 콧물이 흘러내리고 있었다. 혓바닥도 입 밑으로 축 늘여져 나와서, 신성해 보이는 밝은 빛과는 전혀 어울리지 않는 흉한 얼굴이었다.

가뜩이나 그녀의 이마에선 혈관이 바로 터질 듯이 부풀었다가 또 가라앉길 반복하고 있었다.

솔직히 이쯤에서 그녀를 제거해 둬야 하는 게 아닌가 싶었다. 척 보기에도 뭔가 강력한 변화가 진행되고 있었으니까.

적어도 목숨을 끊어 놓을 게 아니라면 최소한의 조치 정도는…….

화르륵—!

꼬리 알파와 감마가 양 끝 시야를 뚫고 나왔다.

고위 사제의 쫙 벌려진 팔 하나씩을 휘감은 즉시, 남은 꼬리 하나는 그녀의 다리를 휘감았다.

날개로 화염의 뒷벽을 형성한 다음. 한 손으로는 그녀의 목을 움켜잡아 벽으로 밀어붙였다.

쾅!

[* 보관함]
[제우스의 뇌신 창이 제거 되었습니다.]

아직 오딘의 분노 효과가 남아 있었다. 벼락 줄기들이 꿈틀거리는 창끝은 그녀의 옆구리를 꿰뚫어 심장을 관통해 나올 방향으로 겨눴다.

그 상태로 그녀의 귓가에 대고 말했다.

"사제. 락리마는 여기 없다."

그 말이 그녀에게 깃든 방아쇠를 당겨 버린 모양이었다.

내게 저항하려는 힘이 부딪쳐 오기 시작했다.

＊　　　＊　　　＊

확실히 신전은 모두를 변화시키고 있었다. 바스만은 소드 익스퍼트 구간으로 도약했으며 쎄레빌은 네 개의 고리를 형성했다.

그래 봤자 우리들로 치자면 브실골을 간신히 면한 수준 밖에 안 된다.

하지만 사제는 달랐다. 죽음의 대륙을 건너온 그라프 원종(元種)처럼, 꼬리들에 저항하며 이를 갈기 시작했다.

나는 그녀의 얼굴을 수차례 벽에 박았다.

그녀의 얼굴을 벽에 처박을 때마다 밝은 빛이 터져 댔다.

신전을 세우고 있는 지축이 우르릉거리며 흔들려 대지만, 그녀의 얼굴이 직접적으로 강타된 벽만큼은 정말로 생채기 하나 나지 않았다.

있는 힘껏 밀어붙이자 그녀의 얼굴이 벽에서 옆으로 짓눌렸다.

축 늘어진 혀며 초점이 없는 눈동자는 여전하였다. 하지만 히죽거리며 고통을 즐기는 듯한 미소를 지어 보이는 것이었다.

신전과 사제, 한 쌍의 잘 어울리는 세트 아니던가.

신전에 남아 있을 혹 모를 비밀 때문에 끝까지 살려 두고 있었던 것이었는데 그때도 그러한 생각에는 변함이 없었다.

대신 웃지 못하게 만들어 줘야겠다고 생각했다. 뭐에 홀렸든 정신이 퍼뜩 들게.

그녀의 얼굴을 뒤로 젖혔다가 다시 벽을 향해 처박았다.

그런 다음 꼬리 방향을 꺾어서 바닥에 내동댕이쳤다. 나는 그녀 위에 올라탔다.

창은 아예 허공으로 던져둔 상태였다. 양 주먹이 자유로웠다. 거기에는 근력에 더불어 민첩까지 최고조로 담겼다.

퍼억! 퍼억! 퍼퍼퍼퍽—!

주먹이 교차하는 순간마다, 그 힘이 탄성(彈性)으로 엉덩이를 향해 올라왔다.

비웃는 미소를 띠면서도 빠져나오려는 몸부림이 거센 것. 신성한 빛을 띠면서도 침을 질질 흘리며 흉한 표정을 짓고 있는 것.

모순의 향연이라고밖에 할 수 없던 것도 슬슬 마지막이 보였다.

그녀의 표정이 일순간 경직된 것이다.

그녀를 감싸 돌던 마나의 흐름도 원상태로 돌아가며, 그녀를 보호해 줄 빛은 한 점 남김없이 사그라들었다.

내 주먹은 그녀의 얼굴 바로 앞에서 멈췄다. 비명 소리는 그제야 터져 나왔다.

풍압이 스치고 간 그대로 그녀의 피부는 다 찢겨져 있었다. 눈도 질끈 감긴 채로 핏물이 새어 나오는 중이었다. 콧물을 그리도 질질 흘리던 콧잔등 또한 이미 뭉개진 채였다.

별 볼 일 없는 사제로 돌아간 것인데, 이것 봐라?

멈췄다고 생각했던 마나의 흐름이 다른 방향에서 날뛰는 게 느껴졌다.

바스만 쪽이었다. 흐리멍덩한 눈빛이며 어김없이 늘어진 혀가 사제에게서 일었던 변화와 동일했다.

나는 벼락 줄기를 끌어당겨 창을 움켜쥐었다.

"슬슬 지겨워지는군."

바스만에 이어 쎄레빌까지 제압한 후에 느낀 점은 하나였다.

마나에 깃들어 있던 뭔가가 이것들의 몸을 통해 밖으로 빠져나오려 시도했다는 것.

그러나 내가 그럴 시간을 허락해 주지 않았다는 것까지가, 모두가 쓰러져 버린 직후 정리한 생각이었다.

나는 목 뒤를 긁적이며 자리를 옮겼다. 사제의 앞이었다.

주먹의 풍압(風壓)에 노출된 결과로 엉망진창이 된 그 얼굴에선 기도문이 매우 느릿하게 흘러나오고 있었다. 그녀가 기도를 그치며 목숨을 애걸하듯 말했다. 제발, 이라고.

이것들에게 무슨 일이 일어났던 것인지 직접 듣고 싶었다.

한 발자국 뒤로 물러서서 치유를 할 수 있는 시간을 허락했다. 그녀의 기도가 완성되었을 때, 그렇지 않아도 넘쳐흐르던 장내의 마나까지 결합되었다.

그 빛은 그녀뿐만 아니라 다 죽어 가던 바스만과 쎄레빌에게도 흘러갔다.

하지만 그것들에게나 그런 것이지, 내게 살짝 닿았을 때는 불쾌감이 확 치밀어 올랐기 때문에 거리를 더 벌려 두고 있었다.

처음의 말끔한 얼굴로 돌아온 사제가 몸을 일으켰다.

무슨 일이 있었냐고 물으려 했던 것도 잠깐, 그녀가 복도 너머를 응시하는 옆모습에서 뭔가를 특정하고 있다는 걸 눈치챌 수 있었다.

사제를 비롯한 탐사대원들의 몸을 통해 빠져나오려고 했던 그것.

그것의 본체(本體)를 향해서일 거라는 생각이 퍼뜩 든 것이다.

그래서 그녀에게 해 줄 말은 딱 한 마디였다.

"앞장서라, 사제."

*　　　*　　　*

그라프들이 상당했다.

그리고 그것들은 하나같이 회색빛으로 변질된 마석을 품고 있었다.

날 공격하는 데도 거침이 없었다. 그렇다고 올드 원에게 정신이 지배되었다고는 느껴지지 않았다. 사제까지 공격하려는 것을 보면 말이다.

동족을 분간하는 것 외에는 정상적인 사고로 움직이는 것 같지 않았다. 눈에 보이는 건 모조리 공격할 정도로 통제 불능인 것들이었다.

그랬다.

어째서 그라프 일족의 날개 단 원종(原種)들이 보이지 않는가 했더니, 여기에 들어왔다간 제정신으로 빠져나갈 수 없기 때문인 것 같았다. 둠 인섹툼이야 바다에 묶여 있는 처지고.

둠 인섹툼이 여기를 생각하며 손가락만 빨고 있었을 것을 떠올리면 고소를 금할 수가 없었다.

어쨌거나 사제는 마나에 휩쓸렸을 때 길을 분명히 보고 온 게 맞았다.

그녀의 발걸음에 고문자들이 빛을 발하고, 존재하지 않았던 통로들이 나타나는 일이 빈번히 일어나는 중이었다.

그리고 마침내 도착한 거기!

거기는 둠 엔테과스토와 제이둔이 크게 격돌한 게 분명한 장소였다.

바닥에 균열이 가 있거나 대들보들이 쓰러져 있는 식이

아니었다. 그런 것들 따위는 전부 파괴된 채로 운석 구덩이처럼 거대한 충격의 흔적만 잔존해 있는 곳이었다.

사제가 전방을 가리키는 팔은 부르르 떨리고 있었다. 사제로서 결코 하지 말아야 할 배덕을 저질렀다는 자괴감 하나, 자신들의 운명을 내게 맡긴 불안함 둘.

내가 그녀의 어깨를 툭툭 치고 지나갔을 때는 자신의 얼굴을 감싸며 주저앉아 버렸다.

"사제께선 어쩔 수 없으셨습니다."

그때만큼은 그녀를 위로하는 바스만의 목소리가 감미롭게 들렸다.

이번에 심장이 두근거리는 것은 결코 올드 원의 마나 때문이 아니었다. 구덩이 중심부에 검 하나가 버려져 있는 걸 발견한 이후부터, 기분 좋은 흥분이 가슴벽을 두드리고 있었다.

검에 가까이 다가섰을 때였다. 검 스스로 홍염(紅焰)의 불길을 피워 올리며 나를 위협하는데, 내게는 그것이 환영식으로밖에 보이지 않았다.

위험한 기운이 내재되어 있는 건 틀림없었다. 그러나 검은 완전한 상태가 아니었다.

날이 두 동강 나 있었고, 부러진 날은 어디에서도 보이지 않았다.

일단 꼬리 알파로 그것의 자루를 움켜쥐었다.

[성(聖) 제이둔의 부러진 검]

아이템 정보가 다 띄워지기 전. 그런데 메시지 문구들이 흔들리는 게 아닌가?

~~[성(聖) 제이둔의 부러진 검]~~

금이 쫙 그어지기 무섭게.

[더 그레이트 레드의 심장 반쪽]

그 위로 새로운 메시지가 덮어 씌워지는 것이었다.

*　　　*　　　*

신마대전에서 무수한 전설을 남겼던 성 제이둔이 에이션트 드래곤 중 하나라는 사실 자체만으로는 별 감흥이 없었다.

밑으로 추가되는 문장을 기다렸다.

　　[더 그레이트 레드의 심장 반쪽 (아이템)

　　더 그레이트 레드의 총체(總體) 중 절반입니다. 하지만 쪼개진 당시의 권능과 의지가 강하게 깃들어 있습니다. 이 상태로는 아무런 의미가 없습니다. 정화가 필요해 보입니다.

　　아이템 등급: ?
　　아이템 레벨: ?]

　　[* 당신의 소유물로 정화시키기에는 권능 수치가 현저하게 낮습니다.]

……잠깐!

조금 전 그 느낌은 무엇이었지?

정보 창이 떴던 동시에, 스킬과 특성을 담당하고 있는 껍질 안에서 뭔가 큰 울림이 있었다. 돌이켜 보면 아이템명이 수정될 때에도 비슷한 느낌이 있었던 것 같았다.

하지만 아무 일도 없었던 것처럼 다시 잠잠해져 버렸다.

어떤 느낌인지 되짚어 보려 했지만 이미 사라진 뒤였다.

다음을 기약할 수밖에 없었다. 다시 부러진 검의 자루로 시선을 가져갔다.

어쨌거나 심장 반쪽을 당장 쓸 수가 없다고 해서 실망할 일은 아니다.

거대 구덩이 안에는 신전을 구성하고 있던 물질들이 다 조각난 채 수북이 깔려 있었다. 파편들이 쌓여서 만들어진 표면 위에는 이것만 덩그러니 남아 있었지만, 안을 뒤져 본다면 이야기는 또 달라질 것이다.

심장 반쪽을 건드렸던 당시, 밑에서 꿈틀거리는 강한 기운을 느낀 바 있었다.

날개와 꼬리들.

그리고 뇌력을 집중시킨 뇌신 창으로 일제히 바닥을 때렸다.

쾅!

신전 파편들은 크기가 다양했다. 어떤 것은 주먹만 한 크기로, 또 어떤 것은 집채만 한 크기로. 그것들이 바닥의 충격을 머금으며 일제히 허공으로 치솟아 올랐다.

그것들이 아래에서 위로 빠르게 스쳐 대는 광경 속에서 거무튀튀한 물체들이 시야에 잡혀 들어온 것은 바로 그때였다.

꼭 그것들이 품고 있는 기운 때문만이 아니더라도, 파편들 전부가 새하얗기만 했기 때문에 그 속에서 검은 색채를 띠는 그것들을 구분하는 건 쉬운 일이었다.

뇌력 줄기로 끌어당겼다. 그렇게 하나씩 수거되었다.

직전에 치솟아 올랐던 신전의 파편들이 우수수 떨어져 내리는 것쯤이야 한 번의 손짓으로 날려 보냈다. 그러고 나자 큼지막하게 쌓인 검은 물체들이 하얀 배경 속에서 강조되었다.

기대했던 물건은 있지 않았다.

그러나 검은 물체 하나하나에 명명된 이름들은 단연 눈에 띌 수밖에 없다.

더 그레이트 레드에 이어, 둠 엔테과스토의 이름이 직접적으로 거론되고 있었으니까.

[둠 엔테과스토의 24개 늑골 중 3번째 (아이템)]
[둠 엔테과스토의 24개 늑골 중 21번째 (아이템)]
[둠 엔테과스토의 24개 늑골 중 7번째 (아이템)]
…….
[둠 엔테과스토의 24개 늑골 중 18번째 (아이템)]

아이템명에서도 그랬다. 그렇지만 명칭을 보지 않아도 검은 물체 하나하나는 어느 거인의 갈비뼈 형태를 고스란히 간직하고 있었다.

그런데 갑자기 움직였다. 24개 늑골 전체가 혼자서 짜맞춰지는 것이었다. 그러더니 핏빛 오라를 아지랑이처럼 피어 올렸다.

그때 꼬리에 쥐어져 있던 심장 반쪽도 강한 반응을 보였다.

이것들은 쪼개지거나 뜯겨졌던 당시의 적의(敵意)가 남겨져 있는 모양이었다.

심장 반쪽은 강력한 힘을 가지고 스스로 꼬리의 결박을 풀어헤쳤다. 처음에 나를 맞이했던 그 홍염(紅焰)의 불길이 또 치솟아 올라, 사람의 형체를 갖춰 나가기 시작했다.

둠 엔테과스토의 갈비뼈들에서도 핏빛 오라가 같은 현상을 만들어 내기 시작했다.

홍염으로 만들어진 사람 형체. 그리고 갈비뼈를 모태(母胎)로 한 핏빛 오라가 만들어 낸 거인 형체.

그림자 같은 실루엣을 구성하려는 속도가 정말이지 빨랐다.

그것들이 완전히 완성되도록 기다릴 마음은 조금도 없었다.

둠 엔테과스토와 더 그레이트 레드가 진짜로 맞붙는 것이라면 내버려 뒀을 것이다. 서로 공멸해 버린다면 그것만큼 더 좋은 일도 없을 테니까.

그러나 고작 본체에서 떨어져 나온 신체 일부분끼리 벌이는 짓이었다. 그마저도 내 수중으로 들어오기 직전에 말이지.

망가지도록 내버려 둘쏘냐!

쉬악— 빠지직.

창끝으로 핏빛 오라의 밑동을 찔러 넣고.

화악— 화르륵.

날개를 크게 접었다가 펴 버리는 식으로 홍염을 때렸다.

눈앞이 번뜩였다. 사물이 분간되지 않았다. 두 형체도 멀찍이 날아갔지만, 나 역시 그때 튕겨져 나온 힘에 영향을 받았다. 힘은 손목과 날개를 침입해서 뇌리까지도 침투해 버린 듯했다.

가까스로 장내의 외벽에 부딪히기 직전에 멈춰 섰다. 시야는 온통 흐릿하기만 했다. 뭔가 큰 물체들이 나를 향해 날아오고 있었다.

첫 번째 것은 알파로, 연달아 날아든 두 번째 것은 감마로 쳐 냈다.

그러나 이어서 쏟아져 온 것들이 상당했기에 전신을 날개로 감쌌다.

그것들은 크기와는 상관없이 굉장한 힘으로 날려 보내진

것들이었다. 맞다. 바닥에 무수히 쌓여 있었던 그 많은, 신전 파편들이다.

둠 엔테과스토와 더 그레이트 레드의 형체가 격돌하면서 사방을 날아다니기 시작한 것들.

그것들이 날개를 때려 댈 때마다 충격이 뒷골을 흔들어 놓았다. 시야가 회복되려다가도 다시 흐릿해지고 마는 건 그 때문이었다.

괴력자로 상쇄할 수 있는 상황이 아니었다.

단단한 신전 파편들이 나를 때려 대는 건 두 형체의 격돌에서 파생된 현상에 불과하니까.

[* 보관함]
[오딘의 황금 갑옷(전쟁의 신)이 제거 되었습니다.]
[라의 태양 망토가 제거 되었습니다.]

[오딘의 황금 갑옷(전쟁의 신)이 오딘의 황금 갑옷 (전투의 신)으로 변환 되었습니다.]
[오딘의 황금 갑옷(전투의 신)을 사용하였습니다.]
[발키리가 소환 됩니다.]

잠깐이면 됐다.

발키리들의 뒷모습이 뚜렷이 보였다.

그녀들이 정면과 측면에 방패 벽을 형성하고 있었는데, 신전 파편들은 부딪쳐 오기 무섭게 튕겨져 나가고 있었다.

발키리 하나하나는 소환물이지만 외양만으로는 사람과 구분하기가 힘들다.

물리 충격을 상쇄시킬 때마다, 그녀들의 등 근육 또한 조밀조밀하게 움직거리며 금색 단발머리들도 함께 찰랑거렸다.

*　　*　　*

방패 벽 멀리.

거대 구덩이 끝부분에서 일어난 두 형체의 싸움은 격렬했다.

원시(元始)의 포악한 짐승 두 마리가 서로를 잡아먹지 못해서 안달이 난 듯한 그 광경에서, 신전의 많은 방 중 여기만 유독 모든 게 파괴되어 있었던 이유를 알 것 같았다.

산산조각 나 있던 신전 파편들은 한 번에 형성된 게 아니었다.

둠 엔테과스토와 더 그레이트 레드의 진짜 싸움이 끝난 이후로도, 저 형체들의 그때 남은 의지에 의해 계속 움직이고 있었던 것이다.

전투, 전투, 전투! 남겨진 원수의 모가지를 따려는 강한 의지!

심장 반쪽을 잃어버렸던 더 그레이트 레드. 갈비뼈가 뜯겨져 나갔던 둠 엔테과스토.

양패구상(兩敗俱傷)했던 당시의 싸움은 어쩌면…….

어쩌면 시간이 역행되기 오래전에 있었던 일인 반면, 시간 역행의 영향을 벗어났던 일인지도 모른다는 생각이 번뜩 들었다.

둠 엔테과스토의 라이프 베슬은 여기서 파괴된 것인가?

그게 사실이라면 많은 부분들이 달라진다. 일단 성(星) 드라고린은 시작의 장이 끝난 후에 생성된 것이 아니게 된다.

성(星) 드라고린은 올드 원으로서는 더 이상 물러날 곳이 없는 곳입니다. 본인의 권능을 집약시켜 창조해 낸 전장이기 때문입니다. 그렇게 올드 원의 최후 항전이 격렬한 곳입니다.

둠 카오스가 여기를 그렇게 표현했던 것은 놈의 시각에서였지, 올드 원의 시각에서라면 이렇게 표현될 수도 있는 일이다.

성(星) 드라고린은 반드시 지켜져야만 하는 곳입니다. 위대한 권능이 집약된 태초의 세계로, 유일무이하게 둠 카오스의 공격을 막아 오고 있던 곳이기도 합니다.

둠 카소가 본 시대 말기에나 모습을 드러냈던 것도 설명이 된다. 그만큼 시간이 흐른 후에야 봉인에서 해방되었다면.

성 드라고린의 종족들도 마찬가지다.

우리 본토의 창작물을 본떠 만들어진 것이 아니라.

플라톤의 이데아론처럼, 여기에 이미 존재하고 있던 것들이 우리네 본토에까지 그 그림자를 비추고 있었던 게 된다.

생각이 꼬리에 꼬리를 물며 여러 갈래로 뻗어 나가려던 그때.

멀리서 놀란 목소리가 잡혔다.

"으악!"

고위 사제의 목소리였다. 힘과 힘이 충돌하는 장내를 멀찍이 벗어나 있었다. 우리가 지나쳐 온 복도 중 한 곳에서였고, 생존자는 그들 셋밖에 남아 있지 않았다.

무시하려고 했는데 이어서 느껴지는 낌새가 색달랐다.

기포가 툭툭 터지는 소리 하며 바닥을 끄는 소리 또한 도드라졌다.

고위 사제, 바스만, 쎄레빌. 셋의 반대편에서 기어 오는 게 있었다.

신전은 원체 거대했다. 복도 천장은 높았다. 그럼에도 복도를 전부 채워 버리며 대가리부터 들이밀고 오는 그것은 셋을 얼어붙게 만들기에 충분한 모습을 띠고 있었다.

그라프들의 사체들이 녹고 뭉쳐서, 만들어진 괴물이었다. 지나쳐 오며 죽여 온 것들이 다 거기에 뭉쳐져 있는 것 같았다.

그런데 꼭 그라프 사체들만 있던 것도 아니었다.

얼굴이 터져 죽은 아인할과 탐사대의 한 사체도 그 괴물의 대가리를 구성하고 있었다.

가로로 누워 있는 아인할의 사체가 윗입술.

아래 위치에서 움직이는 자가 아랫입술. 그리고 양옆은 그라프들이 녹아 만들어진 덩어리들이 입가 근육이랍시고 달라붙어 있었다.

거기에서 뭉개진 목소리가 한 음절씩 토막 나서 나왔다.

"당. 장. 떠. 나. 라."

그간 온갖 흉측한 꼴은 다 봤다고 자부할 수 있었는데, 사체들로 만들어진 저 괴물을 앞에 두고 있자니 속이 부글거렸다.

"둠 엔테과스토."

공포로 경직되어 버린 고위 사제를 뒤로 잡아당기며 앞으로 나섰다.

"당. 장. 떠. 나. 라. 고. 하. 였. 다."

괴물은 그 말뿐이었다. 그런데 괴물을 해체한 것은 내가 아니었다.

마나 흐름이 갑자기 거세지는가 싶더니 사체들이 떨어져 나오기 시작했다. 녹아 있는 그대로 기포를 터트리고 있는 부패 덩어리뿐인지라, 거무튀튀한 액체들까지도 함께 쏟아졌다.

복도가 수백 년은 곪아 버린 하수구처럼 변해 버리는 데 걸린 시간은 찰나였다.

사체와 사체에서 흘러나온 액체들은 가슴 높이까지 스쳐 댔다.

나는 거기에 휩쓸리진 않았지만 셋은 허우적대며 멀어지고 있었다.

한편 두 힘이 충돌했던 멀리는 조용해져 있었다.

거기로 이동하자, 거대 구덩이의 경사면 아래로 신전 파편들이 수북이 쌓여 있는 동시에 그 위로 부러진 검 한 자루가 놓여 있는 광경이 날 기다리고 있었다.

마치 시간이 되돌려진 게 아닐까 싶을 정도로, 처음의 광경과 흡사했다.

그렇다고 정말로 시간이 되돌려진 것은 아니다.

부러진 검 자루가 갈비뼈를 이긴 것이지. 아마도 언제나 그래 왔던 것 같다.

[더 그레이트 레드의 심장 반 쪽 (아이템)]

이걸 건드리면 신전 파편 속에 잠겨 있는 둠 엔테과스토의 늑골들도 또 반응하겠지. 그것들은 쪼개졌던 당시의 의지가 너무나 강렬했다.

하지만 공간적으로 서로 격리시켜 놓는다면 어떨까?

여차하면 역경자를 터트려서라도 두 물건을 힘으로 누를 생각을 해 두었다.

검 자루를 움켜쥐자마자, 검 자루는 홍염의 불길을 피어

올리며 내게 도전하려 했다.

그러나 역시였던가. 그것의 전력은 둠 엔테과스토에게 반응하기로 되어 있었는지 거악(巨嶽)스러운 불길로 치솟아 오르는 건 아니었다.

다리 밑.

둠 엔테과스토의 파편들이 잠겨 있는 쪽에서 꿈틀거리는 반응이 느껴졌을 때, 나는 검 자루를 보관함으로 이동시켰다.

손아귀에 가득 차 있던 무게감이 쑥 빠져나갔다.

[* 보관함]
[더 그레이트 레드의 심장 반쪽이 추가 되었습니다.]

됐다!

이제 남은 건 둠 엔테과스토의 갈비뼈들뿐이다. 절대 전장이 허물어지면서 발밑의 기운은 새삼 잠잠해져 있었다.

수거하는 과정은 전과 동일했다. 날개로 바닥을 때리면서였다.

그것들을 수거해 놓자, 직전에는 확인할 수 없었던 아이템 정보 창이 번뜩였다. 심장 반쪽처럼 그 이름들 또한 수정되며 시작됐다.

[둠 엔테과스토의 24개 늑골 중 5 번째 (아이템)]

[둠 엔테과스토의 24개 늑골 중 5 번째 (재료)

둠 엔테과스토가 잃어버린 늑골 중 하나입니다. 쪼개진 당시의 권능과 의지가 깃들어 있으나, 반복된 충격으로 인해 상당히 약화 되어 있습니다. 남은 늑골들을 조합 한다면 병장기의 형태를 갖추기에 충분해 보입니다.]

일전에 느꼈던 내부의 움직임이 또 느껴졌다.

숨을 멈췄다.

둠 엔테과스토의 갈비뼈 따위는 당장 중요한 게 아니었다.

이번에는 놓칠 수 없었다. 집중했고 알아차렸다.

아이템 이름과 정보가 수정되는 찰나에 일어나는 움직임!

그 움직임들은 정확히 탐험자와 개안을 담당하는 영역에서 일어났다. 또 하나, 아직은 잠겨 있는 권능의 기운까지도 자연스럽게 개입했다가 사라졌다.

이런…… 것이었나?

그간 오인하고 있었던 것은 성 드라고린의 탄생 이력만 이 아니었다.

들어오는 메시지와 창들에 대해서 둠 카오스가 모두 개 입되어 있을 거라 생각해 왔던 부분이 와장창 깨졌다.

둠 카오스는 내게 잔존해 있던 시스템 체계를 창구로 이 용하고 있는 것에 불과했다.

확신한다.

지령 같이 둠 카오스가 보내오는 게 속해 있기는 하지만.

아이템 이름이 수정된 것이나, 그 안의 정보들을 보여 주 는 부분은 개안과 탐험자 그리고 잠겨 있을지언정 잠재된 권 능의 기운들이 다 맞물려서 만들어 내는 결과물인 것이다.

올드 원은 떠났지만. 그것이 남긴 시스템만큼은 내부에 서 꾸준히 작동하고 있었던 것이다. 권능의 기운이 윤활유 역할을 하고…….

이어서 메시지가 뜨는 순간 껍질 내부의 움직임에 다시 집중해 보았다.

과연 탐험자, 개안, 권능의 기운이 함께 움직이는 게 맞 았다.

[모든 재료가 갖춰졌습니다. (둠 엔테과스토의 늑골)]

이건 둠 카오스가 보내오는 게 아니다. 내 안의 시스템 체계가 스스로 만들어 내고 있는 것이지.

[어떤 종류로 조합 하시겠습니까?]
[1. 무기 2. 방어구 3. 장신구]

＊　　　＊　　　＊

총 열두 쌍.

갈비뼈들은 짧고 긴 다양한 길이들로 한 쌍씩 짝을 맞춰 조합된 상태였다.

갈비뼈들을 이어 줘야 하는 두 가지 줏대가 빠져 있긴 했다. 바로 전면부의 복장뼈와 척추라고도 불리는 후면부의 등골뼈인데, 그 공백을 둠 엔테과스토의 핏빛 공백이 잇고 있었다.

그런 모습으로 눈앞에서 둥둥 뜬 채 선택을 기다리고 있었다.

무기? 방어구? 아니다.

[장신구를 선택 하였습니다.]

[어떤 종류로 조합하시겠습니까?]

한편 올드 원이 남긴 시스템 체계가 내게 최적화되어 있음을 깨달은 다음부터 내부의 움직임을 계속 주시하는 중이었다.

[1. 반지 2. 귀걸이 3. 목걸이 4. 팔찌]

시스템 체계는 인공 지능 AI와 흡사하다 할 수 있었다.

탐험자와 개안에 녹아들어 있는 설계와 데이터들로 구성되어 있으며 내 정신세계와 권능의 기운과도 결합되어 있다.

주어진 사건을 인식하고 전반적인 패턴을 쫓는 것 같다.

그렇게 가장 최적화된 알고리즘을 찾아내, 현재 사용할 수 있는 능력들을 근거로 그런 메시지를 띄워 올리는 것이다.

이는 특성 도전자 효과로 시스템을 수정해 나갔던 당시에도 알 수 없었던 사실이었다.

마나 탐구. 내부를 관조하고 올드 원이 남긴 설계도를 뒤적거려 왔던 작업이 예상치 못한 방향으로 대박을 터트렸다. 대박.

아이템은 파괴될 수 있다. 둠 엔테과스토나 더 그레이트 레드 같은 초월체들도 자신의 소중한 그것들을 잃어 왔지 않았던가.

하지만 뇌리를 강타해 온 깨달음은 영원히 지속되는 것이다!

쿵. 쿵. 쿵쿵쿵—

강한 흥분감에 가슴을 떨려 왔다.

당장 선택하지 않고 이미지들을 그려 나갔다.

발찌, 시계, 넥타이핀, 손거울, 펜던트…….

그러고는 집중했다.

[~~1. 반지 2. 귀걸이 3. 목걸이 4. 팔찌~~]

과연!

[1. 반지 2. 귀걸이 3. 목걸이 4. 팔찌 5. 발찌 6. 시계 7. 넥타이핀 8. 손거울 9. 펜던트 10. 견장]

선택지가 확 늘어나던 그때는 입안에 침이 고여 있었다. 의식해서 삼켜 넘겨야 할 만큼 가득했다.

[반지를 선택 하였습니다.]

내 권능의 색채는 황금빛이다.

그 색채가 눈앞에서 번지더니 앞으로 쏜살같이 튀어 나
갔다.

둠 엔테과스토의 갈비뼈들이 성인 남성만 한 크기에서
빠르게 줄어들기 시작했다.

머릿속으로 여러 가지 이미지들이 번뜩거렸다.

풍사의 반지, 지배의 반지, 그림자의 반지, 아티스의 반
지, 눈먼 자들의 반지. 화염의 반지 등.

그간 한 번씩 손에 쥐어 봤던 반지들의 이미지였다.

두 개의 링이 교차해 있는가 하면 별다른 장식 없이 단순
한 이미지들도 번뜩거렸다. 어떤 메시지가 당장 뜨는 것은
아니었다.

하지만 내게 선택을 요구하고 있다는 느낌만큼은 분명했
다.

결정을 마쳤다.

24개의 갈비뼈들을 사슬처럼 엮기에 충분한 이미지.

그 순간이었다.

머릿속으로만 그려 냈던 이미지가 눈앞에서도 펼쳐지기
시작했다.

갈비뼈들이 하나씩 뜯겨져 나오는 게 시작이었다.

차차착—

갈비뼈 하나가 하나의 고리를 형성, 총 24개의 작은 고리들이 연결되었다.

[죽은 자들도 경외하는 둠 엔테과스토의 뼈 반지 (아이템)

둠 엔테과스토의 24개 늑골이 압축된 공포의 결정체입니다. 둠 엔테과스토의 권능이 깃들어 있으며, 늑골로 쪼개져 나왔던 당시의 의념 또한 깃들어 있습니다. 한때 라이프 베슬을 보호하고 있던 방어체로서의 공능도 간직 되어 있습니다.

정화가 필요해 보입니다.

아이템 등급 : S

아이템 레벨 : 666

효과 : 권능 저항력 + 35%, 정신 저항력 + 35%, 영혼 저항력 + 35%, 모든 스킬과 특성의 재사용 시간 − 30%, 모든 스킬과 특성의 유지 시간 + 30%

라이프 베슬의 사용 능력 확장.

조건 충족 시, 둠 엔테과스토의 고유 권능 '죽은 자들의 제왕' 사용 가능.

물리 방어력 : 70000 / 70000

마법 방어력 : 70000 / 70000]

[* 당신의 소유물로 정화시키기에는 권능 수치가 현저하게 낮습니다.]

666레벨?

그런데 시스템 체계를 갖추는 실질적인 주체가 바로 나라는 것을 깨달았기 때문일 것이다. 481레벨을 초과하는 아이템들이 S등급으로만 표기되는 것에 의문을 품자마자.

슥슥.

[아이템 등급 : S

아이템 레벨 : 666]

[아이템 등급 : SSS

아이템 레벨 : 666]

아이템 정보가 수정되었다.

뼈 반지에만 해당하는 게 아니었다.

아이템 레벨이 560을 초과하는 것 전부에도.

~~[오딘의 황금 갑옷 (S)]~~

[오딘의 황금 갑옷 (SS)]

강력한 스킬에도.

~~[오딘의 신수 (S)]~~

[오딘의 신수 (SS)]

사기급 특성에도.

~~[역경자 (S)]~~

[역경자 (SS)]

상태 창 전반에 걸쳐서 수정이 가해졌다.

[이름: **화신(化身)** 나선후 레벨: 600 (엔더) * **2회차** *

[특성 (7/10) : 역경자 (SS), 열정자(S), 괴력자 (S), 탐험자 (S), 질풍자 (S), 타고난 자 (S), 예민한 자(S)]

[스킬 (5/10) : 오딘의 신수 (SS), 데비의 칼 (SS), 오딘의 분노 (S), 뭉족 수신의 징벌 (S), 개안 (F)]

[아이템 (5/10) : 오딘의 황금 갑옷 (SS), 제우스의 뇌신 창(SS), 라의 태양 망토 (SS), * 서왕모의 만년지주 (SS), 루네아의 빛 (S)]

[권능 (3) : 본체 강림 (공통), 게이트 생성 (공통), 정화 (공통)]

＊　　　＊　　　＊

수정된 상태 창을 날려 버린 다음이었다. 상태 창에 가려져 있던 메시지가 드러났다.

[죽은 자들도 경외하는 둠 엔테과스토의 뼈 반지 (아이템)]

[* 당신의 소유물로 정화시키기에는 권능 수치가 현저하게 낮습니다. (필요 소비 권능: 500)]

그래도 이건 양반이라 할 수 있었다. 더 그레이트 레드의 심장 반쪽은 정화하려면 얼마큼의 권능이 필요한지 계측되지도 않았으니까.

어쨌든 드라고린 레드를 잡았을 때 확보했던 공능 수치가 60이었다. 앞으로 드라고린 두 마리만 더 잡으면 그릇의 크기를 500까지 채울 수 있다. 단 두 마리만 더…….

인근에서 가장 강력한 세를 과시하는 게 엑사일 제국이다. 엠퍼러 엑사일, 그자가 드라고린인지 확인해 볼 생각이다.

반지를 집어 들었다.

둠 엔테과스토의 핏빛 공능이 바로 손아귀를 타고 올라왔다. 그러나 서로 상극(相剋)인 내 황금빛 공능이 함께 일면서 쿡쿡 쑤셔 대는 불쾌한 느낌으로만 그칠 뿐이었다.

그래서 반지는 황금의 색채와 핏빛의 색채가 아무렇게나 얽혀 있었다.

그것을 아예 손가락에 끼워 넣은 후 구덩이에서 빠져나왔다.

점점 멀어지는 기척들은 뻔했다. 하지만 그들에겐 안타깝게도, 그들이 향하고 있는 방향이나 내가 가려는 방향은 일치할 수밖에 없었다. 신전 출구가 있는 방향을 향해서였기 때문이다.

이내 그들의 뒷모습이 시야로 들어왔다. 그들의 고개는

느릿하게 내 쪽으로 돌려졌다.

사체 괴물의 오물로 범벅되어 있는 셋은 오늘 하루 동안 의 피로감으로 이미 무너져 있었기에, 날 보고도 놀란 기색 이 없었다.

그것들의 얼굴에서 흘러내리는 건 단지 오물만이 아니었 다.

벗겨진 채로 녹아 버린 피부. 얼마 되지도 않는 얼굴의 근육과 지방질. 그것들이 오물에 섞여서 뚝뚝 흘러내리고 있었다.

그나마 온전한 것이라곤 피로로 찌든 눈알 두 개뿐이었 다. 그마저도 얼마 지나지 않아서 부패가 시작되겠지만.

내가 그들 앞으로 가까워지자 사제의 입에서 거래란 단 어가 언급됐다.

엘슬란드 여왕에게 서임을 받은 사제가 이 여자뿐만은 아닐 터.

나는 대꾸 없이 그들의 옆을 지나쳤다.

출구를 목전에 둔 무렵에는 셋의 기척이 멎었다. 귀를 기 울여 보면 그 소리들이 들린다.

기포가 툭툭 터지다 못해, 부글부글 끓어오르는 소리 말 이다.

　　　　＊　　　　＊　　　　＊

　화악―!

　경계를 넘을 때는 전방을 주먹으로 때려야 했다. 암석들
이 가로막고 있었다.

　그때 인 돌가루들이 잠잠하게 내려앉고 나서야 배를 까
고 죽어 버린 거미 떼들과 오르까의 잘린 촉수들이 보였다.

　각성자들 중에서도 오르까를 대적할 수 있는 건 연희 정
도뿐이다.

　총본부가 습격당했던 당시, 다양한 종족으로 구성된 5인
이 오르까에게 생채기를 냈던 적이 있긴 하다만 지금은 한
놈의 솜씨였다.

　톱니 같은 갈퀴에 찢긴 흔적들이 동일하다. 그라프 일족
의 원종(原種).

　그놈이 양팔의 갈퀴를 휘둘렀을 광경이 눈앞에 선했다.
그렇지 않아도 놈의 날개가 인근에서 발견되었다.

　바로 발밑.

　지하에서 특이한 느낌이 일어 발을 굴렀다. 만년지주가
만들어 놓은 토굴이 펼쳐져 있었을 곳이었는데, 지면이 푹
꺼지자마자 그 구멍 밖으로 물이 치솟아 올랐다.

　짠맛이 났다. 바닷물이다.

수압은 지하 속에 있던 거대한 만년지주까지도 솟구쳐 올렸다가 바닥에 내리꽂을 정도로 거셌다.

기껏 열심히 깠던 새끼들이 다 죽어 버렸기 때문일까? 구슬퍼 보이는 눈알들이 나부터 쫓더니, 뒤집어진 제 신체를 바로 세웠다.

그렇게 만년지주가 독니를 꿈틀거려 보인 방향은 큰 불길이 한번 스치고 지나간 쪽이었다.

만년지주가 화염을 토해 놓았던 흔적이다. 오르까와 원종으로 추정되는 기척이 존재하는 방향도 그것과 일치했다.

유지 시간이 지나 꺼져 버린 날개 대신, 만년지주의 등 위로 뛰어올랐다.

해안선이 시야로 들어올 무렵. 오르까의 뒷모습이 보였다.

바다를 향해 무릎이 꿇려 있었다. 당장에라도 목을 칠 수 있게끔 고개가 늘어트려져 있기도 했다. 그리고 그 앞에는 그라프 일족의 원종이 오르까를 내려다보며 지시를 기다리고 있는 듯 보였다.

일단 원종의 상태는 오르까보다 나빴다. 날개가 다 찢겨진 건 둘째 치고, 온몸이 그을려 있는 데다가, 양팔의 갈퀴는 금방이라도 떨어질 것처럼 흐느적거렸다.

나는 오르까를 속박하고 있는 촉수들을 따라 시선을 옮

겼다.

해안을 지나 바닷속으로 연결되어 있는 저기.

소용돌이의 중심부에서 둠 인섹툼이 나를 기다리고 있었다. 처음 마주했었던 때처럼 얼굴만 반쯤 빼낸 채로였다.

그런데 놈에게는 내가 도착한 것으로 오르까의 쓰임새가 다한 것 같았다. 해수면의 소용돌이가 벽을 치는 듯한 울림을 냈다. 물결이 광범위한 규모로 치솟았다. 해일!

해일은 순간에 해안을 넘어 들어와 오르까뿐만 아니라 원종까지도 한꺼번에 집어삼켰다.

그리고 두 번째 해일.

거대한 물결의 정상부에서 나를 주시하고 있는 놈의 얼굴도 함께 동반되어져 왔다.

거기까지가 내가 도착하자마자 찰나에 일어난 일이었다.

창에 주입시켰던 오딘의 분노는 꺼져 있고, 화염의 날개와 꼬리들도 사그라졌지만 발키리들의 유지 시간은 아직 남아 있었다.

발키리들이 허공에서 튀어나와 만년지주 앞으로 대형을 갖추기까지도 순식간.

나는 자세를 펴고 일어났다. 놈을 향해 몸을 던질 준비가 끝나 있었다.

그런데 해일이 나를 지척에 두고 멈춰 버리는 게 아닌가!

물결이 거센 움직임을 끊임없이 보이고 있음에도 정작 나를 향해 왔던 것들만큼은 중단된 것이었다.

젠장, 놈이 먼저 덤벼 와 주길 기대했는데…….

"내가 두려운가? 뭘 망설이지?"

놈은 진짜 그랬다.

내 손가락에 끼워져 있는 뼈 반지를 주시하면서 두 눈이 탐욕으로 일렁거린다.

그러나 이내 뱀눈처럼 가늘어져서는 그 안으로 흔들리는 눈빛을 보였다.

내게 맞서지 못할 거라 생각하는 게 아닐 것이다. 놈은 두려운 거다. 싸움의 결과는 상관없이 둠 카오스가 내릴 처벌이!

또다시 놈의 동공이 확장됐다.

어디는 아래에서 위로, 또 어디는 위에서 아래로. 격하게 상하(上下)로만 움직이던 물결들이 그때 비로소 내 쪽으로 쏟아지려는 동태가 포착됐다.

놈은 감수할 만한 위험이라고 결단을 내린 것인지도 모른다.

그래, 바로 그렇게 나와야지!

중심이 쑥 꺼졌다. 만년지주가 내 육감에 동조해서 땅을 파고 내려가면서였다. 강력한 존재들과의 싸움에서 만년지주를 활용하는 방법은 따로 있음이다.

만년지주가 지하를 완전히 뚫고 내려가면서 나는 지면에 착지했다.

척척척!

발키리들이 방패 벽을 형성하는 소리가 새삼스럽게 투지를 일깨웠다.

그때였다.

[전지전능한 당신의 주인, 둠 카오스가 군주들의 회의를 소집 하였습니다.]

이번에 떠오른 메시지는 둠 카오스가 내게 밀어 넣고 있는 것이었다. 탐험자와 개안을 담당하고 있는 영역이 움직이지 않는 것을 보면 알 수 있다.

지지직—

바로 뒤로 공간이 비틀리는 게 느껴졌다. 둠 인섹툼이 얼굴을 담고 있는 물결 위쪽에서도 공간의 비틀림이 시작되고 있었다.

둠 인섹툼은 나와 똑같은 느낌에 휩싸였는지 갑자기 조용해졌다.

한시가 급했다.

[게이트 생성을 시전 하였습니다.]

이태한의 집무실로 뼈 반지를 던지고.

[게이트 생성을 시전 하였습니다.]

보관함에서 꺼낸 더 그레이트 레드의 심장 반쪽은 연희가 머무는 객실로 던졌다.

그것들이 게이트 너머로 사라졌을 때 구태여 뒤를 확인해 보지 않아도, 나를 주시하는 섬뜩한 시선이 느껴졌다.

신체를 뚫고 영혼마저 관통해 버릴 것 같은 시선이었다.

"으으윽."

저항할 수가 없었다. 뒤쪽으로 나를 빨아 당기는 그 강력한 권능에도.

[권능 저항력이 부족합니다.]

둠 인섹툼 또한 속박의 끈을 단 채로 빨려 들어가는 광경이 마지막이었다.

전면이 칠흑의 어둠으로 잠겼다.

Chapter 8.

　개안을 발동시키고 나자 윤곽들이 뚜렷해지기 시작했다.

　나는 거대한 계단의 한 층을 차지하고 있었다. 올드 원의 신전이 온통 하얀 색채로 물들어 있었다면 여기는 칠흑색으로 정반대였다.

　저항할 수 없는 하나의 권능이 물들어 있는 공간.

　올드 원의 신전에서 느꼈던 피부의 간지러움은 전신을 무겁게 눌러 오는 압력으로 변해 있었다.

　둠 카소는 아래 계단, 그러니까 가장 낮은 바닥에서 엉덩이를 붙이고 앉아 있었다.

무릎 위에 얹어 둔 팔 사이. 거기로 수그리고 있는 뒤통수와 목덜미로 이어지는 굵직한 선만이, 내려다봤을 때 당장 보이는 광경이었다.

시선을 위로 가져가자 이번에는 나를 내려다보고 있는 얼굴이 나타났다.

체구는 그리 크지 않았다. 얼굴은 털로 가려져 있었는데 눈이 위치해 있을 부분에서는 한기(寒氣)로 똘똘 뭉친 안광 또한 감춰져 있었다. 둠 마운이었다. 그때 동시에 보이는 건 둠 마운의 발목에 채워진 사슬들이었고, 그것은 둠 마운의 상체를 타고 올라가 점점 털 속으로 자취를 감추고 있었다.

실제로 녀석이 앉는 것으로 자세를 바꾸는 순간에 사슬끼리 부딪치는 소리가 울렸다. 눈을 가리고 있던 털들까지도 흔들거렸다.

그때 보였다. 녀석의 두 눈은 나를 향한 적대감과 경계심으로 가득했다.

그리고 더 위의 계단.

둠 인섹툼 또한 황금빛 끈에 양발이 휘감겨진 채로 고개를 숙이고 있었다.

그래서 둠 마운뿐만 아니라 둠 인섹툼의 시선도 내게 미쳐 있는 것이었다.

하지만 둠 인섹툼 위로는 더 보이지 않았다. 한 층계마다 드높은 언덕 같은 크기로 구분이 뚜렷했다.

그러나 최상부 세 번째 계단. 둠 엔테과스토가 있어야 있어야 하는 단(壇)이 시작되는 부분부터는 장막에 가려져 있는 것이었다.

어둠의 장막.

그 너머에서 느낄 수 있는 것이라곤, 아래의 계단을 내려다보는 시선들뿐이었다.

숨 막히게 하는 섬뜩한 느낌들은 전부 거기에서 나오는 것들이다.

그때 큼지막한 발 하나가 어둠의 장막을 뚫고 나왔다.

그 발을 둘러싸고 있는 각반(脚絆)은 내가 만든 뼈 반지와 비슷했다. 무언가의 뼈가 얽혀서 만들어진 것이었다.

무릎받이에는 용의 해골이 결착되어 있었는데, 그것의 넓적다리까지 시야로 들어오는 순간에 장내 전체에 울림이 일었다.

둠 엔테과스토는 거대한 모습으로 나타났다. 올드 원의 신전에 남아 있던 갈비뼈 크기로 둠 엔테과스토의 크기를 추정했던 것은 쓸모가 없었다.

둠 인섹툼을 깔아뭉개기에 충분한 크기의 발이 녀석의 옆을 디디면서였다.

그때 둠 인섹툼이 보인 겁에 질린 표정을 잊지 못할 거란 생각이 들었다.

둠 마운도 거대한 발이 떨어진 위로 고개를 들었다.

아래 계단, 둠 카소가 위치해 있는 거기에서도 놀란 호흡을 삼키는 소리가 들렸다.

"기, 기다려 주십……."

둠 인섹툼의 목소리가 메아리쳤다.

그러나 뒷말은 채 들리지 않았다. 둠 엔테과스토의 거대한 발이 더 아래에 있는 계단을 향해 내려가면서 일으킨 울림에 묻힌 것이었다.

오른발이 어둠의 장막을 뚫고 나와 이번엔 둠 마운이 위치한 계단을 밟았다.

그렇게 둠 엔테과스토가 한 계단씩 내려오고 있었다.

그런데 하위 군주들에게 둠 엔테과스토가 모습을 드러낸 것은 이번이 처음이었다.

둠 카소가 그와 관련된 이야기를 했었던 것을 떠올린 무렵.

나 역시 다른 군주들처럼 몸이 떨리기 시작했다. 빌어먹게도.

놈의 발이 내 앞까지 내려왔던 때는 등골이 쭈뼛 서고 숨통이 막혔다.

하지만 시스템은 긴장된 마음과는 상관없이 작동하고 있었다.

[더 그레이트 블루의 머리뼈 (재료)]

[더 그레이트 실버의 머리뼈 (재료)]

둠 엔테과스토가 양 무릎받이로 부착하고 있는 것은 틀림없이 에이션트 드래곤들의 해골이었다.

정면을 바라보면 그것 두 개만 보였다. 한때 타고 다녔던 해골 용의 대가리와는 다르다. 동일한 것이라곤 크기뿐.

두 해골의 눈구멍에 머금어져 있는 힘들에 비하자면 '죽지 않은 자들도 경배하는 해골 용'이 품었던 기운은 새끼 용 수준으로 느껴지는 것이다.

어느덧 둠 엔테과스토의 거체는 카소의 아래 계단부터 인섹툼의 위 계단까지 전체에 걸쳐 높게 서 있었다.

카소의 앞에는 발이.

내 앞에는 무릎이.

마운의 앞에는 복부가.

인섹툼의 앞에는 가슴이.

그리고 투구로 가려진 얼굴은 어둠 장막 바로 밑에서 아래 군주들을 내려다보는 중이었다.

쿵! 쿵—!

놈이 멈춰 섰는데도 울려 대는 그 소리는 놈의 심장에서 나오는 것이다.

늑골이 뜯겨 나간 대로 내장 기관들이 고스란히 노출되어 있었다. 심장, 허파, 그리고 갈래갈래 뻗어 있는 그 많은 혈관들은 핏빛 권능의 기운으로 보호되어 있는 상태.

그런데 전반적으로 검은 색채를 품고 있는 갑옷 틈새 곳곳으로 둠 엔테과스토의 부상치를 확인할 수 있었다.

피부가 없이 뻘건 근육들만 보였다. 또 어떤 부분은 근육조차 남겨진 게 없어 골격을 드러내고 있기까지 했다.

그중에서도 단연 눈에 띄는 건 검은 투구의 눈구멍 속이었다.

놈의 권능 색채가 핏빛이었기 때문에, 거기에서 흘러나오는 권능의 기운들은 정말로 피가 흘러나오는 것처럼 보였다.

그것들이 놈 안으로 갈무리되지 않고 주변으로 흩어져 사라진다.

스르르—

놈이 큼지막하게 자세를 기울이며 팔을 움직인 때는 바

로 그때였다.

날 움켜쥐려는 놈의 손아귀가 쇄도해 오던 순간, 곤두선 감각들이 피해야 한다는 경고음을 울려 댔다. 하지만 피하는 게 가능한가의 문제가 아니었다. 피한 뒤가 문제인 것이지.

여긴 순종을 강요받는 공간이다.

어쨌든 둠 엔테과스토라고 내 생사까지 재단할 순 없을 것이다.

인섹툼의 비명이 위층 계단에서 울려 퍼지던 시작점에서 곧 다가올 고통을 대비해 이를 악물었다.

둠 엔테과스토는 회의의 개회사로 지금을 준비해 두었다.

놈은 인섹툼과 내게 징벌을 내리려 한다.

*   *   *

둠 엔테과스토의 손아귀가 날 감싸기 직전인데도, 이번 역시 쉽지 않겠다는 생각부터 들었다.

공포스러운 압력이 전신을 눌러 오는 게 먼저였기 때문이었다.

바로였다.

젠장. 젠장.

젠자아아아앙!

[경고: 둠 엔테과스토의 권역 밖으로 이탈 하십시오.]

어느 정도나 견뎠는지는 모르겠다. 시간을 따질 수 없었다. 양 안구가 터져 버린 것은 틀림없었다. 눈알에서 뭔가가 툭 끊겨 버리는 시점에서 시각을 상실해 버렸으니까.

[전투 불능 상태에 돌입하였습니다.]

온몸의 **뼈**가 바스러지던 소리도, 다른 쪽에서 울려오던 인섹툼의 비명 소리도 더는 들리지 않았다.

[권능 저항력이 부족합니다.]
[둠 엔테과스토의 고유 권능 '?' 에 의해서 특성 역 경자가 차단 되었습니다.]
[둠 엔테과스토의 고유 권능 '?' 에 의해서 특성 열 정자가 차단 되었습니다.]
[둠 엔테과스토의 고유 권능 '?' 에 의해서 특성 괴 력자가 차단 되었습니다.]

메시지는 노이즈가 있는 흑백 브라운관처럼, 아무렇게나 뒤틀려 대고 있었다. 몸에선 고통을 선사해 오는 통각 외에는 일체, 모든 감각들이 끊겨 버렸다.

역류한 핏물들은 기도를 막았다.

그때 나도 모르게 삼켜 버린 핏물. 거기에 깨진 이빨들이 한 줌 가득했었는지 식도를 긁어 내려가는 느낌까지도 끼어들었다.

정말이지 남은 건 통각뿐이었다. 나를 쥐어짜다 못해 압살의 절정으로 치닫고 있었다.

놈은 나를 죽이려 들고 있다. 정신까지도 다 흔들리는데, 뉴런 하나하나가 전기적 신호로 뻘건 빛들을 번뜩이는 것 같았다.

둠 데지르와 서로의 목을 끊어 버리던 순간에 봤었던 그 현상.

아득히 멀어지는 정신 속에선 누군가의 비명 소리가 들렸다.

아아아악—!

울부짖고 고통에 헐떡거리는 바로 내 목소리. 공이가 뇌관을 쳐서 화약을 폭발시키듯, 그 소리가 머릿속에서 터져 버렸다.

차라리 죽여라. 난 살아나니까! 네놈의 물건 덕분에에에―

뭔가에 부딪혔다가 높게 튕겨졌다.

다시 내리꽂히는 느낌이 뒷골을 울렸다. 나를 압살하려던 힘은 갑자기 사라졌으나 타는 듯한 고통이 온몸에 작렬했다. 정말로 전신이 불에 타고 있는지는 알 수 없다.

하지만 안구, 입과 귓속, 복부, 팔다리 끝 어디에서나 그런 고통들이 나를 갉아먹어 온다.

[역경자가 발동 했습니다.]

그때 메시지가 흔들리며 난입했다.

눈이 깜박여지던 순간에는 바로 선 메시지들이 쏟아졌다.

[레벨 구간이 변동 되었습니다. 변동: 엔더 (Lv. 600)
→ 오버로드 (Lv. 680)]

[모든 스킬의 등급과 모든 특성의 숙련 레벨이 다음 단계로 상승 합니다.]

[모든 부상이 회복 됩니다.]

[타고난 자가 발동 하였습니다.]
[모든 특성들의 숙련도가 변동 되었습니다. 변동:
→ (Lv. Max)]

[열정자가 발동 하였습니다.]
[특성 열정자 1단계 (Lv.Max) 효과로 부상 재생 속
도가 최대폭으로 상승 하였습니다.]

부상이 회복되던 찰나에 보였던 상황은 참으로 처참했다.

복부는 터져서 쥐어짜진 장기들이 흘러내리고 있었고,
사지는 근육과 지방들을 흘려 내는 동시에 핏물까지도 다
빠져나가서 썩어 비틀어진 나뭇가지 꼴이었다. 터진 피부
사이로는 뼈가 튀어나와 있었다.

나는 눈가로 흘러내리는 피를 쓸어내리며 미간을 꿈틀거
렸다.

고통은 증발했다.

그러나 세상 전부를 뒤흔들어 놓았던 내 비명 소리가, 여
전히 머릿속에서 웅웅거리는 게 놈에게 굴복하라는 소리로
들린다.

고통에 장사가 없는 건 맞다. 하지만 어머니와 함께 산도(産道)를 넘었던 나다. 날 무너트리려면 더 이상을 보여 주어야 할 것이다, 놈! 어디까지나 그 이상이 존재한다면!

한 호흡에 조금씩 훅훅.

머릿속이 잠잠해지는 걸 느끼며 시선을 위로 가져갔다.

엿 같은 둠 엔테과스토의 신형이 다시 시야에 차 들어왔다. 나를 압살하려 했던 주먹은 펴져 있었다.

그러나 인섹툼을 쥐고 있는 반대편 주먹에는 아직도 힘이 가해지고 있었다.

시선을 더 올리자, 놈이 어둠의 장막을 향해 고개를 들고 있는 모습까지 확인할 수 있었다.

잠시 후 놈이 나를 내려 보던 때에는 검은 투구 안으로 아직도 분이 풀리지 않은 분노가 꿈틀거리는 것도 볼 수 있었다.

그렇게 놈은 나를 내려다보고 있었지만 남은 분노는 인섹툼을 쥐고 있는 주먹에 집중되어 있었다. 손가락 사이사이마다 진액이 흘러나온다. 인섹툼이 쥐어짜져서 만들어진 것이 분명했다.

그러고는 분명히 날 주시하면서였다. 가공할 핏빛 오라가 놈의 주먹에서 피어올랐다.

직감이 뇌리를 때려 왔다.

……설마?

형체를 알아볼 수 없는 핏덩이가 놈의 손아귀에서 내동댕이쳐지는 것이었다.

그러고는 콰직!

[둠 인섹툼이 사망 하였습니다.]

핏덩이는 바로 내 앞에서 터져 버렸다.

[둠 마운이 둠 인섹툼의 지위를 계승 하였습니다.]
[둠 맨이 둠 마운의 지위를 계승 하였습니다.]
[둠 카소가 둠 맨의 지위를 계승 하였습니다.]

정말로 죽인 거냐?

[둠 루네아가 둠 카소의 지위를 계승 하였습니다.]
[당신의 전지전능한 주인, 둠 카오스는 둠 루네아에게 전령의 역할을 추가로 부여 했습니다.]

[둠 루네아가 당신에게 인사를 보냅니다.]

[잘 부탁드려요- (｡>﹏<｡) /]

＊　　　＊　　　＊

둠 엔테과스토는 인섹툼을 짓이겼을 때 보였던 분노의 눈길 그대로 나를 노려보고 있었다.

놈의 시선이 뒤통수로 부딪쳐 오는 시간이 참 길게도 느껴졌다.

고개를 숙이고 있는 나를 노려보는 것만으로는 분노가 사그라들지 않을 것이다. 둠 인섹툼을 죽이고 내게 처절한 고통을 선사했다 한들, 역경자가 발동된 이후부터는 과거가 된 일이니까.

개회사는 끝났다.

그럼에도 놈이 또다시 겁박하려 든다면 그때는 가만히 있지 않을 생각이었다.

놈의 권역 안에서 역경자가 발동하지 않았던 것은 어쩔 수 없던 일. 그러나 역경자가 발동된 지금, 놈과의 간극이 얼마나 벌어져 있는지를 확인해 볼 수도 있는 기회라 판단됐다.

이제 불사(不死)의 영역에는 놈이 아니라 내가 속해 있지 않은가.

나중을 위해서라도 기회가 만들어진다면 놈의 전력을 시험해 봐야 한다.

그때 또 메시지가 난입했다.

[미리 말씀드리는데 오해하시면 안 돼요. 저 루─네 아는 그저 둠 카오스께서 하시는 말씀을 전하는 것뿐이니까요. 아셨죠? 아시겠냐구요.]

그러나 정작 아래 계단이나 위 계단에는 카소와 마운만 있었다.

인섹툼이 어떤 처벌을 당했는지 고스란히 목격한 둘은 본인에게도 화가 미칠까, 숨을 죽이고 있는 채였다.

[아셨다면 어서 무릎도 꿇으세요. 어쨌거나 잘못은 인섹툼이 저질렀어도 이득은 전부 님이 봤잖아요. 둠 엔테과스토 님의 너그러운 마음이 흔들리기 전에─ 우리 주인께서도 마음을 돌리시기 전에─ 빨리 어서욧!]

이 새끼가 진짜…….

둠 엔테과스토의 지원에 힘입어 계속 메시지를 보내오고 있는 그것.

루네아는 어디에도 보이지 않았다.

일단 보아하니 둠 카오스도 이쯤에서 상황을 정리하려는 것 같았다. 무릎부터 꿇었다. 아이템의 소유권이 인정된다면야 까짓것 백번이라도 꿇지 못할 이유가 없다.

둠 엔테과스토와의 간극을 확인해 볼 수 있는 기회가 멀어지고 있으나 내가 먼저 놈을 도발하는 건 용납되지 않는 자리임을 상기했다.

그러고는 조용히 기다렸다.

잠시 뒤 둠 엔테과스토가 계단을 밟고 올라가기 시작하면서, 놈의 격앙된 심장 소리도 더 세차게 울리기 시작했다.

둠 엔테과스토가 내려오면서 일으켰던 진동과 위압감은 올라갈 때에는 배가 되어 있었다.

놈을 감싸고 있던 검은 갑옷과 고룡(古龍)의 뼈들이 부착된 장식들이 어둠의 장막 너머로 사라졌던 무렵.

쉐에엑—

루네아가 회의장 안으로 빨려 들어오듯이 나타났다.

[오오. 자비로우신 둠 엔테과스토 님! 저 루—네아까지도 황송해서 몸 둘 바를 모르겠어요. ㅠㅠ 둠 맨은 오늘 이 순간을 잊지 말아야 할 것입니다.]

본인 입으로는 인도관 루마르 등을 '일족에서 도망친 옛 것'이라고 지칭하며 자신들은 그것들처럼 경박하지 않다고 했었다.

하지만 겁을 먹고 했던 거짓말에 불과한 것이었다.

'둠 카오스의 전령'이라는 견장을 차자마자 본색을 드러낸다.

연희도 첫인상만으로는 이것들을 구분하지 못했다. 다 똑같이 생긴 것답게, 사람 속을 긁어 대는 경박함까지도 동일한 족속들인 것이다.

[자자. 그럼 한 계단 씩 올라갈게요~! (╱ ◕ω◕)╱
둠 카소 님. 제 자리 좀, 부탁 드릴게요.]

메시지뿐만 아니라 고것의 얼굴에서도 즐거움이 묻어 나왔다.

마운은 사슬 소리를 내면서 힘겹게 움직이고 있었다. 아래에서는 카소가 아직도 공포에 떠는 동공을 보이며 나를 올려다보는 중이었다.

카소의 크기에 비하면 루네아는 그냥 일점(一點)의 빛을 띠는 반딧불이보다도 못했다. 카소의 눈앞을 왔다 갔다 하는 그 광경을 보면서, 나는 카소가 역정을 내며 그것을 내리쳐 버리길 기대했다. 물론 그런 일은 일어나지 않았다.

마운이 있었던 자리로 올라서고 나자 비로소 안도할 수 있었다. 뼈 반지를 가지고 왔더라면 그냥 넘어가지 않았을 터.

둠 엔테과스토를 더 이상 자극하지 않기 위해서라도 위를 확인하고 있던 시선을 빠르게 거둬들였다. 그렇게 고개를 숙이고 조용히 기다리고만 있었다.

한편으론 내부의 껍질 안에서 크게 확장된 영역들이 도드라지게 느껴지고 있긴 하나, 거기에 궁극(窮極)의 감각을 집중하기에도 상황은 여의치 않았다. 날 주시하고 있는 시선들.

특히 아직도 분개에 차 있는 둠 엔테과스토의 시선은 장막을 뚫고 내게 미쳐 있었다.

본회의가 시작되려는 조짐이 나타난 때는 잠시 후였다.

[일단 전장들을 보시고 시작할게요. 아시죠? 우리들의 주인께선 전지전능하시다는 것을. 이 자리를 빌어 주인님께 영원히 변치 않는 저 루—네아의 충성을 맹세하는 바입니다욧~ ✧.°٩(๑>◡<๑)۶:｡♡ **]**

시작의 장만으로 충분했음에도, 이것의 메시지를 또 봐와야 한다는 생각에 짜증이 치밀었다.

약조를 어겼던 당시에 제거해 놨어야 했는데, 이런 젠장맞을 일이······.

장막 너머에서 둠 카오스의 의념이 쏟아져 오기 시작했다. 메시지가 사라지면서였다.

사진처럼 정지된 이미지도, 둠 카오스의 의사가 집약된 결정체도 아니었다. 그것들은 영상으로 펼쳐졌다.

수십 군데의 전황이 한꺼번에 쫘아악—!

*　　　*　　　*

#1 — 그린우드 대륙 중부, 서쪽 (소용돌이 대지)

성기사 라세랑은 두 눈을 부릅떴다.

뱀파이어 군단과 격전을 벌인 지 삼 일째가 되는 늦은 밤.

피가 뭉쳐져서 만들어진 덩어리가 스스로 움직이며 전장을 빠르게 가로지르고 있었다.

대지에는 양 진영이 흘려 댄 피가 한없이 뿌려지고 피 웅덩이가 곳곳에 파여 있었지만, 움직이고 있는 그것과는 뚜렷이 구분되었다.

그것의 정체를 알고 있는 자는 극히 드물다. 하지만 옛 뱀파이어 군단이 준동했다는 게 알려졌을 때. 그러니까 뱀파이어들이 확산되고 있는 구(舊) 칼도란의 도시로 병사를 일으킬 준비가 끝났던 당시.

신전에서 성 카시안의 기록물 중, 뱀파이어 군단에 대한 것들을 보내온 적이 있었다.

거기에는 스스로 움직이는 핏물에 대해서도 기록되어 있었다.

스스로 움직이는 핏물!, 그것은 진조(眞祖), 뱀파이어 로드의 출현을 의미한다.

성기사 라세랑은 죽을 각오를 다지며 핏물을 향해 달려갔다. 그러나 허옇고 멀건 얼굴을 가진 뱀파이어들이 엉겨붙는 것을 제외하고라도, 그것을 따라잡기엔 핏물이 움직이는 속도가 굉장히 빨랐다.

핏물은 대규모 지원 병력이 합류한 본 진영 쪽으로 향하고 있었다.

자신의 능력으로는 결코 쫓아갈 수 없다고 판단한 라세랑은 뱀파이어 하나의 목을 날려 버린 연후에 주변을 두리번거렸다.

'본진으로 합류해야 한다.'

그런데 당장 눈에 들어온 광경들은 후퇴를 명령했다간 몇이나 돌아갈 수 있을지 의문스러운 광경이었다.

그때 라세랑은 한 여성 뱀파이어와 눈이 마주치고 말았다. 비록 피로 흥건히 젖어 있었으나, 사교 파티에서나 볼 수 있는 드레스를 입고 있는 뱀파이어였다.

뱀파이어 로드의 핏물을 쫓기는커녕.

라세랑은 그녀가 히죽 웃으며 날아든 것조차 막을 수 없었다.

"내 미모에 넋이 나가면 곤란해, 자기야."

그것은 의식이 끊기기 전에 라세랑이 들었던 마지막 음성이었다.

#2 ─ 그린우드 대륙 중부, 동쪽 (바리엔 제국령)

아폴론, 윌리엄 스펜서는 애간장이 타들어 갔다. 진척 상황이 데보라 벨루치 쪽의 전선에 비하면 상당히 뒤처져 있기 때문이었다.

그녀가 구(舊)론시우스파 마탑들을 파괴하며 얻은 전리품 자체만으로도 상당한데, 제국 수도에 가장 근접한 연합 세력 또한 데보라 벨루치가 지휘하고 있는 군단이었다.

깃발을 먼저 꽂는 자가 주인이다.

그 땅을 어느 체제로 다스리든 협회에서는 일절 신경 쓰지 않는다.

데보라 벨루치가 제국에서 첫 진입한 공략 지역들을 장악하자마자 그 땅의 성인 남성들을 모조리 병력으로 차출했다는 말을 들었을 땐.

윌리엄은 솔직히 뒤늦은 후회로 자책까지 일었었다.

데보라의 서열은 6위.

그리고 자신의 서열은 7위. 그 간극은 그리 크지 않았으나 데보라가 차츰 그 거리를 벌리고 있는 정황이 점점 뚜렷해지고 있었다.

이계산(産) 고등급 아이템들에 더불어 제국 수도까지 점거해 버린다면?

"확인했습니다."

헤라, 데보라 벨루치 쪽의 군단이 어떤 계약으로 합의를 봤는지에 대해서였다.

"헤라가 연합 그룹들에게 요구했던 것은 딱 하나였습니다. 길을 뚫어 주고 그 땅에 남아 있는 모든 것을 나눠 줄 테니……."

거기까지만 들어도 충분했다.

"수도 드라고린인들의 소유권을 주장했군?"

"맞습니다."

데보라 벨루치가 속한 군단은 수도 점거가 목적이 아니었다.

수도를 폐허로 만들고, 거기의 아이템들과 금을 강탈하며, 노예병들을 거둬들이는 데 있다. 그걸 통칭해 부르는 단어가 있다.

약탈.

"늦으면 남아 있는 게 하나도 없을 것이다. 그룹장들을 한 명도 빠짐없이 소집해라. 지금 당장."

"옛!"

#3 — 그린우드 대륙 중부, 동쪽 (바리엔 제국령)

다다닥. 다다닥.

목표를 향해서 몇 발씩 끊어 쏘는 소리가 요란했다.

용병 지미는 화약 냄새에 잠겨 있었다.

그가 속한 그룹이 다른 그룹들과 합류한 때는 엊그제였다.

그룹의 지휘부들 간에 눈앞의 요새를 점령하기 위해선 각개격파(各個擊破)가 아닌 합동 작전이 필요하다는 합의가 있었던 것 같았다.

이해관계가 대립되고 있는 이백여 개의 그룹이 한뜻으로 뭉칠 수밖에 없게도, 바리엔 제국은 포클리엔 공국과는 화력부터가 달랐다.

바리엔 제국은 초자연적인 능력이 집약된 마탑들을 방어선으로 사용하고, 하늘을 나는 짐승들을 전술 헬기처럼 운용할 줄 아는 나라였다.

때문에 이번 전투에 한해서였지만 이백여 개의 그룹이 한 개 군단으로 지휘 체계를 합의.

그래서 한 군단으로 통일된 용병들의 수만 3천이 넘어갔다.

지미도 그중의 한 명으로서 최전선에서 넘어오는 탈영병들을 제거하는 임무를 맡고 있었다.

한차례 포화를 퍼부은 이후, 전방이 잠잠해졌던 때였다.

지미는 차라리 밤인 게 다행이라 생각했다. 비록 조명탄을 비롯해 전향한 적군의 마법사들이 가진 능력으로 일대가 밝아져 있다고는 해도.

낮에 비하면 처참할 광경이 상당수 가려져 있기 때문이었다.

며칠간 뿌려진 피 때문일까. 지독하게 습했다. 지미를 비롯해 용병들은 잠잠해진 틈을 타서 참호 바닥에 나무 조각들을 뿌려 댔다. 갑자기 군단이 결정된 것이라서 참호에서 생활하게 될 줄은 예상치 못했던 것이다.

지미는 휴식을 취할 자리를 대충 깔고 앉았다. 그런데 문제는 최전선에서 도망쳐 나오는 적군의 탈주병들이 아니었다.

지미와 용병들이 무의식적으로 하늘을 확인하게 만드는 진짜 문제는 마법의 구체들에 있었다. 그것들은 각성자들이 공략 중인 최전선, 제국 요새들에서 날아온다. 그러고는 터질 때마다 굉장한 화력으로 폭발한다.

인류 진영에서도 곧 박격포를 들여올 거라는 말이 돌고 있지만, 당장 눈앞에서 설치되고 있지 않은 이상 위안 삼을 일은 아니었다.

지미는 감겨 오는 눈을 비비적거리며 옆 용병에게 말을 걸었다.

"이거, 듣던 것과는 많이 다르지 않아?"

"데클란이 목격됐다는 거 못 들었어?"

"아니, 이게 어딜 봐서 소규모 작전이냐는 거지."

용병은 픽 웃었다.

"헤라 팀이 대박을 터트렸다니. 각성자들, 혈안이 되었겠지."

"데보라 벨루치."

"그래. 그 여자."

대화는 더 이어지지 않았다. 지미와 대화를 나누고 있던 용병이 문득 인 뒤쪽의 소란을 가리켜 보이면서였다.

지미는 뒤로 고개를 돌렸다.

작은 규모의 한 팀이 합류하고 있었다. 동양인들이었다.

지미는 각성자 같이 눈알을 붉게 물들일 수 없었다. 그래서 미간을 찡그리며 시야를 집중한 이후, 작은 팀 하나의 등장에 왜 소란이 일고 있는지 깨달을 수 있었다.

합류하고 있는 자들은 일본인도 중국인도 아니었다. 그들은 오딘의 나라에서 온 자들이었다.

그중 리더는 2억 달러나 되는 거액을 옛 인연의 유가족에게 쾌척한 자였다.

"칼리버다."

지미는 의식해서 소리를 죽였다.

"하다못해 칼리버도 나타나는군. 드디어 우리 쪽 전선도 정리되겠어."

칼리버는 등장과 함께 한국어로 뭐라 외치고 있었다. 번역 어플상 한국어 번역은 드라고린어보다 오히려 신통치가 않아서, 칼리버를 상대하고 있는 자 역시 쩔쩔매고 있었다.

한편 지미는 인터넷상에서 만들어진 칼리버의 이미지를 믿지 않았다.

칼리버의 아들이 희화화시키고 칼리버 본인 또한 옛 의리를 지키는 따뜻한 마음씨를 보였지만, 칼리버는 어디까지나 서열 6위의 각성자다.

각성자들의 세계는 아무나 그만한 위치에 오를 수 있을

정도로 호락호락한 곳이 아니다.

그때도 칼리버의 목소리가 쩌렁쩌렁 울리고 있었다.

"Ah jik gga ji han gook mal mo r— myun uh jji ja gooo— yu gi dae jang, noo goo yu. leader. leader. leader mal lee yu."

지미는 행여나 눈이 마주칠까, 참호 속으로 자세를 낮추며 중얼거렸다.

"박격포가 오긴 왔네."

당연히 그 말도 최대한 죽여서였다.

쾅!

정말로 칼리버는 박격포에서 쏘아진 포탄처럼 최전선을 향해 치솟아 올랐다.

*   *   *

#32 — 종합 상황실, 세계 각성자 협회 총본부 (본토)

이태한은 종합 상황실의 한 자리를 차지하고 앉아 있었다.

「 진입자: 33,914 명 」

……

　　「 진입자: 33,921 명 」

　　드라고린으로 진입하는 속도가 눈에 띄게 느려지고 있었
는데, 이는 개방시켜 둔 던전들이 모두 소비되면서 일어나
는 자연스러운 현상이었다.

　　그는 사무국장을 불러 두 번째 개방을 즉각 앞당기라고
지시했다.

　　첫 번째 개방은 황제의 직할령에만 한정되어 있었으나
두 번째 개방은 일곱의 제후국 즉, 제국령 전체로 확산되는
식이었다.

　　첼린저와 마스터를 비롯한 강력한 각성자들로 구성된 그
룹들로 하여금 제국 수도에 전선을 펼쳐 놓고 제후국의 군
단들을 유인.

　　그렇게 제후국들의 방어가 취약해진 틈을 타, 그것들의
땅에 각성자 전체를 쏟아붓겠다는 것이 협회의 전략이었다.

　　「 진입자: 34,217 명 」

　　……

　　「 진입자: 41,593 명 」

전광판의 숫자가 올라가는 속도에 가속도가 붙기 시작했다.

$$* \qquad * \qquad *$$

이계뿐만 아니라 협회 총본부의 실황까지 품고 있었다.

그 영상으로 끝이 날 것 같았으나…….

둠 카오스의 전신에는 수천 개의 눈알이 붙어 있단 말인가?

바리엔 제국 전체로 쏟아져 들어가는 공격대 하나하나에 일일이 초점이 맞춰졌다. 영상은 수천 피스의 퍼즐 조각들이었다.

그리고 그것이 하나로 맞춰지면 바리엔 제국 전체가 전화의 불길 속에 타오르는 광경으로 귀결되는 것이다. 그린우드 대륙의 중부에서 아트레우스 왕국과 함께 이강(二强) 중 하나로 불리던 강대국 하나는 그렇게 비명을 지르고 있었다.

마지막을 장식한 영상은 한 각성자가 제후국의 기사단장과 싸우는 모습이었다. 악에 받친 붉은 눈알이 확대되면서였다.

[이야- 둠 맨 님의 인간 군단은 강력하면서 투지까지 불타오르네요. 우리들의 주인님께서 흡족해 하고 계십니다.]

어느덧 역경자는 꺼져 있었다.

온갖 영상에 노출되어 있는 동안 시간이 흘러가 버린 것인데, 그에 그치지 않고 피로감까지도 달라붙었다.

[그런데 말이지요. 이렇게 인간 군단은 열성(熱誠)을 다해 주인님의 뜻을 받드는데, 다른 군단들은 대체 뭐 하고 있는 거죠? 인간 군단이 준동하였으면 이에 보조해서 움직여야 하는 거 아닌가요? 저 루―네아는 솔직히 실망했습니다. 아…… 제가 아니라 둠 카오스 님께서 실망 하셨다구요. 아. 하. 하. 하.]

루네아는 그 이후로도 멋대로 떠들어 댔다.

정녕 둠 카오스의 뜻을 전하고 있는 건지, 둠이 된 즐거움에 취해 버려 본인조차 주체할 수가 없는 것인지는 본인만이 알 길이다.

그래도 둠 카오스가 이런 것을 하위 군주로 영입한 까닭이 뭔지는 알 것 같았다.

이것을 통해 앞으로 우리에게 구체적으로 개입할 것이라는, 일종의 암시가 아닐까.

내분이 일어날 요소들을 차단하고. 막 시작된 전쟁에 집중하자는 것이 둠 카오스가 정말 말하고자 하는 바일 것이다.

[그럼 마지막으로 외쳐 볼까요. 전지전능한 우리들의 주인님, 둠— ᕙ(ᵔ>ᵕ<ᵔ)ᕗ 카오스 님께 영원한 충성을 -!]

드디어 끝이었다.

위의 계단과 아래의 계단에서 루네아가 요구하는 목소리들이 들려왔다.

나도 거기에 덧붙여 줬다. 그걸 말해서 회의에 마침표를 찍을 수만 있다면야 얼마든지.

"둠 카오스 님께 영원한 충성을."

[둠 맨 님. 고개 안 숙이나요?]

그런데 이 새끼는 끝까지······.

＊　　　＊　　　＊

해안가로 돌아오고 난 즉시 본토로 돌아갔다. 연희 쪽으로 날려 보낸 물건은 유해한 기운을 품고 있지 않지만, 이태한의 집무실에 날려 보낸 것은 그렇지 않았기 때문이었다.

게이트를 열고 복귀했을 때, 통제된 광경이 한눈에 차 들어왔다.

핏빛 기운이 물들어 있는 이태한의 집무실. 그리고 같은 층에 위치해 있던 다양한 사무실들도 전부 비워져 있었다.

복도 양 끝에는 협회 각성자들이 출입을 통제하고 있다가, 아직 닫히지 않은 게이트와 나를 번갈아 쳐다보고는 황급히 고개를 숙였다.

핏빛 기운은 이태한의 집무실 문까지 벌써 찌들어 있었다.

"오딘께서 복귀하셨습니다. 예. 지금 저희들 앞에 계십니다."

둠 카오스가 보여 줬던 영상으로도 확인했던 바지만, 이태한은 종합 상황실에서 제국 진입을 총괄하고 있는 중이었다.

나는 뼈 반지를 수거해 놓은 다음 이태한을 기다렸다. 무슨 상황이었는지 대략적이나마 설명해 주기 위해서였다.

그런데 먼저 도착한 건 연희였다. 완전 무장한 그녀는 당장 전장의 최전선에 뛰어들어도 이상 없을 모습이었다.

초조함이 가득했던 그녀의 눈길이 나와 집무실 내부를 한꺼번에 담았다.

"네가 위험한 줄 알았어."

그러면서 그녀가 꺼낸 건 고룡의 심장 반쪽이 맞긴 했다. 그러나 부러진 검의 자루였던 형태는, 용암이 아무렇게나 굳어 버린 현무암처럼 볼품없게 변해 있었다.

[* 보관함]

[더 그레이트 레드의 심장 반쪽이 추가 되었습니다.]

[죽은 자들도 경외하는 둠 엔테과스토의 뼈 반지가

제거 되었습니다.]

"이건."

거기에 대해 들려주려 했을 때, 연희의 목소리가 한 박자 더 빨렸다.

"오늘까지만 기다려 보고, 그래도 소식이 없었으면 정말 진입해 버렸을 거야. 조나단도 이태한도 모두 다 함께."

"회합이 있었다. 모든 둠 들이 한자리에 모였었지."

연희는 고개를 끄덕이는 동시에 주위의 기척에 집중하는 모습을 보였다.

뼈 반지가 홀로 남아 있을 때 퍼트려졌던, 둠 엔테과스토의 기운을 여전히 의식하고 있는 것 같았다. 그녀의 시선이 슬슬 내 손가락으로 옮겨졌다.

그녀는 이번에야말로 내 황금빛 기운과 둠 엔테과스토의 핏빛 기운이 엉켜 있는 그것을 발견하고는 쓴 표정을 지어 보였다.

"거기서 나오는 기운이었던 거지?"

"회의에 가지고 갔다면 그대로 압수당했을 거다. 둠 엔테과스토가 아주 이를 갈고 있었을 테니까."

연희의 심각한 얼굴에 대고 웃어 보일 순 없었다.

"또 놈의 물건이야?"

"그래."

"어떤 상황인지는 알겠어. 소싯적에 우리 선후, 담배 좀 숨겨 봤나 봐?"

그제야 연희는 긴장이 꺼져 버렸다는 듯이 작은 웃음을 터트렸다.

이야기는 뼈 반지로 집중되었다. 이걸 착용하기 위해서 공능 수치를 추가로 올려야 한다는 설명을 해 준 다음, '라이프 베슬의 사용 능력 확장'이라는 부분에 대해서도 들려

줬던 때였다.

연희는 뼈 반지가 둠 엔테과스토의 늑골로 만들어졌다는 것을 알게 되었을 때보다도 더 깊은 관심을 보였다.

놀란 토끼처럼 두 눈을 크게 뜬 채, 아주 몰입한 상태로 뼈 반지에서 시선을 떼지 못하는 것이었다. 그녀가 뭘 바라고 있는지 왜 모를까.

내가 위험할지도 모르는 상황에서도 이계에 바로 진입하지 못했던 까닭.

그녀는 본인이 내 불사(不死)의 그릇을 품고 있는 걸 항상 의식해 왔다.

"라이프 베슬 능력의 확장이란 게……."

역시나 연희의 음성에는 기대가 가득 실려 나왔다.

"확인된 건 아직 없다."

"하지만 그릇을 옮길 수 있는 가능성이 아주 없다곤 할 수 없잖아. 그래서 말인데, 그릇을 옮길 수 있게 되면 말이야. 그때……."

바로 대답했다.

"그러지. 그릇을 옮길 수 있게 되면 다른 방향을 알아보마."

이계는 라이프 베슬을 핑계 삼아, 그녀를 본토에 묶어 두고 싶을 만큼 위험한 땅이다. 초월체들과 맞닥트리기라도 하는 날에는 아무리 연희라도 방법이 없다.

그러나 지난번 경매를 위해 방문했을 때에도 그리고 지금에도 다시금 느껴지는 것인데, 연희는 단지 지루해하는 게 아니었다.

초조함이 꺼져 버린 얼굴.

바로 거기로 그녀에게 있어 삶의 원동력이 갈수록 희미해지고 있는 게 느껴졌다.

그녀는 내 연인이기 이전에 현존하는 각성자 중 최고의 각성자다. 본인 스스로도 거기에 자부심이 크다는 것을 알고 있다. 그러니 무엇을 고민할까, 라이프 베슬이란 속박이 없어진다면 나는 그녀의 삶을 강제할 수 있는 권리가 없다.

가뜩이나 바리엔 제국으로 이계 진입이 대거 확장되면서 각성자들의 세계가 시끌벅적해진 지금이었다. 매일 같이 들려 오는 게 많을 터.

"정말이지?"

"조금만 기다려. 드라고린 두 마리만 잡으면 판별 날 테니까. 오래 걸리지 않는다."

나도 그녀만큼이나 뼈 반지가 그릇을 이동시키는 능력을 품고 있길 기대하고 있다.

연희만큼이나 안전한 금고를 찾는 건 그다음의 문제. 연희의 얼굴에 화색이 돌 무렵, 강렬한 기척이 실내로 가까워지고 있었다.

처음에는 이태한인 줄 알았다. 그런데 그 기척이 시작된 지점은 종합 상황실과는 정반대 방향, 건물 바깥에서였다.

또한 공간이 비틀렸던 흔적이 지워지고 있는 부분에서 그가 누구인지 확실해졌다.

귀환석을 가지고 있는 사람은 몇 되지 않는다. 내가 본부에 복귀했다는 사실이 몇 사람의 입을 거쳐 조나단에게까지도 들어가게 된 것 같았다.

아니나 다를까, 나를 부르는 소리가 일직선으로 찔러 들어왔다.

건물 바깥에서 시작해 건물 내부를 관통해 오는 소리

『썬!』

조나단이다.

그는 양장 차림으로 들어왔다.

한때 둠 엔테과스토처럼 해골의 왕좌에서 군림했던 모습은 전부 지워진 채, 금융인일 때를 떠올리게 하는 모습이었다.

그가 방황을 마치고 합류한 시간은 고작 오 일에 불과했으나 나는 그가 적응을 완전히 끝마쳤다는 걸 깨달을 수 있었다.

아마도 전일 클럽 회원들과 만나고 오는 길인 것 같았다. 자신의 복귀를 알리며, 내게 그림자 정부의 왕좌를 일임받았던 것을 공고히 하는 자리였을 것이다.

그는 연희와 스치듯 짧은 인사를 교환하고선 내 앞에 섰다.

"이상 없군?"

이태한도 때마침 들어왔다.

그들이 서로 눈길을 주고받는 것으로 보건대, 연희의 말마따나 내일을 기점으로 이계에 진입하기로 결의가 있었던 게 확실했다.

연희에게 했던 설명을 한 번 더 끝낸 후쯤이었다.

그들은 본인들이 우려했던 일이 일어나지 않았다는 점에서 안도를 하는 반면, 새삼 초월체들의 존재를 실감하는 듯했다.

슬슬 이계로 돌아가려고 하는데 조나단이 날 불러 세웠다.

그는 이태한이나 연희와는 달리 여전히 얼굴이 풀어지지 않은 채였다. 본인의 핸드폰으로 들어온 문자를 확인했을 때는, 정말로 두 눈에 섬뜩한 안광이 스치고 지나가는 것이었다.

"이건 알고 있어야 할 것 같아서 말이지."

조나단은 그 말로 포문을 열었다.

그러면서 그가 꺼낸 핸드폰에는 내일 자로 발간될 언론 매체의 헤드라인들이 큼지막하게 박혀 있었다.

[조나단 투자 금융 그룹의 존 도 (John Doe), 그는 누구인가?]

[(집중 탐구) 슈퍼 리치 위의 슈퍼 리치, 완전한 부의 독점]

[제 2차 '월가를 점령하라(Occupy Wall Street)' 조짐 보여······]

＊　　＊　　＊

현재 시각, 조나단 투자 금융 그룹의 본사 앞으로 시위대가 형성되고 있다는 부분에서 오래전 11년도 경의 '월가를 점령하라' 와 같은 시작점이 보이고 있었다.

그래서 언론 매체들에서도 당시의 시위가 부활하려는 조짐이 있다, 라고 평가하고 있는 것이고 우리도 같은 의견이었다.

당시의 시위는 세계로 확산된 바 있었다.

우리를 성토하는 목소리는 물론 높았다.

당시는 08년도 서브프라임 사태를 기점으로 금융 제국의 양대 산맥, 조나단 투자 금융 그룹과 질리언 투자 금융 그룹이 독점적 지위를 형성했던 시기였으니까.

하지만 당시의 시위대에는 지도층이 없었다.

플래시몹 같은 성향이 짙었다. 와해되는 건 시간문제였고 실제로 그렇게 흐지부지 끝난, 잊혀져 버린 일이 되었던 것이다.

"배후가 있나?"

나는 그것부터 물었다.

조나단의 눈빛에서 살기등등한 기운을 느꼈기 때문이었다.

조나단은 사진들을 보여 주기 시작했다.

첫 사진은 아예 그 자리에서 숙식을 해결할 생각인지 배낭을 메고 나타난 한 남자의 사진이었다. 젊었고, 대학생처럼 보였다.

그가 들고 있는 피켓에는 이렇게 써져 있었다.

「 나는 조나단 투자 금융 그룹을 지지한다. 하지만
다 가지고 들려 하면 안 되는 것이다. 」

1인 시위.

지금 뉴욕 회사의 본사 앞에 시위대가 형성된 최초의 원인이었다.

그다음으로 그에게 동조하는 사람들이 모여드는 사진들

이 빠르게 넘어갔다.

그때 조나단이 경계하는 부분은 따로 있었다. 그는 사진들을 빠르게 넘겨 보이던 동작을 멈추고는 마지막 사진을 향해 말했다.

젊은 대학생들이 주축을 이루고 있는 작은 시위대가 한 노인에게 집중하고 있는 사진이었다.

"아탁(ATTAC)에서도 학술 자문으로 활동하는 교수라고 한다. 이름은 클레이튼."

조나단은 여기가 시작의 장이었다면 당장 제거해 버렸을 거라는 의중을 내비쳤다.

아탁. 그렇게만 부르면 어느 보스 몬스터의 이름 같다만 세계 사회에서 그것들이 차지하는 비중은 잔몹 수준에 불과하다.

정확한 명칭은 [시민 지원을 위한 금융거래 과세를 위한 연합 (Association for a Taxation of financial Transactions in Assistance to the Citizens)].

과거 프랑스에서 창설된 조직이나 지금에 이르러서는 반(反)세계화 운동의 선봉장 중 하나로 인정받고 있는 조직이라 할 수 있다.

그러나 이것들을 잔몹이라 한 까닭은 별게 아니다. 시민 운동의 다양한 모델들을 제시해 왔다고는 하나, 그것들의 목소리는 꾸준히 소외되어 왔기 때문이다.

그렇게 반세계화 활동가들은 지금까지 그들만의 세계에 갇혀 있었다.

다만 지금은 그들이 날뛰기 좋은 환경이 조성된 게 문제.

내가 평범한 사람이었다면 나 또한 그들의 목소리에 귀를 기울일 수밖에 없었을 것이다.

조나단 투자 금융 그룹과 질리언 투자 금융 그룹. 두 개 그룹의 자산이 전산에 잡힌 것만도 세계 시가 총액의 42.6% 규모.

달러로 환산하자면 19,132,512,000,000$. 약 20조 달러.

한화로 2경 원. 대중들은 바보가 아니다. 그 수치가 고작 주식에 한정되어 있다는 것쯤은 조금만 눈길을 돌려 봐도 아는 일 아닌가.

그들이라도 세계의 부가 비정상적으로 쏠려 있다는 것쯤은 쉽게 알 수 있다.

사진에서 보이다시피, 현재 시위대 규모는 60명 안팎으로 적다 할 수 있다. 그러나 한번 바람이 불면 그 세가 월스트리트를 가득 채울 만큼 불어날 것이란 건 불 보듯 뻔한 일.

거기에 지휘부까지 갖춰진다면.

중구난방으로 떠들어 대지 않고 구체적인 목표 한두 가지에만 집중한다면.

대중들의 목소리는 과거처럼 흐지부지 와해되지 않을 것이다.

나는 사진 속 교수를 가리키며 말했다.

"지도자를 자처하려는 모양이군그래. 과거에서 배운 게 있었겠지. 그러니까 누구보다 빨리 달려왔던 걸 거다."

그는 분노를 삭이며 그렇다고 대답했다.

"이자가 동료들을 소집하고 있다는 것까지 확인했다. 아탁의 활동가들이 지도부로 나설 거다. 정치색을 지우고."

둠 엔테과스토가 날 바라보던 시선처럼, 그의 시선도 사진 속 교수에게 향하는 시간이 길어지고 있었다. 그가 말했다.

"알겠지? 썬. 시류가 형성되는 건 금방이야."

언론 매체들이 압력에도 불구하고, 우리를 탐구하는 내용들을 다루기 시작한 까닭이 뭐겠는가.

그렇지 않아도 미 대통령이 우리 클럽으로 들어오기 전, 그들 현 언론들을 두고 '가짜 뉴스'라며 꾸준히 공격했었기 때문에 궁지에 몰려 있는 형국이었다.

그들도 이제 한계에 부딪힌 거다.

인터넷상에서 공론화되고 있는 사안들을 더 이상 외면할 수 없는 것이다.

조짐은 이미 충분해 보였다.

월가의 카페.

클레이튼 교수는 유명 다큐멘터리 감독과 마주하고 있었다. 카메라는 둘의 옆 모습과 창밖의 광경을 함께 담을 수 있는 자리에 설치되어 있었다.

창 너머에선 백이 안 됐던 수가 어느덧 그 이상으로 불어나 있었으며, 카메라를 향해 피켓을 흔들어 보이는 자들도 눈에 띄었다.

'소위 0.1%라고 불리는 슈퍼 리치들이 전 세계 총생산(GDP)의 3분의 2를 통제해 왔다. 하지만 시작의 날을 기점으로 슈퍼 리치들 사이에서도 간극은 확연하게 벌어져, 0.1%의 슈퍼 리치들 사이에서도 0.0001%의 계급이 형성되어 있다. 조나단 투자 금융 그룹의 본사 앞에 시위대가 형성된 것은 오늘. 나는 시위대의 한 인사를 만나 그들의 뜻을 듣고 싶어졌다.'

감독은 머릿속으로 추후 삽입할 내레이션을 떠올리며 촬영 준비를 마쳤다.

감독과 교수가 간단한 인사를 주고받은 다음이었다. 교수가 말했다.

"대중과 슈퍼 리치들 사이의 간극보다, 슈퍼 리치들과

소수 금권(金券)의 지배자들 간의 간극이 더 큰 실정이니 더 말해 뭘 하겠소. 감히 지배자라는 단어로 그들을 지칭한 것은 그렇게 놀라운 표현이 아니라는 말입니다."

감독은 클레이튼의 말을 들으며 그의 이야기가 자신의 기획 방향과 일치한다고 확신했다. 그는 자막으로 첨부할 표어를 떠올렸다.

시작의 날. 새로운 전제 군주들이 탄생했는가?

"인간의 키가 소유 재산에 의해 결정되는 세계를 상상해 봅시다. 그럼 나는 지금 감독을 올려다보고 있을 거요."

감독은 클레이튼의 비유에 부정하지 않았다.

"하지만 여기가 월가라는 걸 잊지 마시오. 감독이 거리로 나갔다 칩시다. 제일 먼저 눈에 띄는 것은 수 미터가 넘는 키로 성큼성큼 걷는 거인들일 거요. 월스트리트의 매니저들 말이오. 그들은 너무 커서 시선을 집중시킨다오. 그러다 문득 발에 걸리적거리는 게 많아서 고개를 내려 보니, 감독은 나 같은 난쟁이들이 바글바글거리는 것을 그제야 발견할 수 있었소."

감독은 재밌는 상상이라 생각하며 고개를 끄덕거렸다.

"거리에는 너무나 작아서 눈을 부릅떠도 볼 수 없는 자들도 있을 거요. 그런데 갑자기 큰 소리가 들려서, 감독은 자연히 고개가 돌아갔소. 너무나 커서 처음에는 산이 움직이고 있다 생각했을 거요. 2마일 이상 치솟아 있는 엄청난 거인이었던 거요."

"슈퍼 리치군요."

"맞소. 감독은 그 발에 깔릴세라 황급히 도망칠 수밖에 없었소. 그런데 감독은 문득 그런 생각이 들었소. 왜 이 세상은 항상 '밤' 일까? 과거에는 '해' 라는 것이 떠올라 낮을 밝혔다는 전설이 생각났던 거였소. 그래서 감독은 거인들을 향해 물었소. 그 위에서는 해가 보입니까? 하고 말이요."

"그 위에서는 해가 보입니까."

"하하, 맞소. 그렇게 말이오. 감독의 물음은 거인들의 입을 타고 계속 올라갔소. 작은 거인은 중간 거인에게, 중간 거인은 큰 거인에게, 그리고 큰 거인은 산같이 거대한 거인에게도 똑같이 물었던 거요."

클레이튼은 고개를 젓는 시늉과 함께 말을 이어 나갔다.

"하지만 들려오는 대답은 세상의 어떤 거인들도 해를 보지 못했다는 거였소. 그때 감독은 어떤 깨달음에 이르렀소. '그림자만으로도 온 세상을 다 가릴 만큼 실로 거대한 거인들의 왕이 따로 존재하는 건 아닐까?', 하고 말이오. 그러면서 동시에 두려움도 느껴지는 거요. 그렇게 큰 거인 중의 거인이 존재한다면 그가 한번 발을 떼는 것이 수많은 운명들과 직결되겠다는 생각이 자연히 들었던 거요. 한 번의 발구름에 나라가 쪼개질 수도 있는 거니 말이오."

감독은 이어질 말을 기다렸다.

"지금 만들어 낸 가상의 세계에 불과하지만, 우리 현실이라고 다를 바가 없소."

클레이튼이 창밖의 시위대를 가리키며 감독의 시선도 그쪽으로 향했다.

"저 사람들은 이야기 속 감독과 같은 두려움을 가지고 이 자리에 모였습니다. 체제에 불복하는 반역으로 보이오? 아니오. 거대 거인에 의해 본인을 비롯해 나라 전체의 운명이 결정된다는 것을 깨달은, 평범한 사람들이라오."

"거대 거인이라면, 조나단 헌터와 질리언 투자 금융 그룹의 주인들이겠군요."

"한 사람 더 있습니다. 존 도(John Doe)."

감독은 표어를 수정해야겠다고 생각했다. 교수가 들려주었던 나라를 1분짜리 짧은 애니메이션으로 제작하고 이름도 티탄국이라고 잡아 두었다. 그리고 그 나라의 왕에 대해서도.

티탄국의 왕, 존 도를 아십니까?

'그래. 이거다.'

감독의 두 눈 위로 흡족한 빛이 스치고 지나갔다. 인터뷰는 계속되었다.

"우리는 한목소리를 내야 합니다. 다양한 문제들이 많지만, 그중에서도 최대한 많은 문제들을 포괄할 수 있는 사안에 집중해야 하는 거요."

"그게 존 도에 있다고 보시는 거군요?"

"그의 부가 조나단 헌터를 앞지른다는 점 외에도, 한 번도 세간에 모습을 드러내지 않았다는 점에서 금융 지배 계급의 최첨단에 서 있지 않을까 의심할 수 있소. 또 그의 정체가 아직까지 베일에 가려져 있는 건, 그가 조나단 헌터 이상의 무법적 금권을 휘두르고 있다는 방증이 아니겠소?"

감독은 인터뷰를 마치며 카메라 기사에게 신호를 보냈다. 테이블에 비스듬히 세워져 있는 교수의 피켓을 확대하라는 신호였다.

「 조나단 헌터가 아니다. 어째서 정부는 존 도의
신상을 감추기 급급한가? 」

카메라는 그 피켓을 집어 들고 거리로 나가는 클레이튼 교수의 뒷모습까지도 놓치지 않았다.

　　　　　*　　　　*　　　　*

　조나단은 선후를 이계로 보내고 난 후, 군산 공항에 배치
되어 있던 협회 전용기에 탑승했다. 뉴욕으로 돌아가야 할
때였다.

　그 시각에도 시위대가 불어나고 있는 월가의 상황은 그
의 핸드폰 속으로 꾸준히 전송되고 있었다.

　수가 늘어나는 것도 늘어나는 것이지만 시위대의 구호가
점점 통일되고 있는 게 그의 신경을 예민하게 만들었다.

　존 도. 존 도. 존 도!

　한번 굳어진 그의 미간은 좀처럼 풀릴 낌새가 보이지 않
았다.

　월가를 중심으로 몹쓸 것들이 퍼지고 있다. 군홧발까지
갈 것도 없었다.

　'염마왕의 강림'으로 휘젓고 나면 그 불길 안에 사그라
질 몹쓸 전염병들.

　전시(戰時) 중에 발생한 전염병이기에, 더 몹쓸 것. 그러
나 그것들을 힘으로 불사르는 것은 선후가 지켜 온 질서에
위배되는 짓이다.

　조나단은 선후가 이계로 돌아가던 모습을 떠올리며 중얼
거렸다.

"어떤 오물이 튀든, 내 안에서 마무리 지으마."

시위가 어떤 결과로 치닫게 될지 빤히 보이기 때문에라도.

그는 각오가 되어 있었다.

〈다음 권에 계속〉

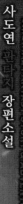

ORIGINAL FANTASY STORY & ADVENTURE

사도연 판타지 장편소설

『용을 삼킨 검』, 『신세기전』 사도연 작가의 신작!

『두 번 사는 랭커』

여러 차원과 우주가 교차하는 세계에 놓인 태양신의 탑, 오벨리스크.
그리고 그곳에 오르다 배신당해 눈을 감아야 했던 동생.
모든 걸 알게 된 연우는 동생이 남겨 둔 일기와 함께
탑을 오르기 시작한다.

dream
books
드림북스

수라전설 독룡

시니어 신무협 장편소설

ORIENTAL FANTASY STORY & ADVENTURE

"하나도 남김없이 모두 죽일 것이다.
놈들을 전부 죽일 때까지 절대로 끝내지 않아."

유구한 역사를 자랑하는 약문(藥門)들의 잇따른 멸문지화.

시체가 산처럼 쌓이고 피가 바다처럼 흐르는
절망의 지옥에서 마침내 수라(修羅)가 눈을 뜬다!

dream books
드림북스

DREAMBOOKS★